潜

YU

FENG

禹风

著

译林出版社

图书在版编目（CIP）数据

潜 / 禹风著. —南京：译林出版社，2024.1
ISBN 978-7-5447-6466-7

Ⅰ.①潜… Ⅱ.①禹… Ⅲ.①长篇小说－中国－当代
Ⅳ.①I247.5

中国国家版本馆 CIP 数据核字（2023）第 234664 号

潜 禹风 / 著

责任编辑 黄文娟
装帧设计 二十一
校　　对 王　敏
责任印制 单　莉

出版发行 译林出版社
地　　址 南京市湖南路 1 号 A 楼
邮　　箱 yilin@yilin.com
网　　址 www.yilin.com
市场热线 025-86633278
排　　版 南京展望文化发展有限公司
印　　刷 徐州绪权印刷有限公司
开　　本 850 毫米 × 1168 毫米 1/32
印　　张 10
插　　页 2
版　　次 2024 年 1 月第 1 版
印　　次 2024 年 1 月第 1 次印刷
书　　号 ISBN 978-7-5447-6466-7
定　　价 68.00 元

那时，还没海什么事，我完完全全活在陆地上的人间。

我记住了那个夜晚的点点滴滴，气温、湿度、云层和街灯的亮度，甚至空气中微辣的硫黄味……月亮大概袒露出五分之四，它不是挂在柳梢上，而是高踞小区后花园成排大柳树之上的天穹；月亮明晃晃瞪着我，像要把我看通透。

秋未深，天方凉，心渐冻，我还不能感到痛，只是凄惶。

与我同居六年的女友蒲恬岫那晚离家出走；我呢，我必须独自躲进河堤树丛暗处，才能思想。

一切发生得太快，以至于我咬疼舌头，希望自己身在梦中。

然而，那不是梦。今日回看的话，一道年轮粗又深。

“你这种性格，终有一天会死在女人手里。”母亲曾阴森吐出的断语，旋绕着树丛里隐藏的我。她，女人，个个拥有巫婆般直觉。

黄伯劳在榔榆树冠里咔咔咔叫，这种食肉的腌臜鸟正是我命运的暗喻。

我必须做出选择：是不是接受蒲恬岫的建议，就此同她分手。

诚然，这是奇怪的事实，有悖于常理。我和她从高中起就同班，直到大学毕业。我们的生命缠绕交织，像两棵树干已混合一起的树。我从没真心在乎她对婚姻关系的犹豫，我把这理解成一种浪漫，一种诗意，或一种独特的性格，自由的宿命。

那天，我送她九十九朵红玫瑰当生日礼物，卡片上写着“执子之手”。我觉得该尽我的责任，给她合法地位，得到众人的祝福。

我彻底弄错了，蒲恬岫可真是个不含糊的女人。

下班，她回公寓做了精致小菜，我俩开了瓶西班牙红酒。等我酒足饭饱，从口袋取出送她的钻戒，她站起身，退到书房门口，如一头躲无可躲的豹子面对猎枪……

她轻声吐露的是我竭力躲避的秘密，这秘密，她曾许久说不出口。

那晚，她终于轻松了，她呕出这枚难以消化的毒丸，像昂然受死的烈士，抬着她骄傲的下巴。

走到这一步，她去意已坚，平静宣布与我“缘分已尽”，只剩“分手依依”……

我会穿越似曾相识的校园，走进一个陌生的办公室，找一个全然陌生的、行将退休的只剩岸然头脸的人，进行教科书式的复仇吗？

我能得到什么？蒲恬岫将得到什么？

没人回应我站在树林暗处的苦思。

夜已深，月色并不如血……

我怀着极漂浮的心情，从一个人的大床上醒来。

这原本嫌小的房间此刻显得可怕地空旷，空旷如砍掉树木的森林，寂寥如无配乐的歌词。

我的心肿了，胀满我胸腔，每次搏动都让我不堪其重。

我踅进浴室，对镜自怜：一只放了半年的柠檬？一头蒙着黑巾拉完一夜磨的驴？一个普通癌症病人？还是水彩画里人物，只有点活意，不在乎形体？

我没刷牙洗脸，也没梳头，穿着家居衣服，甚至套上皮鞋时没心思找袜子，我梦游般随人流汇入地铁网，到了公司大楼下。

我打电话给我的美妇人上司，她冷冷嗯了一声。我央求她下楼来见我，简短说明我暧昧不进办公室的缘故："老板，请原谅，我来辞职，身上没穿正装。"

出了什么事故？您把这称为事故？没原因，真没什么原因。我，我只是来裸辞。我既不想再进办公室认领私人物品，也不再盘算那些尚未领取的工资福利……我必须马上出发！

出发、出发！此时此刻，扭头就走。

我有护照，我要去的地方不需要签证，只需飞机缓缓降落。

我如此这般向上司做了最后一次汇报（如果下属发出的所有声音在老板听来都是汇报的话）；她心里肯定惊叹我疯了。

“那么你总该给我一个理由，让我可以向公司汇报？”风姿楚楚为我下楼的她无奈地微笑，妩媚的脸因气恼渗出一丝狰狞。

“是这样，是这么回事，”我窘迫得无地自容，“我赶着要去印尼学潜水！我不能再等了，我浑身上下火烧火燎，一定要马上跳海！”

我把电脑包交还到上司手里，扭头就走，我要直飞巴厘岛。

我这种人，注定人海里捞不到什么，但大海，如此博大浩瀚的海，蓝色星球的主体，它兴许是我的星宿，它也许暗藏着馈赠我的灵药？否则，为什么多年来我一直梦见自己潜入海洋？又常常看着他人的潜水照感到莫名妒忌呢？

虽说发生了出人意料的事，但我忽然有了自行其是的自由。

退一万步讲，我隐约还知道有个美妙的去处：水下七十米。

至于为什么是水下七十米，既不是六十米也不是什么八十米，连素以精细扬名的日本人都不甚了了。为保守秘密，也为免除误会，我暂且不提为妙。

在机场门口，我回头望了好一会儿。

在这城市出生，在这城市谋生。它对于我，不能一走了之。

可我回望它时看不见什么。如一只麋鹿，看不见林子的特别；如一条飞鱼，看不清波浪的纹理……

若没在海里淹死，我大体是会回来这丛林继续活着的。不过，潜水是有风险的事，假使发生意外，不如在机场门口，默默先说声再见。

一

直到升入高二，我才第一次见识苏州。

那个白墙黑瓦的冷调宾馆就在苏州。

我依稀记得宾馆外的马路，公交车间隔很久停站一次。高楼俯瞰，路人骑在自行车上，像一枚枚滑行的木象棋子。

我俩约在我们大城的中心火车站见面。

我背着塞满了食物的背包，提早一小时就到了车站。我找到堂哥介绍的那个董站务，他核对了我姓名，让售票员卖给我两张软座票。

“安排你们和外宾一起。”他笑一笑。

我拿到票，就到广场大旗杆下等蒲恬岫。她一定会来的，她是一只会跳八字舞的蜜蜂，我是一朵紫云英。

她远远望见了我；她穿厚厚的滑雪服，粉色那种。她眯细了眼，朝我看。

我跑过去，向她伸手。她弯嘴角一笑，手在我手心略留几秒，暖暖的，又像只灵雀，滑走了。

我们一前一后走，我比她高一截，俯视她黑油油的头颅，她滋润的黑发散发暖香，香气钻进我鼻孔，我的心一动一动。她背只白色挎包，挎包已有点旧了，却还挺有模样。

候车厅人山人海，我们很少交谈，各自看不同方向。今天，我逃学的理由是亲戚来访；跟父母解释却是随少年宫生物兴趣小组外出考察。她呢？我不晓得她对老师说了什么，对她父母又说了什么。

其实，大可不必担心有人在车站看见我和她，然而，我心咕咚咕咚跳，喜出望外，又忧心忡忡。

她？她抿着嘴唇，手指玩弄挎包带子，望向远方；偶尔回头看我，像看一个惹恼她的人，带着怨气。桂圆核般黑亮的眼珠，怎会离我那么近！

火车准点，绿色车皮非常醒目。软座车厢的车窗配有花边窗纱，白窗纱配绿车皮，一排车窗像一排俊俏女兵。

我在她前头钻进车厢，她慢慢跟着我。我看见车厢里每个座位都配了小桌面，桌面上蒙着白桌布，各放一个花瓶，花瓶里两朵粉红康乃馨。老外们一个个端端正正快坐满了车厢。我俩的座位在半封闭车厢最里面右侧，又私密，又干净。

我把我们的包包举起来，放到行李架上，然后面对面坐下。

我盯着她眼睛看，她脸红了，伸手在我眼镜上一蒙："看什么看？！"

"喏，你！"我一脸笑。

"嗯？"她瞪着我，眸子静止着正对我，眉毛茸茸。她红嘴唇噘起来，花瓣般质感。

我指指康乃馨："你就是它，粉红得很。"

"神经病！"她骂。随即笑了，瞥一眼花朵，眼睫毛抖动，脸上粉红渐深。

火车开动，我看看外宾，都是些慈眉善目的老先生老太太，笑模笑样，悄声说话。一节软座车厢，只有我和蒲恬岫不是外宾。

"没人朝我们看。他们都是外国人。"我告诉她。

她背对着外宾，扭头飞快看了一眼；回脸一笑，又看窗外风景。

"你怎么跟你妈说的？今天我们回不了家。"我把喉咙口卡着的骨头吐出来。

"关你什么事？"她脸一下子通红，简直像张起反应的PH试纸。

"我？我只是担心……"

"要你担什么心？"她伸手，一下子把康乃馨从小花瓶里扯出来，粉红两朵在她白皙手指间弹跳。我看过去，却漏看花，眼神落她胸脯上。她的粉红滑雪服解开了，里面是奶白色的高领羊毛衫。我有点紧张……

“我，我坐到你那一边好吗？”我听见自己的声音。

她的黑眸子凝在我脸上，神色难描难绘。

以前她不曾这么看我，她坐我前排好几年，老师传资料下来，她总一扭头，瞪我一眼，把资料轻飘飘甩过来。我一开始也没太把她当回事，她那时候有点胖，扎着个和别人一模一样的马尾辫。

我在她眸子里有点醉。想到晚上我会和她一起过，不由心如鹿撞。我站起来，她往里一让，我发现自己和她肩并肩成了同桌。树木和田野在窗外倒退如流，我们面前是车厢底边，什么人也没有，只有奶黄色车厢壁。

“你很香。”

她转脸看我，吹气如兰。我抓住她手，手滚烫。

我和她，手握着手，肩并着肩，在路轨上颠簸了两个半小时。我忘记我们说过什么，只记住我们没敢亲吻，也没敢爱抚……我们只互相握着手，一路心里沸滚……

苏州园林里，硬硬的湖石冷冰冰矗在孤寂冬木前，我和她恹恹地看一鉴池塘，金红色鱼阵，头尾相衔。恬岫的眼色和池里波光纠缠在一起……

我见恬岫一阵瑟缩，冷风拂树梢。我搂住她肩，她抬起脸，盈盈似有泪闪烁。我们走出园米，沿姑苏落寞的石板路走。走着走着，就看见了这家冷色调的宾馆。

“你冷了，我们去宾馆吧！”我英勇地建议。

她的手攥紧我，不发一言。我引着她，走进宾馆大堂。这家宾馆冷清清的，大堂悄无人声。我让她坐进褐布沙发，自己跑去柜台上。一个戴黑框眼镜的女人木然看我：“房价今天不打折！”

我点点头，掏出我的钱包和身份证，那女人远远向沙发座瞥一眼，没说什么，只报给我房价数字。我愣了好一会儿，以至于柜台女人以为我付不起钱。我问她：“可以要两间房吗？连在一起的两间？”

她点点头，木然收了我两份房钱。递给我一对钥匙。

我回到沙发座上挽起恬岫手臂，我们一脚高一脚低朝八楼走上去。

“两间房？”她晕乎乎问。

我点点头，俯脸对着她耳朵说：“我不让你害怕，不能叫你冒险。谁知道晚上有没有警察查房？”

她头靠在我肩上：“可是，你哪来那么多钱？”

“我有。我存着钱呢。”我一边心疼自己花掉的数目，一边告诉她，“跟你在一起，怎么能省钱？”

她的身子更软绵绵，靠紧我，一阵暖。我打开一个房间的门，我们走进去。窗外是棵大枫树，寒风中还剩几张暗红残叶。我们站在窗前，搂着彼此，向远处眺望。苏州白墙黑瓦的房子一栋连一栋。远处天边，玲珑一座塔。

女服务员叫嚷着敲门，打开一看，送热水瓶来。我告诉服务员我们有两间房，隔壁房间也要热水。她点头去了。

关上门，一阵松懈终于从额头淋下，恬岫的神色同我一样，我们终于摆脱了被监视的那种针刺感。

她唇红齿白。我张开双臂，搂住扑进我怀的美娇娘。

缠绵是有边界的探险，我们的脸盘炽热得像火炭，这该是高中生能承担的极致亲密。我们从长吻中醒来，互相依偎，看暮色于窗外弥漫。

没钱去饭馆吃饭了。我带了满满一背包零食点心，泡了两玻璃杯绿茶，拿黑色肉厚的烤扁橄榄充饥。

她开心了，张开双臂，笑着："今天晚上不睡觉，我要听你讲故事！"

……

二

一路无话，连微小气流颠簸也没，飞机稳稳降落到邓巴沙机场的黑夜里。

我在飞机上睡了一觉，这一觉，仿如人生旅章一个特别句号。

走出机场，热带气息扑面。蓦然，我想起中学合唱团常练习的那首歌，歌声从我沙哑喉咙轻轻淌出：“美丽的梭罗河，我为你歌唱……”

我来到了印度尼西亚？

不可思议！

入境官“咚”一声在护照上盖下入境日期：“不准超过一个月！”

一个月？够了吗？我不知道，但这是免签入境最长期限。

沿路绵延耸立油棕和高大的椰树，司机沉默寡言。

我以夜的低软声调同他攀谈：“沙奴有岛上最漂亮的海滩是吗？”

“沙奴？”他略加思索，“沙奴的海滩只能漫步。想冲浪，需要去库塔。”

“可是，潜水店都在海边吧？”我想搞明白。

“哦，你是来潜水的。这季节，很多人都来潜水。你说对了，沙奴有很多潜水店。住在沙奴，离潜水店近。”

我问他：“黑灯瞎火，我还要找旅舍。你知道有得体的旅舍吗？”

“你还没找好住宿？”他有点讶异，“什么算得体的旅舍？请问？”

“就是清洁美观，供应膳食，价格不贵的。”我一字一句描绘。

“那有的。”他肯定地说，“我带你去看。”

半夜到达“沙洲小筑”，犹如进入小小梦境。出租车在窄小老街上拐来拐去，树影婆娑。终于晕黄灯影下现一弓小径，司机放缓车速，小心翼翼拐进去；我忐忑四顾，小径两旁房子相当华美，门口有雕刻精细的神像，表情各异，手法不凡。

小径深处是旅舍。“沙洲小筑”的前台隐在葱茏热带植物间，高居三级石阶之上。几个旅舍雇员身穿传统服装，光着脚板，在柜台周围走动。晕黄灯光照亮了柜台顶上一条金色纸龙和台案上一尊象头人身木雕。坐柜台的青年汉子头缠黄布，用深夜不温不火眼色打量我：“欢迎，先生。有预定没有？”

我要求先看房。

走过蜿蜒十字路，周围花树茂盛，小圆泳池泛绿光。房间是老式木屋，门板雕琢繁复；门用木闩关闭，有空调和淋浴。

回前台询价，一个月的总价平均到每天，显得很有吸引力。我打发了出租车，继续和前台头扎黄布的后生谈条件：房价包早饭，可免费用游泳池。

这后生说，沙奴主要的餐饮购物街就在百米之外，周围有十来家潜水店。

热水浴毕，躺在床上。凌晨月色透过木窗格泄进来，把我行李照得发白。

我身边空空如也，没有另一个有微温的躯体。我一个人，在东南亚月光下孤孤单单。

我听见一声动静，下床走进浴室，原来浴室外侧还有一扇通往室外的毛玻璃门。我推开门，那是室外淋浴室，墙体封闭，地上铺着鹅卵石；墙上也有淋浴器，天顶开敞，能看见月光照白了云朵。方才那声音和一只手掌长短的壁虎有关，它显然从墙上掉了下来，大惊小怪地趴在卵石上仰视我，随时准备逃亡。

回到床上，床单散发奇怪香气，我翻腾了很久也睡不着。

早晨我睡眼惺忪走到庭院里，看清这是家打理得周周正正的巴厘岛客栈。所有房子都是古式的，缀着飞檐和木雕。鸡蛋花树满庭散栽，开淡黄花，又开粉红花。泳池如一方玉，嵌在庭院正中；已有几个女客浮在池面，说花哨的西班牙语。

褐皮肤男人们裹着头巾打扫落花；新鲜落花被插成花篮，放前台旁茶几上。餐厅就在前台一侧，隔开周遭种了鹤望兰的几个车位。从庭院走进餐厅要过一虹石桥，桥下小小池塘，成群红白锦鲤。

早餐桌边坐满了法国人和西班牙人，正吃煎蛋和果酱面包。我迟疑地寻找座位，却只剩一个空座：那张双人桌边已坐下个白人女子。

打发髻的印尼妇人从厨房出来，一边道早安，一边帮我问那白人女子是否介意我同桌。白人女子谦让，我笑吟吟入座，同她道过早安。

道了早安，我便不晓得再说些什么。她略显矜持，我也颇有心理障碍。

这是位四十来岁的褐发女人，依我看是地中海沿岸人类。她醒目的美貌让我担心随意交谈被视为搭讪，我生性拘谨，只好定睛望向篱笆小径。

她在我坚定的沉默里看我一眼，问："你是日本人吗？"

我报以微笑："我不是日本人。"

她英语说得不错，态度又和善。我问她从哪儿来，原来是意大利人。

她其实已用完早餐，正琢磨面前那一小杯咖啡。她耸耸肩："这里的咖啡你不必奢望，全是开水泡速溶粉。"

我做个鬼脸，说我宁愿喝茶。

这时候我的早餐送上来了，是一团带菜叶的印尼炒饭和一大卷龙虾片，外加水果。果盘里有红的木瓜和西瓜，配着切开的香蕉。我告诉侍者我要茶，不放糖。

“你一个人？度假么？”美貌的意大利妇人问我。

“我来潜水。”我觉得这么回答比较讨巧，“你一个人度假？”

“哦，潜水。”她说，“我不是一个人，我儿子还在房里睡觉。”

“意大利飞过来好远啊！”我感叹，“家在罗马吗？”

“好远，想想都怕！”她真情实感地叹息，“我是翡冷翠人。”

“翡冷翠？”我回忆起那个钟声荡漾的中世纪城市，“我去过，我喜欢乌菲齐美术馆。”

“啊，原来你来过翡冷翠！”她高兴地轻拍一下手，“我还不知道你是哪国人？”

我报出了我归属的那个大都市的名字，她知道。不过，她疑惑地问：“难道这不是日本的一个大城吗？”

我只好笑了：“中国的。”

意大利妇人放声大笑：“你看我，我是傻瓜。”

她告诉我她的名字是瑞娜。我说你可以称呼我“辛”，这是中国名字。或叫我“亚瑟”，这是我给自己找来的英文名，在公司里，大家叫我亚瑟。

瑞娜站起来：“辛，很高兴和你聊天。我们下次见面再聊。”

我也站起来，这女人娇小玲珑，身材比例如一座小雕像：“很高兴。下回见！”

我坐回座位，开始一个人轻轻松松吃早饭。虽在外企工作见过世面，不过我仍有社交恐惧症。谁知我和瑞娜一句来一句去是不是尽说了废话？但凡有一张空桌，我绝不会坐到陌生人身边。

我情不自禁回回头，望见瑞娜正在泳池边和游泳的女人们打招呼，风姿绰约。

三

“辛青！我就受不了你那种好心！”蒲恬岫在八楼公寓里突然对我咆哮。

“你希望感动自己，所以你的慈善心找机会跑出来招摇。可是，你不正是一个自私和残酷的人吗？你看不清你这一点？我讨厌你滥施的好意，你亏欠最不该亏欠的人！”她的话，每个字都戳着我的心，刺痛我。

我什么都没做。至少，我想不起自己做了什么可怕的事。

我试图接近她，我把手放到她裸露的颈窝，帮她遮挡夜晚凉风。

她猛地甩开手臂，将我手打飞。

她难得如此歇斯底里。

应该说，大部分时间序列里，她是温和的，像所有正常城市女人，不偏不倚编织她的日常琐事，开出每天饭菜，以主妇姿势打扫我俩的小巢。

她发怒时不再领悟我的尴尬，看不见我心头越洇越浓的暗。我抢在她勃然大怒前，一扇接一扇关紧了公寓的门窗。即便如此，那些如卫星天线般的隔墙之耳，依旧能探知我俩的崩溃。

我可是什么都没做啊！

虽没完成她描绘的那些我应当做的事，但我也真没做不该做的事。

我并非一个活该被骂的人，我是吗？

我试图解释："你知道，看上去，我能做某些事，可惜，事实上我别无选择。这就像、像你明明可以吃面，最后吃的却是米饭。你懂？或许，我的确该像你说的那样，做个让你回想起来感到骄傲的人，可惜我脚板踏上的路不能将我托举到树梢上。我也许不能让你骄傲，可我也是一步步走过来的。"

出乎我意料，她厉声打断了我："不！狡辩！假如你心里有我，就不会那样子走在那样的路上！你必定能走在树梢上；即便不能走在树梢上，一个男人，也会为他想取悦的女人砍下树梢，假装走在那上面！"

"哦！"我捂住脸，每个毛孔都喷溅无力感，像那些养在清水盆里等待出售的文蛤，碰到粗鲁的手指伸来，顿时水箭齐射。

"你难道是从哲学上批判我的生活？"我呻吟道。

"没什么哲学，我是女人，女人只有直觉！"

我俯首站起来，拿起夹克：“我到外面转一圈吧？你一个人待一会儿行吗？”

“我一个人待着的时候多了去了！你不用担心我，我不会自杀的。”她从鼻腔发出一声嗤，如一枚射钉，打在我脸上。

我连滚带爬地从楼梯跑下去，我不想搭电梯，怕碰见任何邻居。我仿佛是个撬门溜锁时出了意外的贼，只想尽快跑到公寓外旷野里。

手机在拼命响，是公司同僚打来的。此君还没离开办公室回家，他压低声音告诉我，晚上的高层会议，我们共同的提案被否决了。

我早料到如此，并不如他那般受惊。我这么些年能幸存，靠的是宠辱不惊一腔淡然。只是公寓里的她不承认我的淡然，她说：“你其实心里计较得要命，恨得要死，却不想让人看出来。所以，你越来越黑暗。而你的黑暗，淹没的是我！”

我对着电话嗯嗯哈哈，不知该如何安抚此君的失望，我剩不下温暖可以分他，我对他说：“你知道什么是十室九空吗？打开十扇门，九间是空房。这是被否定的第七个提案，记得下一回提案分量要更重，我们马上会扳回一局！”

可惜他没怎么听我说话，他只需要一个听众，宣泄他的情绪：“我们无足轻重。假如我们不在一年内跳槽，我们只能烂死在这具棺材里。”

我放下手机，浑身乏力，背部在秋夜里阵阵发凉。我几乎撞进了哈雷酒吧，瘫在吧台上。

“要一口纯纯的威士忌，不要什么冰块。”我对酒保交代。

我又喊住他：“威士忌是新开瓶的吗？我可不要扔在那里跑了味的。”

喉咙烧起来，胸膛里充满了火，我脑袋里的嗡嗡声一下子寂灭无踪。

我终于能有逻辑地检视自己的处境：这公司我已敷衍了一年半，明明不是我该待的地方，我却赖着不走。

我讨厌调换工作的面试，我讨厌任何人像琢磨一袋子陈米那样审视我。我需要一份体面的工作，哪怕翻开底牌，它算不上体面。

然而，但凡你面子光鲜，有谁真来翻你底牌？哪里又有真正称得上体面的工作？为了钱，为了活着，朝九晚五上下班，我只是条普通的通勤蛞蝓。

恬屾指责我，并非她不能明白事理，只为她不再体谅我了。

她心仪的是男人中的强者，再不济也得是那种中午被人鸡奸、晚上还可以带老婆逛街的超人，她需要一个心理绝缘的、长着看不见的翅膀的男人，她需要这男人时刻阅读她密码，时时明了她的心迹……而我，差不多是个胆小鬼加重心男，我被公司政治和社交恐惧逼到了酗酒边缘。啊，一口威士忌，比起一杯可口可乐，真有天壤之别啊！

她的电话追踪而至："你在哪里？准保是在酒吧啦！你怎么不把酒钱也一起捐献掉呢？我对你太失望了！"

"是啦，是啦，我知道。"我和颜悦色地对手机讲，心里羞愧得要死。这倒霉手机的音量从来降低不了，我怀疑酒保清清楚楚听见了她每一串刺人的字句。酒保擦洗玻璃杯的手指泄露了秘密，可她还在电话那头无休无止。

我不敢掐断电话，只能重复："呵呵，呵呵，好的，好的。你说得对！"

我没看错这耳朵贼尖的酒保，他倒给我第三杯威士忌时明显加了量，说明他试图以酒表达同情。我不需要他可怜，真的，我但愿自己的手机不是声音贼响的廉价货。

酒精的作用也就这样了。大家都知道酒解决不了问题，只能缓解我们愚蠢的情绪。等我醒过来，举动会像一只温驯的羊，而非惊猴。

我会笑嘻嘻地回公寓去，想好了要对恬岫说我爱她，跟许多年前在大学舞会上看她同别人跳吉特巴时那样爱她。我的心被酒精点燃，有什么沟沟坎坎不能跨过去呢？我们同居得已像动物园里两头老象，互相用鼻子浇水在背上呢！

我几乎回忆起了那首歌和所有重要的歌词，我一路兴高采烈地哼唱："既然曾许下了诺言，没实现怎能就作罢？爱要珍惜，爱更要执着，才知道是真是假。寄语浮云晚霞，告诉她心里的话，纵然是海角天涯，我永远等待着她……”

我掉了三次钥匙，终于打开了紧闭的房门。

我跨进房门，感到房间里和外面一样清凉。

我找不到她，我忍不住先蹿进了厕所。等我从厕所里笑容可掬地摇晃出来，才看见通往阳台的落地窗打开着，凉风是从那里吹进来的。

我走过去关窗，一眼看见了我一辈子难忘的镜头：蒲恬岫脸朝我骑在阳台栏杆上，只一只手虚虚拉着阳台铁栏，另一只手夸张地放在头发上。她朝阳台外的无限空间仰靠下去，发亮的眼看着我，脸上挂着雪白的笑容……

我发出猿人般惨叫，抱住自己后脑勺，一股灼热的喷泉在头颅里溅开。所有邻居都扑到他们窗户上，同时目睹她单薄的白裙子在风中绽开，好比天空正降下夹竹桃花。我扑过去，决心与她同赴缥缈，正如有人一道去永恒旅游……

我身体已飞出了栏杆，只有脚背抠住铁栏上沿。我的手及时将她环抱在胸口，一刹那我热泪盈眶，情不自禁感谢上帝。

只听见她冰凉幽幽的声音对准我前额：“蠢货，你压痛我了！”

她把自己两条腿用皮绳牢牢绑在铁栏杆上，我却差点将她和我自己从栏杆上扯开，掉下去……

我狼狈不堪爬回阳台里侧，同时抱她下来，邻居们大乱，有人大声用手机报警，警车马上将呼啸而至……

“你要干什么？”我问她。

她的眼睛结了冰，冰封一片。她软在我怀里，坚硬地说：“我要看你难堪！我要你在全世界面前出丑！我要你痛苦！”

我的酒醒了一半。我搬来被子，将她紧紧裹住。我解不开她脚踝上的皮绳，那棕色粗糙的皮绳绑在她惨白的薄皮肤上，像吸血蚂蟥……

四

我决定这一天不给自己任何压力。

一个人，刚从一轮多年的密切关系中脱落，像拉磨一辈子的驴猛一下退休，浑身有种怎么也不得劲的感觉。况且，驴儿不凄惶，我心里却止不住地凄惶。

我有的是时间，就半休息半出门熟悉环境吧！这一整天，我可以漫无目的地到处走走。

按前台指点，往左手，整条街有好多家潜水店；往右手，马上就是镇中心十字路口，到处是商铺和餐馆。若要去海边，右手照直走是海滩，左手再左手也有海湾。

我慢慢从“沙洲小筑”门口窄弄踱步出去，左手是这旅舍，右手一户好大人家，门头石像面容凶猛，门边石人恬然微笑。小马路上每家每户都在门口地面放个小盘，里面是鲜花和些微果品，供着香。我不知道这象征什么，只好小心翼翼绕过去。

或者就先看看潜店？我往左行，大太阳当头打光，照得人不戴帽子和墨镜就睁不开眼。

出现的第一家潜水店夺人眼目，是整栋漆成橘黄色的小房子；沿街造了整面玻璃墙，路人一眼看尽挂满潜水器物的店堂，庭院里有碧色练习池。

我推开玻璃门，接过店员递给我的价目表，扫一眼：贵。

我踱到里侧玻璃窗边，看那水波清澈的练习池。

池子约莫十五米长十来米宽，在橘黄色墙体间显墨绿，光影作用加强了水的厚度。可以清晰看见练潜技的五个人，背着气瓶，沉在浅浅的水下。

两个白人男子想必是教练，三个顾客是女人，都有浅金色头发和雪白的手。此刻，她们正学着把呼吸器从嘴里拿掉，然后慢慢塞回去。一些水泡从这些人嘴里冒出来，浮到池子表面。我猜想，她们练习得挺顺利，否则，会跟鸭子一样猛地从水里蹿上水面……

走出门，眼前就有另一家潜水店的长招牌。

我并不需要一家接一家快节奏地拜访，我半休息半访察，今天我是闲人。

对面马路有家当地风格的酒吧，对准大街敞开了店堂，门口一溜高脚圆桌配高脚凳。太阳烤得我发烫，喝一杯吧？

酒吧客人没几个，差不多都是些欧美来的老头，一个个低着头，自顾自喝啤酒看报，谁也不招惹谁。吧台上有个精瘦的褐皮肤女人，她和本地人有点不同，褐得更深。我说："要一杯冰柠檬水。"

她看我一看，点点头，回手就张罗。我坐在吧台高脚凳上，喘口热气。黑褐女人把一杯吸管缀上紫花的柠檬水推给我："日本？"

我无聊地摇摇头。

"韩国？"她继续。

我动了动嘴唇，却还是摇头。出于礼貌，微笑了一下。

她继续问。

我放弃了莫名其妙的矜持，把我所住的城市告诉了她。她想了想，恍然大悟："哦！"

我呷一口，柠檬水不错，杀热气！正喝第二口，黑褐女人压低嗓门："马杀鸡？"

我扑哧笑了，柠檬水喷了一吧台。

她也笑，拿出一叠纸巾抹柜面，竟说中文："按摩？柠檬水免费！"

我这才转过眼睛，没什么礼貌地打量她。她脸的确瘦，颧骨被皮肤绷得发亮，眼珠有点黑里发黄。她的脸看起来很疲惫，嘴唇还算好，显得还不很憔悴。

"你是本地人？"我问。

“不是。”她很干脆，“我是另外一个省的人。”

“你按摩？”她想把生意搞定。

我不知怎么回答她，沉吟着。

“不是我，我们有好的按摩师替您服务。”她说。

我终于找到了我需要的得体语言：“才上午嘛！人人睡了一大觉，谁还需要放松肌肉？”

大概黑褐女人觉得我的回答天衣无缝，只好退而求其次：“那先生请下午来吧！”

她想在我身上做一点投资：“柠檬水免单。”

我竭力对她和善：“柠檬水钱照付。天气这么热，不能白喝这么解渴的东西。不过，请你告诉我，哪里有诚实的换钱店？我的本地钱用光了。”

安全换钱后折回主路，路两旁好多餐馆，偶有出售旅游纪念品的店铺点缀其间。餐馆大多是印尼本地馆子和意大利馆子，少有印度菜馆。每家馆子都栽培鸡蛋花树，落下黄或红的花瓣。

闷蒸天气让我想喝壶热茶。我踌躇再三，并未走进庭院深深的印尼馆子，尽管那里树荫很美，但也许茶味奇怪；意大利馆子的茶又一定是袋泡，没法喝。我走到路的尽头，有个长相像咖啡厅的小西餐馆，名叫“约会点”。我站在店门口琢磨着这里有没有我要的茶。

从放着帘子开冷空调的店里走出个金发女生，她送扎啤给院子里遮阳篷下两个客人，回头看我：“用餐？”

我不明白自己为何忸怩了一下：“请问有没有茶叶冲泡的红茶？”

“大吉岭茶可以吗？”她问。

“不是茶包，是茶叶泡的吧？”我朝她笑笑，近视眼看她，看不太清楚，反正，是个挺和气的女生。

“百分之一百。”她点点头。金头发绑一个马尾，金马尾上下动弹。

我也去坐在室外一顶遮阳篷下，身边有一排红色龙船花。我打开关闭了好久的微信，让另一个国度的信息涌来。

蒲恬岫没给我留过言，也不见她在朋友圈有任何动静。

金头发送来了红茶：“你确定不要到里面坐？里面有空调。”

我从微信里自拔，抬头对她微笑：“刚到。享受一下热带。暂时不用找空调。”我看明白一张橄榄型的脸，一对灵活的金褐色眼珠，这女服务生白皮肤上有点点雀斑。

“谢谢你。你很体贴。”我说，“等一会儿我可能要加热水，除此之外，没别的事了。”

“我会来加水的。”她转身而去，我看看她细长但仍显丰盈的背影。

我上网寻找潜店信息，符合我要求的候选潜店其实不多。

我希望是欧洲人开的店，教练也是欧洲人。我甚至对美国教练都有些担忧，他们那种万事不求人又风风火火的派头，我很可能吃不消。

沙奴有两家我想去看看的潜店，一家是法国老头梵尚的“蓝海洋”，一家是瑞士人开的“金帆船”。看位置，“蓝海洋”离此不远，这家店号称在巴厘岛经营了十八年；“金帆船”清一色的瑞士教练。各有各的吸引力。梵尚自己肯定已不当教练了，那他能派给我什么样的教练呢？

我正琢磨着潜水的事，一伸手，茶壶空了。还没反应过来，金发洋妞一挑门帘走出来，手里端了热水壶。

我目视她定定心心地加了水，才问她知不知晓“蓝海洋”在哪条街，要怎么走。

洋妞脸一动，笑靥如花：“你找潜店？老梵尚是全岛最有经验的潜店老板，我认识。”她手往牛仔裤腰头摘下笔来，我递过纸，她唰唰画了街区简图，三转两拐，就是梵尚的“蓝海洋”。

“你来潜水？”她问我，添了几分亲切。

“我来学潜水，然后潜水。”我准确回答。

“你会待多久？”她问。

“恐怕得待上一阵子，”我沉吟，“看潜水的情况而定。”

她眸子在我脸上一转，笑道：“听上去你不是游客，是潜水客。潜水客都想不明白哪天回家。”

“你也潜水？”我听出她弦外之音。

“是啊。”她一笑，露出白色的长长的牙齿，那牙很有力量感，“我已经在这里潜了五年了。”

她叫伊莎，荷兰人。父母家在阿姆斯特丹。

伊莎说：“辛，你现在全身还是干的。快去找梵尚吧，过几天，你就会湿得像条鱼了。”

五

我和蒲恬岫考取的是同一所大学。这大学在我们大城里算是守得住寂寞的闺秀。学校既不喜欢抛头露面，我们这些学生便也在校园深居简出，自我娱乐。

有一条沉静的河流经本校，大家惯常叫它丽人河。“丽人”这名字听着美艳，实际藏遍哀怨。常说“流水的学生铁打的校舍”，历届学生里倒颇有几个永久留在了校园，她们都是青丝一盘往丽人河里跳下去的。浮起来已是女鬼，身体却不肿胀，脸皆伏水，不肯再看学校一眼。

对丽人河里出没的学姐魂魄，我的同学们很是敬仰，殉情已是上一世纪的风俗，绝版之爱。我们虽不设想以殉情为标的终止呼吸，却暗为本校重情的名声而变态地自豪着。

诚然，我和恬岫故意考进了同一所大学，以便继续我俩自中学以来的暧昧。我确实低估了丽人河边的荷尔蒙大气层，我在大一上学期几乎挨一闷棍，过得混乱又郁郁寡欢。

踏进校园的第一天，校广播台就播送恬不知耻的求爱歌：“我踩着不变的步伐，是为了配合你到来。在慌张迟疑的时候，请跟我来……”这是高年级男生公然掠夺男新生资源的进行曲。

蒲恬岫不曾坠入“请跟我来”的低级情网，她是温雅稳定的淑女。尽管她称不上什么大家闺秀，却目不斜视，对一波波觊觎她美色的校园狼不屑一顾。

她每天中午都在食堂左边法国梧桐树下等我，低着白皙脸盘，厚围巾或长丝巾适季节之宜装点她的颈项。我不能不一下课就赶去同她会合，她坚定而恒久地把她细白花镶边的搪瓷碗筷存在了我宿舍柜子里。

我的心如同雏菊上扑闪翅膀的蝴蝶，又是暴雨如注时丽人河面的水花，赛过附近公园湖边风中柳枝……她并不明了我所有的变化，她也许感知到一点点，不过坚定地把尚不稳定的疑惑立马杀灭，如妇人用力摁住襁褓，让河水掩盖一切……

我和她如此相持。那是一段时明时暗的光阴，是一场飞棒接力的赛跑，是莺飞草长的春天，是妖怪出没的西游，是窗户纸将捅未捅，是背叛打扮成青春，是年轻人恶念丛生的自由状态……我基本无视她的存在，我迷恋上学校如萤火般生灭的交谊舞会。哦，交谊舞会，点点炽热火苗，叹息呻吟的音乐是外焰，飞蛾盘旋，我是只雄蛾，贪馋地打量成群雌蛾。交谊舞会的旋律之中，她们美不胜收，仿佛唾手可得……

舞会魔曲一泄如注，冲散了恬岫那种细密坚实的步调。我记得，她确实有过慌乱时刻：那个中午，我在法国梧桐下饿得发急，她却无法离开寝室。很多年后她承认，如果那天中午她有力量来梧桐树下会见泡了大半夜舞池的我，她只能给我一个留下五根指印的响亮耳光，给我俩之间累积的层层记忆裹上彩色寿衣。可她忍住了，她当然不会让我找到，她失踪了整整一个中午，接着一个下午，然后一个夜晚。其实她就在丽人河边，在化学楼对着河水的露天楼梯顶端，她翻越了顶楼的小铁梯，上到天顶，久久靠在水箱上，凝视汩汩丽人河水，直到透视了河流混沌不明的底部……

很多人的凋萎，不在于命运，在于不能相信奇迹。

蒲恬岫相信了丽人河，她在那个奇妙的傍晚与河相交，仿佛所有投水的师姐都变成荷花，从河水里探出枝叶，对准她开放紫花。她在下一场周末舞会上亮相，这是一场罕见的假面舞会，所有人都必须掩藏并改变自己真面目。

我戴着粗制滥造的马粪纸面具涌进空气炽热的体育场舞厅时，这里旋转呼啸的荷尔蒙气流已让潮湿发霉的天花板长出了木耳和蘑菇。在混乱的前三支舞曲之后，形势突变，狐狸精和其他妖精们争相逃到墙角、兀自回眸，恨恨瞪视舞会新皇后。

在万花筒般排列组合的舞池正中，一袭白裙宛在水中央……如凌波仙子既妖娆又端庄。人一辈子见过那一幕就该知足，何谓

“气质决定生命高度”？

戴荷花面具的女生落落大方地站在舞池中央，她每一次移动都比我们这些俗物慢整整两拍，却巧合舞曲旋律，反衬出我们这些菜青虫的虚假、伪饰、空洞和焦虑。

如一阵清风吹过湖面改变了涟漪，所有男生女生都开始跟随白裙子的旋律。她开始控制全场，自然而然成了舞池的主子，所有乐曲都是她的呼吸。

“是我们学校的人吗？”这问号到处流传，透露出大众的惊惶虚荣。

白裙子的舞伴是位小个子男生，他微笑着，持重地伴随他的花朵。

我认识他，他是蒲恬岫的同班同学，她的一个无望的拥趸。我想到恬岫，心里猛撞一下，我把她忘了，这几个周末，她在何处，她在干什么？

一丝内疚一闪而过，我的瞳仁聚焦白裙子，那里，正演出年少辉煌和生之快乐！

白裙子倏然摘下了面具，挽着小个子的胳膊扬长而去；浓重汗液在我脸上汇流发烫：自然，白裙子只能是蒲恬岫！我心里其实早就明了……

仿佛时间不存在缝隙，仿佛时间可以倒流，可以剪辑，亦可抹去。蒲恬岫仍站在法国梧桐下，等我一起吃午饭。

整个校园的午饭大军都打量她，凝视她，暗中热望她。她伏下白皙的脸，身子藏在没线条的绒衣绒裤里，齐肩的发，清汤挂面。

趔趄不敢靠近的是我。假如我端着双份搪瓷碗走近她，我将是校园最大笑话。

然而我还是成了笑柄，即刻。因为她的碗在我这儿。

她接过碗，笑容可掬地挽起我手臂，走向食堂。仿如一个新娘挽着夫君，走向殿堂。这就是征服，没一句责备，送你一顶桂冠。大家从此背地里叫我“卖油郎”；而“卖油郎”眼里一下子看不见野花闲草，彻底被洁净了。

几乎就是从那时开始，我们被盯梢了。

中午，我们在食堂长桌上，偎依着吃双人餐。周围人来人往，我们目不斜视，只管窃窃私语。傍晚，我们历来不急着吃饭，而是在丽人河边散步。有几个人，走来走去，远远地看我们。无聊！自从苏州那夜之后，不敢相信，我们不曾有过第二次亲吻，只是拉着手，慢慢数着日月星辰。

现在，我变化了。我觉得呼吸急促，脸热、心动。我偷偷瞄着她的身材，我说：“你变了。”

她仰起脸看我，那嘴唇和那眼色不再是她，是她和妖的首度融合。

她正在露出妖的气色，那气色一把揪住我，毫不客气要我下跪。我，愿意跪，妖艳是无法抵挡的酒浆。

可是，我俩无处可去。

到处都是眼睛，到处都是长舌，到处都是被嫉妒煮沸的胃酸。

听说系里有关我俩的揭发信已堆满了一个木抽屉。她的导师和我的导师都已邀请她和我吃过了教工食堂午后点心。没什么敲敲打打的话，只有郑重的叮咛：“把住自己。千万不要越雷池一步。”

什么是雷池？什么是雷池？

没什么雷池。我们一起从中学来到这里，我们甚至靠着同一堵墙壁各住一间客房，我们亲吻过一次，尝一尝滋味。仅此而已。

而我越来越明白：雷池就在脚下。我正势不可挡地越过雷池。

她？她欢快地看着雷池，她的心早已在雷池的另一侧等我会合。越是有人告诉她雷池的意义，她越明白雷池的终极含义。

有一个下午，我和她站在伟人石像下，一起望远方校门。

我手里有一瓶冰镇的蜜桃汽水，我呷了一口，她接过去，也喝一口。

“这就是现在的你。”我肯定地说，“你就是一口蜜桃水。”

她扑哧笑了：“可你没胆子喝！”

我掩饰地把汽水瓶放在嘴唇上，不过没喝：“你等着！”

有一个夜晚，我在冷水龙头下冲完淋浴，换上干净短衣裳，去图书馆。

她在图书馆翻译曼德拉的英语演讲稿，我打开了英文潜水杂志。天气溽热，我透不过气，看看她的长裙，更透不过气。

我试图回到潜水杂志清凉的世界去，笑叹：“世界真奇妙。走出校园，万事可为。我盼望和你一起背起气瓶，潜海看珊瑚。”

她扯过我手里杂志，翻阅图片：“嗨，海底真的好漂亮！我要学游泳！不过，我最讨厌水流进耳朵，那是我洗头时的噩梦。”

“呵呵，看过连续剧《大西洋底来的人》吧，麦克·哈里斯，屁股一翘一翘游泳的？你也那样游给我看看！”我笑了。

“你坏得要死了！”一声娇嗔，她站起来，仿佛是我不认识的女人。真的，我就是认不出她了。她成了女人中的女人，一具裹在连衫裙里的炽热躯体。她化了淡妆，眼睛迷蒙闪烁。她的S形变得更质感，她散发一阵微辣的、让我心颤的气味……

她不看我，说：“跟我来！”

我们推开图书馆的玻璃门，她疾步前行，仿佛知道散步的终点。借着月色，我看见周围杳无他人。她一闪身，拐进了化学系的小楼，这楼里一片漆黑，所有教室都没灯火，我心头火热，也一头扑进黑暗。

她抓住了我的脖子，近乎粗鲁地往下一扳，我的唇落在她眉毛上，滑过她俊俏挺立的鼻尖，落在吹气如兰的地方。

一个历久弥新的长吻，别人不能明白如此长时间的吻怎没让我们窒息。我们拥抱彼此，索取彼此，她捶打着我，我搂紧她温软的腰肢。

很久很久之后，我们从小楼里出来，呼吸变得清凉的晚风。她偎在我肩上，一句话也不说。

我们周围多出了很多黑影，如同在树枝上扭动的尺蠖，讨厌地朝我们的影子窥视。

我们慢慢走在丽人河边，她凑在我耳朵上："你害怕么？"

我？我的眼睛寻找那些虫子，他们这会儿又不见了。

"不要越过雷池。"我喃喃重复导师的话。

她扑哧笑了。在我手腕子上狠狠扭了一把。

出事的那个晚上，事先没任何令人不安的征兆。

我带了两瓶蜜桃汽水去图书馆，我和恬岫背靠背，她读海明威的原版小说，我浏览美国《国家地理》杂志。图书馆空调嘶嘶作响，背上传来她体温。她今天穿了一件胸口带同色花边的白衬衣，绷得很紧，让我呼吸加速。

最近一段时间，我俩在图书馆花费了大量时间，准备我们未来的论文。这是她的主意，她认为论文才具备大学生涯的最高价值。我们整晚不离开图书馆，享受空调，享受宁静的阅读。

我正在浏览众多史前生物的化石照片，突然一只手落在我那敏感的所在。她转过了身子，从背后搂住我，她的手，戏谑地撩拨我的软弱，让我一下子坐直了。

她倏然拿回有魔法的手，轻轻地说："走！"

静如处子，动如脱兔。

她好比一只夜行猫，敢于不断改变方向。我，犹如梦游，如影随形。

我们没进入任何一栋建筑，她带领我来到了河边，踏上化学楼对着河水的室外楼梯。我们快速登顶。我伸出头颈，观察周围树林，没任何人影。没人窥视我们？一切都是我们的幻觉？没什么威胁？也不会有任何变态的惩罚？

她来到五楼，毫不犹豫抓住通向楼顶水塔的铁梯扶手，我仰望她，她犹如一只白色矫健的羚羊，飞过楼顶的天空。我小心翼翼抓牢铁梯扶手，笨拙地踏脚上去，慢慢地慎重地走完一段居高临下的距离，往里一跳，落在她身后，水塔就在我们头顶。

我从背后搂住了她，两只手搂住了那常让我失眠的蜜桃，手心碰到她衬衣的花边，好比扯碎了一书的纸。她手肘撑在水塔粗糙的水泥底座上，扭头让我亲吻。我的手，在她身上游历，去那些向往的地方。

她向我转身，我们搂着彼此，抬头看天。月亮如淡淡的蛋黄，浓云飞渡。

她浑身都是成熟的桃子那种毛茸茸质感。她闻起来如同我想象中最顶呱呱的女人。

“你要吗？”她虚脱般看着我。

“现在？”我感到一阵激动，却浑身无力。月亮仿佛是陌生的眼睛。

“越过雷池，”她轻轻说，如蚊子细鸣，“你敢不敢？”

我们在波涛上，我们全心全意想要冲浪。海水正一波波浇湿我们，滋润我们心肺。

她一把搂紧了我，颤抖起来。我后知后觉，终于听见人声鼎沸。

那些宵小之徒，拥挤在铁梯之下，一起鼓噪：“校卫队查风纪！校卫队查风纪！”

手电光柱刺向水塔，如一条条青虫在塔上爬。

她发着抖，呜咽在我肩头，一波波萎谢下去。我急忙替她整理衣裙，挡在她身前。

底下那些人开始笨拙地攀爬铁梯：“水塔上有人没有？快出来！”

我们拒绝回答，她在我背后，脸贴在我背上。几支电筒光陆续落在我身上和脸上，几张猴子脸好奇而贪馋地打量紧扣在我胸口的她的手。

“干嘛？”我厉声说。

“校卫队查风纪！”一张猴脸说。

“关我什么事？”我问他。

“不关你的事？你在楼顶干啥？”

“我们看星星，聊天。不行吗？”我回答他。

猴脸语塞。这时候，铁梯上探出一张戴黑边眼镜的女人脸，这是一张长得很像美国杂志上犹大像的脸，她嗅着空气中的气味，哼了一声：“女生出来。我看看你是谁？”

我感到她的脸紧紧贴在我背上，有滚热的液体烫了我的皮肤。我厉声对女犹大说：“你可以滚下去了。这是我们的自由，我们有自由在水塔上，一起看月亮和星星！”

“你错了。今天没有星星。只有乌云。”女犹大得意地指指天空。

“跟我们到校办公室登记一下，就让你们走。”女犹大说。

我感到恬岫的脸离开我的背，我一下子紧紧按住她搂着我胸膛的手，对那几个小人说：“立刻给我从铁梯上下去，我脚下有石块。我数到三，就朝你们脸上扔！”

“哇”一声，宵小之徒立马乱成一团，女犹大躲得最快。霎时间，眼前没鬼了。

我们激动得发抖。她问我：“为什么要怕他们？”

我觉得这问题问得与平时有完全不同的意义，仿佛头上云层打开，露出湛蓝星汉。

“难道他们不睡觉？”我说，“我们可以在这里等到天亮，等他们撑不住回去睡觉。”

我们的确那样搂着等了。夜，越来越深，越来越凉。我们渐渐熬不住蟋蟀叫声的寒冷。我打头先下，确认下面没人，她才颤悠悠地从铁梯上下来。校园一片沉寂，早已进入梦乡。我们低头疾走，确认无人尾随。

我难以忘怀恬岫翻越大铁门的情景。女生宿舍已经关闭，两人高的铁门被一圈铁链紧紧拴在一起。她奋力抓住铁栏往上攀登，夜风吹起她的裙子，像是玛丽莲·梦露那张照片。她骑在铁门顶上，小心而唯美地举起大腿，如芭蕾女那样舞过顶端铁杆。她一边往下溜，一边凝视我。她的眸子是暗夜里的珍珠，她的倩影，让好莱坞剧照黯然失色……

我们隔着铁门，抓住彼此的肩膀。我们吻了一次。她转身看着女犹大从门卫室慢悠悠走出来，手里拿着手电和记录本……

因为我们的“拒捕”和“攻击性”，蒲恬岫被校方记大过，我被校方严重警告。

这是我们准备越过雷池时受到的精准打击。

凌空，无数双眼睛准确无误地看着我、看着她。

这被看着的感觉，铭刻在我们心底，每逢阴天，就会从毛孔漫出来。

六

我来“蓝海洋”时日头已过了兴旺时刻，阳光慢慢红软。

“蓝海洋”紧靠着交通环路，没显赫大门，只一个下坡车道通进潜店院子。

院子左手是大约九十平方米的练习池，池边一棵巨大的波罗蜜树；院子右手是设备清洗池和收纳室，几个皮肤乌黑的瘦印尼汉子懒洋洋地清洗成堆的BCD[1]，我看见收纳室里挂满了潜水服、呼吸调节器和晾干的BCD，五颜六色的脚蹼堆放在蓝色大塑胶箱里。

潜店店堂在院子里侧，三级台阶上去，是接待室。除柜台外，到处挂满待出售的潜水设备。顾客可以坐三张大沙发上休息，也有洗手间可用。我对柜台上的印尼大妈说明来意，问：

1　BCD，潜水装备，为Buoyancy Control Device（浮力控制装置）的简称，用于调节潜水员在水下的浮力，并在表面提供正浮力。

“可不可以和梵尚本人谈一谈？”

梵尚动感十足地从里间办公室走出来，灰白头发像狮子鬃毛顺额披下，覆在列侬式眼镜架上，酷似退休体育教师。他以法语欢迎我，又很灵敏地换了英语同我交谈。

我承认，法国人是最适合同中国人做生意的。梵尚不像英国人矜持，他很爽朗，毫不避讳；他还会琢磨我的腹语，用“也许你会这么想，可是让我告诉你”这种句式高效地解决我的疑惑；然后他用中国人普遍觉得亲切的态度说：“OK！没什么问题了，只剩下价格。我亲爱的亚瑟，既然你准备在我这里一直学到拿高阶证书，那所有项目的费用都给你打折。这可不能告诉别的客人啰！Bon[1]! 我们明天就开始泳池训练，我的车会去接你。”

他站起来，热烈同我握手：“我决定让你跟阿诺学，他是巴黎人，是我最好的教练之一。你会喜欢他的。”

就像你去参观一架展出的飞机，没等仔细看出名堂，飞机已带你从展览厅飞到了天空。我一贯按所住大城的行事习惯，千方百计地回避十有八九是骗局的快速交易，可法国人梵尚却轻轻巧巧带我一路溜冰，到达了付款签约的终点。

我借口上洗手间，关上门，对着潜店马桶站了好一会儿，试图请出自己的理智来控制局面。

---

1 Bon，法语词汇，表示“太好了”“太棒了”。

不过，还好，回顾了梵尚和我的对话，我认为他是个诚实的人。我的疑虑是被他实实在在的安排和对策解决掉的，不是忽悠。他只是以花样滑冰的速度和灵巧，快如闪电地挖掘出我所有的小虫子般的不安和怀疑，然后对着臭虫的小鼻子直接喷杀虫剂。

走出洗手间，我已经对灰头发老梵尚产生了经过思考后的好感。我付了一小笔定金，数目小到让我对自己钱包依然有绝对掌控权。

唯一让我不安的就是事情的进程：早上出来时，我决定今天好好休息，万事过几天再说，可到了下午，我甚至都还没吃午饭，却已答应人家明天就下泳池！

明天，我就会被人拖到水底下，鼻子失去自然空气，只有嘴里咬着的管子给点合成气体？手舞足蹈、实实在在、伏在池底练把式？太不可思议了！

我担心，紧张，坐在沙发上发呆（但没咬手指），以至于老梵尚听了谁的提醒，又跑出来关心我，然后礼貌地派车送我回下榻之地。

没吃午饭，我确实饿了。冲过凉，我时差感并不重，躺了一阵子没睡着，于是，锁上门，慢慢走出去吃东西。

“沙洲小筑”的院子在明亮夕阳里美得不一般，茂盛的热带树木被染成金色，花朵火红。几对法国男女在泳池里扑腾喊叫；一只小沙皮狗贴地快跑，骤然遇见我，它抬起黑乎乎皱皮脑袋，湿鼻子吸着空气。我看着它，它讨好地想把爪子搭我腿上。我让了一让，这狗仿佛领会了我的戒备，垂头丧气换个方向跑开了。

我就近到隔壁热闹的“火场”餐厅吃饭，要了壶伯爵茶，点了简单的海鲜色拉。女侍离开后，我抚摩餐巾，毫无征兆地伤心起来。

这伤心，首先是种惊惶，正如飞机剧烈颠簸，以至你怀疑要失事，刹那间开始颤抖，发亮的、酸性的无名物质虚无地涌出，发自骨髓。

一阵惊惶过去，我透不过气，喉咙像被坚硬的手卡紧，不得不仰起脖子张开嘴巴。然后，我的胃抽搐起来；我疼得弯下腰，大腿左右晃动。

这一阵过去，我才进入真正的浓厚的伤心。天还挂着火烧云，艳亮华丽，黑暗单单笼罩了我。我坐在“火场”餐厅里，是一抹大大的立体的墨水团。

我不知道此刻蒲恬岫在哪里，不知道她在干什么，也不知道她是不是和谁在一起。

女侍送来了色拉，我眼睛落在色拉里那几只红虾上。这红虾太传神了，我觉得自己就是它们中一只，剥掉了身上硬壳，所有柔软的肉都暴露空气中。刀叉一来，任由宰割。

我持久地玩弄着刀叉，吃不下第一口去。女侍过来问色拉好不好，我点点头，给她一个微笑。我放下刀叉，把砂糖块扔进红茶，然后一口口把茶全喝下去。我稍稍吃掉一些色拉里的蔬菜和贻贝，付了账，走出餐馆。

我沿着去往海边的路走，天色淡青，黑蝙蝠成群飞舞，浓云残灰。我听见了海涛，看见了金黄沙滩。我没好起来，觉得自己从身体里头坏事了，一直想呕吐。

我终于熬不住，摸出了手机，手指却抖得厉害，找不着恬岫的号码。终于找到了，我迅速发出一条短信：你好吗？

在海风里等待，我愈发抖得厉害，凉风让我开始头痛，我没等到任何回信。

我想寻找一个暖和些的地方，便沿海滩横行。那里有个点着灯火的酒吧，有个印尼歌手抱着把吉他，满脸笑容地唱爵士。

我走过去，看他身后的灯火。灯火明明灭灭，影像都在变幻，不能固定。我慢慢举起手机，决定向自己的痛苦屈服，拨通她的电话，向她倾诉。

就在这时，印尼歌手走过来，对我说了句中文："你好！欢迎来到印度尼西亚！"

我环顾四周，只我一个东亚人。"欢迎来到印度尼西亚"？真有意思，这世上还有人欢迎我？

歌手的笑容嵌满皱纹，他问我：“先生，要点一支中文歌吗？”

我点点头，看他递过来的歌单，我一眼看见了那首老歌，一指头点过去。

歌手在灯火里调弦，然后，他清清嗓子，唱起来：“……分手时候说分手，请不要说难忘记，就让那回忆淡淡地随风去……”

夜里我怎么也睡不着。印尼客栈的枕头、盖毯和被单都散发一股奇特香气，甜腻腻地挡在黑甜乡界碑处。哪里还传来迪斯科鼓点，揪住我神经往墙上撞。

其实我是害怕到难以入睡。人，毕竟是陆地上的活物，下海？说说容易，真要脱掉正经衣裳、穿上潜水服往水里跳了，心虚得厉害，好比去赌命。

我这平时不好动的人，到底为啥要来举目无亲的海边历险？

你看你看，爪哇岛就在旁边，我已被命运流放到爪哇国！

这时候回味来印尼潜水的动机，多少有些莫名其妙。当时只想一走了之，陆上生无可恋，不如纵身海里。可我除了翻书看杂志，对海又真正知道些什么？那是鱼的地盘！

话又说回来，历年来，我暗暗存着带蒲恬岫一起学潜水的心，有关的书和杂志倒慢慢收集了一大堆，脑子里圈养下不少未经实践验证、干巴巴的潜水知识。顺藤摸瓜，一下子叫我想起来：水下七十米。

水下七十米有什么？

不说也罢。还不到那个时候！

第一天泳池练习，不过在两米五深的池水里，没什么好担心的。

可我就是睡不着。上着门闩的房子外头，野猫走过，喵喵叹息；那只旅舍里众人喊它“吞吞”的沙皮狗从门前走过两三次，短腿“塔塔塔”扒拉着卵石路……我透过百叶窗间隙，望着暖色灯下芭蕉叶……

穿好短裤短衫，出庭院里走走，透一口气。大约已过了子夜，夜灯熄灭一多半，只剩游泳池里蓝色光带尚明朗，勾勒池边，防止人或猫狗掉下去。

我想起池边有躺椅，就往池边去。我找到一张躺椅，坐下来，摸出家里带的熊猫烟，点一支叼嘴上，并不真吸。我不特别喜欢烟，常常只爱叼着。

“对不起，可以给我一支吗？”暗夜里睡意蒙眬的女声吓我一跳，不过，这分明是英语。

我竭力向蕉叶下的暗影看去，有张躺椅横在叶下，一个女人盘着腿，坐在椅上。

“辛，晚上好！”她说。

原来是那意大利妇人瑞娜。

我忙不迭递过烟去，摸出打火机打火苗。瑞娜褐色的头发在隐隐火光里一红，她俊俏的橄榄型头颅显在蕉叶间。

“这么晚不睡？”我没话找话。

“我在冥想。”瑞娜说。

“什么算是冥想？”我明白她说的是西方人迷恋的东方式冥想。

“冥想就是解脱。”瑞娜吐着烟圈，笑道，“是度假的一部分。”

“解脱？”我玩味这英文单词，不由悲从中来。若可以解脱，我就不会出现在这里，半夜三更，和一个练瑜伽的洋女人在热带泳池边扯淡。

“你白天潜水了吗？”瑞娜问我。

“还没有，天一亮就去。”我说，“所以睡不着。”

“兴奋？”她歪过头，看着我。

“害怕。”我说。说出口，立马觉得自己不像男人，不过，却轻松了些。

“害怕？”瑞娜重复一遍我的回答，她把烟从嘴里拿开，“我不明白，你真觉得害怕？”

“是啊。”我没必要装，“我游泳也游得不好。有时候耳朵有点痛，不晓得下了水行不行。”

“噢。”她沉吟一下，“我觉得好感动，你说自己害怕。”

我不太懂她意思，不过听得出来，她确实有点感动。

“害怕，就会尊敬大海。害怕，说明你还属于陆地，属于我们，属于你的同类。”她一口气吐出好多话。

“瑞娜，”我笑了，“你真会讲话。”

“辛。我不是会讲话。我是告诉你我领悟到的真相。”她抽了烟，嗓子有点沙哑。

“从你的冥想中领悟到的么？”我摁着烟，同她开玩笑。

“辛。”瑞娜并不笑，她迟疑了一下，“我从我丈夫身上学到的。他，也许我不该这样告诉你，他死在一次潜水里，就在这岛。前年。”

“哦，”我背上一阵寒凉，“对不起，我……我没想到。我……真是难过，好难过。”

“谢谢。”她不吱声了。我也不知道该再说什么，只好把烟盒递过去。

她又抽上一支，她坐在那躺椅上显得很小巧，夜色模糊了她的细节，我只感觉她是地中海的一朵芸香科白花，散发着意大利香水装饰过的气息。

可是，死亡是一种只要提起就难以挥发的东西，她丈夫死了，她成了寡妇，还有一个孩子。为了潜水，一个意大利男人付出了生命，丢弃了他的生活和家人。

“你的丈夫，他是一个游客吗？是不是谁疏忽了什么？”我感觉瑞娜不会在意我了解事故的细节。

“不。他在这里当了五年潜水教练。他潜了无数次。没人有什么疏忽。他就是出事了。”瑞娜说。

我还不太懂潜水的事。

“也许他潜得太多了，过头了，”她平淡地总结，想让我明白，“他在水下不舒服，出水不久就休克。没谁要为此负责。”

“你来纪念他？”我小心翼翼问。

“是啊。他儿子想他了。”瑞娜说，她的声音在深夜里和早晨有奇异的不同，更沙哑，却显得年轻了。

我张开口，忽然很自然地对瑞娜说起了刚舍我而去的蒲恬岫。

不知道是不是关于死亡的话题令我憋在心里的故事显得比它本身轻巧，我言简意赅，没怎么展开，大意只说明我此刻了无牵挂，可以放心潜水。若发生意外，也不会有人直接为我伤心。

“哦！辛！”瑞娜语调感伤，“别这么说！伤心这种事，谁也说不准！不过，潜水绝不是可怕的事，潜水很美，我也爱潜水。你会明白的。”

我们同时站起来，如此半夜时分，我该礼貌地同女人保持距离，千万别献什么殷勤。同她快快说声晚安吧，我倒想再在池边坐一会儿。

可瑞娜和我想得不一样，她很亲切地抬头看着我，有点像看一个未成年人。

她自然地张开手臂，倾身靠近我，非常温暖地拥抱了我一下，还在我背上用劲儿揉了揉：“别害怕。辛。海会接纳你的。”

我没敢对她回报任何热情的身体动作，我的手尴尬地在她背上虚拢了拢，可我很感动："谢谢，希望还有机会和你聊天。"

"当然。"瑞娜走到池边，"我们还会在巴厘岛待上一阵子。晚安。"

面对幽绿泳池，我托着腮又坐了一个小时。

我看着那一池幽暗水，想象着自己浸入宏大的水体。

我害怕什么呢？怕死？

日本人写过一本冷血的《完全自杀手册》，可笑这本手册在我看来并不完全。日本人喜爱凋萎的花朵，他们的自杀方式也像残菊，以痛苦为美。然而自杀可以很美，甚至算得上快乐。

我碰巧知道了这秘密，所以我的潜意识带领我来这里。

是这样吗？

七

我和蒲恬岫坐在伟人像的花岗岩底座上。她穿短袖白衬衣，石榴花色长裙，头靠在我肩上。

我喜欢我坐着的时候她站起来，那样我能将她全身看在眼里，怎么看也看不够。中学里我俩暧昧，她仿佛还是怕冷的花骨朵，现在成了丰满夏花。将她拥在怀里，我觉得是把地球上所有女人拥在了怀里。

“我们还一起去食堂吃饭吗？”她问。

“为什么不？”我哼一声。

“我们晚上还一起上图书馆吗？”

“当然。”

“我们还……还冒着被学校开除的危险……？”她攥紧了我胳膊，攥得我疼。她小兽毛皮般冒活气的头发散发茉莉香，低俯我颏下，有阵阵茉莉花皂涤净的暖。

“我想带你回家见见我父母。”我喃喃道。

她猛抬起头，看着我。她乌黑眸子审视我的脸庞，笑了：“好呀！”

其实，我家离学校并不太远。比起坐轮船火车来上大学的校友，我几乎就在自家村里上学。

我父母都是寂寂无名的学究，研究着令人闷闷不乐的课题，靠月月清的工资度日。我记得父亲发表过以下标题的论文：《多肉类植物在特殊时期的代食性研究》《百年建筑霉菌种类及其防治》《大型城市水源藻类调查》，等等。他调查和思考的是一旦人类发生什么事，植物该跟着干什么。母亲是父亲的大学同窗。一如学生时代，她自己不写什么，她负责在研究组里支持像我爸这样能写的人，提供各种后勤服务。

我考进大学，父亲单位研究了父亲的要求，收回我们在市中心住了二十来年的十五平方米的小房间，在我大学附近的工人新村分配我们一套两室公房单元，有六七十平方米，带厨房和浴室，还有一个躺下可以打几个滚的独用小天井。父母住朝南大房间，我在八个平方米的小暗间放了张行军床，床边勉强塞张小方桌。

有条乌黑的小河流经我家工房南边，距离窗户大约二十米远。它像什么呢？像是地球在这里被割了一刀，不停流脓血。那沉闷热烘的臭气，二十四小时连着二十四小时地漫入我家天井，钻进蒙着薄薄绿窗纱的窗户，满不在乎地在我们身边蒸腾，探入鼻孔，直达肺叶。

“水是从前头那个污水处理厂流过来的。”父亲说。

“别去想它，慢慢就闻惯了；闻惯了，就闻不出了。”母亲说。

我换着手捏自己鼻子，站黑溪流边。靠近它闻它，溪流有股浓烈药味，还有带刺的薄荷气，呛喉咙。

我的钓线很简单，就是一条粗线绳，绳头挂一枚拗过的回形针。回形针尖，我要么穿上一条喂相思鸟的面包虫，要么捉只黄蜻蜓，扯去头尾翅膀，只挂深黄色胸段。不要看水又臭又黑，黑浆里倒有不少小龙虾，我父亲坚持叫它们“克氏原螯虾”。

逮小龙虾绝不是什么技术活，我都有点不好意思形容：钩子往黑水边沿一沉，看线一扯一扯，就知道有货。等线扯紧了，只需收线。小龙虾不是鱼，它不怕出水，钳住到手的面包虫或蜻蜓胸，舍命不肯放，一路拉拉扯扯到人跟前。我伸手把这黑里发红、红得生一粒粒小朱瘤子的硬壳虾从回形针上掰下来，扔进塑料桶。

我没告诉父母蒲恬岫要来家里。他们听说过她，知道我和她一路同学，却不知我俩之间瓜葛。他们根本想不到校方给予我们的处罚，我也没有开口谈这事的必要。

周六只上午有课，第四节课西方哲学，我和她并肩坐一起听讲西蒙娜·波伏娃和萨特。

我对她说："中午去吃馆子吧，我有点零钱。"她气愤地回答："凭什么给我们处分，萨特和波伏娃，倒当成大师讲？"

我们提早离开了课堂，还不想吃午饭。天气不错，炎热中有清凉。蝉声还没谢，我和她跑去对面公园湖边看荷花和莲蓬，她喜欢荷叶微辣的清香。

荷塘边杳无人迹，塘面被碧绿浮萍罩满，洋溢着虚假的安全感。蒲恬岫靠在柳树干上，像一只漂亮蝴蝶，手里拈着我采下的粉红荷花。

"我和你，"她叹了口气，仿佛很累，"也许是不合适的。"

"什么不合适？"我发闷，不知道她说这话背后有几层意思。

"我也不晓得。"她扭过头，"突然就冒出这个念头。"

我想了五句话，五句话都没说出口。只有喉结上上下下。

"真要去见你父母？"她嗅着荷花，挑起眉毛打量我。

"见见吧？又不是什么特别意思，他们都知道你，知道我俩一个中学读上来。"

"知道我连累你背了处分？能好好款待我？"她闷闷不乐。

"我可没提起过这种事。"我说，"你真逗，怎么叫你连累我？"

"毕业分配的时候，你就知道了。"她说，"天真。"

"我天真？"我手指自己鼻子，又好气又好笑，"你也没分配过，你就知道？"

“我不知道。那是女犹大那天告诉我的。她说背了处分的，都影响毕业分配。除非能在分配前把处分纪录从档案里拿掉。”

“拿掉？”我琢磨着这事，“得托人办事？”

“谁知道？算了，别想了。”她一甩头，甩掉了阴郁气色；笑容，如阳光破云而出，“我们去哪里吃午饭？”

我追赶她的情绪：“去吃大酒店怎么样？你吃过西餐没？”

“你这个月不要伙食了？哪来的钱？”她奇怪。

“我有点零钱，别问了，吃去。”我笑嘻嘻转身便走。

我们出了公园，旁边就是与公园同名的大酒店，才开业，大城西区顶呱呱的四星级，大堂地面和墙壁斑斓光滑，全大理石，把人衬得又嫩白又温软，特适合女生来用餐。

“你去献过血了？我可不吃卖血钱请的客！”她在大酒店门口忍不住说出了疑心。

我笑：“我是卖了些东西，也是血红的，不过不是我的血，是小河里逮来的小龙虾。”

我用卖小龙虾的钱请女朋友吃饭，心里是快活的，恨不得她多吃些。那些龙虾生在臭河沟里，身上有毒，我卖给了学校后街的花鸟鱼虫铺子，给人家养在鱼缸里看稀奇。我的良心没不平安，这增添了我的快乐。其实，有种更大的快乐和激动掩藏在我心，我说不出口，不过我期待着，期待今晚她会发现回市区太晚而回宿舍太冷清……

我俩都没吃过西餐。中年服务生给我俩摆盘放刀叉，他端着假模假式的功架，嘴角还缀着一丝冷冷的笑。

我问蒲恬岫吃什么。她神定气闲地说："得看人家有什么。"

我没沉住气，新奇地瞪大眼睛问服务生："什么，先喝汤？我历来最后才喝汤的哟！"

她看着服务生说："你要么教会我用刀叉，要么去给我拿双筷子来！"

如此，蒲恬岫便扭转了局势。我们学了五分钟，马上自认为上得厅堂了，头凑着头，高高兴兴琢磨每道菜。每道菜都能吃掉我俩两三天伙食费。

意犹未尽地走出宾馆，我记得自己忧心忡忡说过："牛肉还带血，会不会拉肚子？"

她说："谢谢你掏空了钱包请我吃西餐。西餐很优雅，以后我回请你。"

我用钥匙打开门的时候父母还没到家。恬岫好奇地张望我们的房间，说："和我家差不多。"我不知道她的"差不多"是啥意思，不过，她像松了口气，不再紧张即将到来的会见。

我倒水给她，她咕噜噜喝了一气，乖乖跑去水龙头下洗杯子，小心地放回杯架。

父亲先到家，看见我小房间行军床上坐着的恬岫，不由一愣。她甜蜜蜜地站起问"爷叔好"，脸上泛起甜蜜涟漪。父亲分明很喜爱她，欣喜地看看我。我对老爸挤挤眼。

母亲回家，先在门口和邻居聊天，她的大嗓门形成有压力的声波，对蒲恬岫产生了明显影响。蒲恬岫向四周张望，她的手，不由自主捏着了我手腕。

“妈，我女朋友来了。”我迎出去，对母亲报了她名字，“你知道的，你认识的。”

“女朋友？”母亲喉咙咕哝一声，“我认识？我不认识！”

母亲跨进门，看见了站在门口羞涩的她。我奇怪地看看母亲，她平时从不如此沉默，她勉勉强强道：“哦，同学，坐，坐，坐吧！”

我拉着恬岫的手，她手心有点湿，我们挪到父母的大房间，坐在沙发上。父亲笑嘻嘻看我们，母亲去炉灶上烧水，终于端一杯茶来，放在她面前。

“你们？”母亲一脸狐疑，就像审讯官，“你们谈对象？”

恬岫尴尬地脸红着，我代表她回答：“妈，这是我女朋友。我们一个中学毕业，在同一个系里。”

“哦。”母亲说，“以前我们不知道……”

“现在不就知道了嘛！”父亲和气地打断母亲，“跟你我一样，是同班同学。”

“别插嘴！”母亲朝父亲一瞪眼，仿佛他说了不该说的话。

“你家住哪里？爸妈在哪里工作？”母亲问。

“哦，我家在卢湾，爸爸妈妈都在江南造船厂工作，是技工。”她笑答。

“哦，技工？工人家庭。”母亲沉吟。

我站起来：“好了。你们都认识了哦！我和她出去兜一圈，等会儿回来吃饭。”

母亲点头：“哦，去吧。我来做饭。”

父亲又插嘴：“带点熟菜回来，你妈下班也累了。”说着，塞给我一小卷钱。

“阿姨，我留下来帮你做饭吧。”恬岫站起来，“我会做饭。”

“不不不！”母亲“不”得急了点，就像一个女孩怕人家抢她玩具。

我和恬岫慢慢往小区里走，周围一排排极高水杉。她说：“我还是回家吧。给你妈添麻烦，心里好过意不去！”

我紧搂她肩，像一松手，她就会飞跑：“开什么玩笑，你看我爸多喜欢你，给我挺多钱买熟菜。”

她努力地笑了一声；我不敢松开她，一路紧紧搂着她，她慢慢软下来，偎在我怀里。

四个人围着一桌子菜坐下来，母亲也放松了，恢复了平时对人的热情，一个劲地给恬岫布菜。但凡有冷场，父亲就指点他种的花花草草，讲他各样的植物研究，仿佛要代替不讲话的绿叶红花发言。恬岫对母亲的问话有问必答，好在母亲只问我们学业，不再扮演查户口角色。

吃过了饭，没什么可做的事。父母照例和邻居们一样，打开电视机，看《新闻联播》。我拉着她悄悄又出门。我们慢慢散步，跟每晚在校园里一样。我感到居民区安全极了，没人盯我们的梢，也没人在乎一对年轻男女偶尔亲热一番。

“很快就能毕业了。毕业，我们就自己找地方住。”我说。

月在水杉树梢上亮，她“嗯”了声：“不早了，我得回家了。再晚，就没车了。”

我捧住她的脸，在月色下俯视她：“车已经赶不上啦，除非叫出租车送你回家。今晚住下吧，求你了！”

她看着我，眸了里色彩变幻。她说：“我回宿舍去吧！”

我俩回到家，母亲和父亲已关了电视，正坐在那里讲话。我拉住恬岫手，看着我母亲眼睛：“妈，她现在回家太晚了，宿舍又没其他人，我想让她住下。”

母亲“啊”一声，目瞪口呆。父亲也沉吟着。

“我今晚和你们一起睡在大房间；她可以住我的小房间。”我说。

恬岫的手在我手掌里挣扎，终于安定下来。

万籁俱寂，仅有草地里蟋蟀鸣唱，草的芳香从黑溪流臭味里挣扎出来，叫我高兴得流泪。我在小房间里整理我的东西，为她安顿床铺。她悄悄拿出自己带的手巾，去浴室简单洗漱。

我弄满意我的“狗窝”，觉得够舒坦了。跑出门，一下子瞠目结舌：恬岫两手拢着头发从浴室出来，小手巾攥在一只手里。母亲低头扫地，不过，那把扫帚在发神经，恬岫走到哪里，母亲的扫帚就跟到哪里；恬岫踉跄躲避，像一只被驱赶的小鹿……

半夜里，我数着阿拉伯数字，数到很大数目。我在如漆黑幕里从竹席上坐起来，听一听，然后极慢地站起。我摸向自己小房间，房门没反锁，我推开门，踏进藏着恬岫的黑暗，靠近她。

我摸到行军床前，呼吸加速：“你醒着？”

她嗯了一声，抓到我的手，我们紧紧握着。

“我……”我才又想说话，她转过脸来，一个火团般的吻，叫我窒息。

我慢慢退开，我们的手指互相缠绕，却掉了下去。我回到父母房间，我知道谁都没睡。我躺倒在地板席子上，听见母亲缓缓、缓缓吐出一口长气……

我轻轻对着黑暗说：《一九八四》。

八

隔开着接待室，老梵尚的培训教室在办公室对面，很安静，房间尽头还隔出小间，里头挂着待售的潜水服，被太阳照得发亮。我一个人抬头看教学录像，教练阿诺悄悄推开门冲我笑笑，递给我一瓶冰镇矿泉水。他是个三十来岁的法国男人，瘦瘦橄榄头，柔和大眼睛，细身长臂。

“亚瑟，”阿诺称呼我英文名，“如果梵尚昨天曾告诉你你要单独训练，那今天我要修正一下，你有一个女同学。”

他别有用心地眨眨眼：“她将是你的第一个潜伴。祝贺你。”

我呆呆地看着他。

“当然，我也期待看看她长什么样。”阿诺笑得暧昧，“祷告一下吧！”

我提出了我真正关心的问题：“她是哪国人？”

“瑞士。”阿诺说。

我的神经松弛下来："所以你们准备甩开我讲法文咯？"

门在阿诺背后打开了，我已经看到波浪般的金发在阿诺背后甩动。阿诺转身让开。

女同学到了，我的第一个潜伴，瑞士金发女郎。她长得像法国人般娇小，眼睛挺大，咕哝了一串法语，同阿诺握手。

然后她转身过来，我礼貌起立，我俩非常礼仪化地自我介绍。她是大学生莎拉，在日内瓦上学。

我们非常有效率地着手协调：阿诺用英语教练，莎拉若有独自的疑问，可以和阿诺法语沟通。

然后，我们要准备通过阿诺的书面考试了。他把试卷发给我们之后，替我俩各灌来一杯小黑咖啡，自己也弄了一杯。

咖啡还没凉，他就看出了苗头："莎拉，喂，亚瑟，你俩真是挺合适的一对儿。从没见过你们这种高速答题的学员！你俩难道约在一起预习过？"

我和莎拉相视一笑，彼此暂时没生恶感。

一人轮一题，我俩连珠过阿诺的提问。阿诺盘腿坐在课桌上，腿上黑毛打圈。他还想努力一下，问我们下降几米增加一个大气压，莎拉咯咯笑："算了吧。理论上我们恐怕已是高阶潜水员了。"

阿诺试图调情莎拉："时间多出好多，可以让亚瑟在这里看录像，我带你去走走海滩。"

莎拉高调地笑起来，呵呵呵……

太阳白亮，后头颈发烫。我们三个站庭院树影里喝饭后咖啡。

头顶猛一声闷响，吓得大家泼了咖啡。印尼工人都笑，原来大菠萝蜜树掉下一只熟透的大果，砸中天棚。老梵尚跑出来往屋顶上看半天，嘴里“哦啦啦”了好一会儿，对我眨眼：“这树太高了！是猴子干的！”

我没看见猴子，我告诉梵尚：“我要买全副装备。现在就买，下泳池用。”

“不用着急。”梵尚挥挥手，“你可以先用我们的。”

我悄悄对他说：“卫生起见，还是自己买自己用为好。反正，你店里都有。”

梵尚看看我，点了点头：“随你，我的好先生。”他喊道：“阿诺，给亚瑟挑货，他要自办一套行头。”

刚闪进门，他又跳出来：“我是说话算话的人，亚瑟，所有东西都九折！”

阿诺目光闪烁地望着我：“亚瑟，这可是一大笔钱。”

莎拉重新从咖啡机上接了免费咖啡，她望着游泳池，似乎看见了水面浮叶，皱起眉头。

我们换上泳衣，在毒辣辣的太阳下走向泳池。光脚板踩地上，烫，眼睛有点睁不开，巴厘岛真是个明晃晃的地方！阿诺起劲地把我刚买的新潜水服扔下水："新的该好好泡泡，否则穿不上身。"

他得意扬扬站在池边，裸露的身子挺耐看，他说："你俩，跳下水去反复游！游上两百米。中间不能停！"

"有这必要吗？"莎拉撒娇说，"水不那么清。"

"发证组织 PADI[1] 的死规定。不能连续游上两百米的人不准参加潜水培训。"阿诺陈述事实。

我看着莎拉跳进池里游起来，下水，站池边。

"游！亚瑟！"阿诺喊道。

"我可游不了两百米。"我摸摸自己发福的白肚腩。

"能游多久游多久！"阿诺说，"你会发觉自己游得了两百米的。"

"不不！"我说，"我不能拼命游，还有几小时水下训练呢，我得留着力气！"

阿诺可怜巴巴地看我："游吧，游吧。总不是不会游泳吧？游起来再说！"

"我能游个五十来米的，再多就淹死。"我说完，摆动手脚开始游。

1　PADI，国际专业潜水培训系统（Professional Association of Diving Instructors）的英文缩写，创始于 1966 年，亦称"潜水教练专业协会"，是世界上最大、最受认可的专业潜水员培训系统。

我和莎拉像两只不同品种的蛙，反复在水里划拉。阿诺瘦高高站在池沿俯瞰我们。莎拉越游越流畅，我越来越慢，终于靠着池壁站住了。

阿诺等莎拉多游一个来回，说停。他并不追究我，提出第二个要求：“现在，在水面保持漂浮十分钟。不管什么姿势都行。到深水去！”

这个我在行。莎拉和我游到深水，各找一片菠萝蜜树树荫，躺在水面上，一点力气也不花。阿诺看看我们，看懂了。他走开好一会儿，端了杯咖啡回来边喝边看表。我和莎拉被动地望着高天，天真是湛蓝湛蓝。

“好啦！”阿诺大喝一声，“上来穿潜水服！现在我们该下水底啦！”

人第一回在水下呼吸，突如其来，绝不是什么享受，也顾不上新奇，只有本能的恐惧。

穿潜水服时我像一只翻滚的企鹅，要把一张泡得沉重不堪的皮套到肉身上。

阿诺好奇地站在树荫里观察我这张亚洲脸，让我不由猜想欧洲男人们是如何看我们亚洲男人的，我压住向他求助的念头，想尽办法对付陌生的潜水服。功夫不负苦心人，还好，我只比莎拉慢了三分钟，就搞定自己。然后我们跟阿诺学怎么把气瓶和背心式的BCD固定在一起，怎么把低压管接妥，检查呼吸器和备用呼吸器。我们以跨步姿式跳入泳池，立刻被充了气的BCD托举在水面上。

阳光灿烂之至，泳池水面漂浮的落叶在光里闪烁金绿。我有种迟钝的害怕，仿佛脚下不是池水和泳池底，而是某种深渊。

放气下沉，我在水面之下看见莎拉捏着自己潜镜里的鼻子，脚蹼像两片垂落水中的翅膀。水里阳光印上了淡淡波纹，让人有种溶化在阳光和水体里的错觉。我没什么不舒服，却很想立马浮回水面。我担心阿诺会让我在不可靠的水下做危险动作。

阿诺向我俩招手，我们笨拙地扒拉着满世界的水，向他靠拢。眼下我们都“着陆”在两米五深的池底，按照阿诺指示，面对面跪成一圈。不过，我才跪下，就左摇右晃地漂浮起来。我举起低压管，继续放气。按来按去，什么也没变。阿诺狠狠按住我手指，教我长按按钮，如此，空气才从BCD里跑光，我沉沉实实地跪稳了。

水下看人，无非是一个个背着装备裹在潜水服里的笨伯，彼此类同。要看清楚状况，唯有观察彼此眼神。眼睛是心灵的窗户，那是在陆地上；在水下，从眼睛看不见心灵，只看见变幻不定的情绪。我和阿诺都看见莎拉棕色眼眸里的恐慌。她蹿起来，孑孓般扭动着向水面游上去。阿诺看看我，做个“OK”手势，我回答“OK”，他示意我原地不动，然后跟着莎拉游上去了。我抬头，看见太阳像一轮正溶化的香草冰淇淋球，有四只蛙腿般的脚蹼垂在我头顶。

他俩再次沉到池底，莎拉向自己面镜指指，告诉我哪里出过麻烦。我想笑一笑，可嘴里含着呼吸器。阿诺利索地把呼吸器从嘴里拿掉，慢慢吐出小气泡，然后把呼吸器放回嘴里，噗地吐出大串气泡。他指指我，要我照着做。

虽然理论课早已讲明了要领，不过真要做，我的心还是怦怦跳：拿掉呼吸器容易，张嘴塞回来，水会跟着进，想来可不是玩的。就算对付了过去，万一喝了池里脏水，也很恶心。

阿诺再次指指我。我把呼吸器从嘴里拿出来，憋着气，赶紧塞回去；塞回去时候，我舌头顶着上颚，努力往外吐气。原来没事！阿诺摇摇头，又将呼吸器拿开放回地做了次示范，特意让我看拿开放回的中间段。哦，他不许我憋气，这是潜水的原则。我领会其意，拿开呼吸器，往外吐小气泡，然后放回去，噗一下……心里忽然愉悦起来，其实，只要先在水下做成一件小事，人在水里的自卑就登时减弱了。

我和莎拉轮流跟着阿诺把 BCD 从背上脱下，放在池底，然后一一穿戴回身上，扣好每一个快捷扣。练习潜伴互救，莎拉杀杀自己脖子，表示吸不到气，我便扯下右胸口的备用呼吸器，用正确姿势递给她；我杀脖子，要过她的备用气源，互相扯着胳膊，练习共生呼吸，上升。

升回池面，阿诺带着法国式镇静瞪着我看了一会儿，说：“亚瑟，你在水下有些自行其是呀！”

什么？

“接下来，我们要在水下处理面镜进水。另外，练习把面镜脱下来，再重新戴回去。”阿诺布置了任务，同意我们暂且浮在水面呼吸一会儿新鲜空气。

我们放空 BCD，扎扎实实又沉入泳池。阿诺掰开他的潜镜，我看见池水从他镜底翻着沫子上升，遮住了他眼睛。他开始用鼻子向归位的潜镜里送气，气体挤压镜里积水；他抬起头，一串气泡，又一串气泡，面镜就干爽清澈了。

我以为我能和莎拉一样迅速模仿好他潜镜排水，可我碰到了麻烦。我用鼻子呼呼地向潜镜里呼气，不过水还是在里面，我睁不开眼，上气不接下气，我担忧起来，再一次尝试，却呛了一大口水。我踢打池底，向水面逃窜。阿诺倏然从水里冒出来，担忧地看着我，他摇摇头：“你没光用鼻子排气，你嘴里也在排气。记住，面镜排水，只用鼻子出气！”我点点头，立刻又沉下水去，不过，排水效果还是不理想，总有些水躲在面镜里，让我难受，叫我不安。

阿诺教我们中性浮力，简单讲，就是在水的中间不上不下地浮着，吸入一口气，肺部空气增加，人就往上；吐一口气，人就回下来。他盘起腿，像瑜伽客那样，稳稳坐在水的虚空里。莎拉就像天生会这个，也好好坐稳了。他们两个人，好比和尚尼姑坐在蒲团上。我却前倒后仰，抓不到自己脚蹼，气瓶沉重地抓住我，把我掀翻。我成了宇宙飞船里的小丑，在水里演孑孓，十分不成体统。

阿诺靠过来，仔细端详我的BCD扣带，他到处扯紧我的快捷扣，把我绑成一个水下粽子，又往我BCD口袋里塞了两块铅。这下子我找到点感觉，起码坐端正了，头上脚下也顺了。

出水时阿诺说："莎拉可以减掉一块佩重铅块。亚瑟，亚瑟？你在水里真自得其乐呀！"

我几乎不明白他暗讽的含义。我尽了十二分力气，事倍功半。

"我有什么问题？"我悄悄问莎拉。

莎拉笑笑："没啥。他几次向你做手势，可是你自顾自……"

"我可不是什么自顾自！"我气坏了，"我是在挣扎！他又没教我怎么弄好扣子和佩重，是扣子和佩重在作怪嘛！"

我们爬上池沿，脱了湿漉漉的潜水服，换上轻快的夏装，到棚子下长桌边休息，喝咖啡。

阿诺端给我一杯热咖啡："亚瑟，你的问题是你的习惯。"

"我的习惯？"

"是。你养成了某种习惯，你学潜水没莎拉那么容易。"阿诺重重点点头。

"你能否形容一下这习惯？"我问。

“哦。这个我说不上来。”阿诺啜着咖啡，“你像是一眼就看懂了，其实并没懂。”

阿诺走开，莎拉决定把话给我讲清楚：“我刚才在水下看着你俩呢。阿诺做一个动作，想让你模仿。你一看就点头，然后按你自己那套做。阿诺纠正你一次，你还是按你那套修正，像是心里另有一位教练，你明白吗？你像是在拒绝阿诺！”

潜店派车送我回“沙洲小筑”，我和前台聊了几句，走上石板甬道。

打开房间门，洗了热水澡，躺在床上。手机里没蒲恬岫留短信，更没来电。我感受到一次思绪短路，然后我打开行李，翻出日常记事本、个人财务记录和一叠我保留的信件。我在记事本上涂鸦了一会儿，查验一下我的财务要点，然后解开了捆扎信件的红绸带。我只浏览信件封面便看见一幕幕往昔，往昔如人们掷来掷去的塑料飞碟，在这寂无人声的印尼木房子里飞。

我无力打开任何旧信。我想，明天我就要下海潜水，万一淹死在海平面下，这些信也就失去了存在的意义。文字在信里具有私魅力，勾勒着只让主人惊心动魄的画面。失去主人的信件，好比捞出水面的海鱼，瞬间尽失原有色彩，没人稀罕。

我穿了端正的衬衣和长裤，揣上钱包，去吃晚饭。我的鞋虽镂空通气，却也是端正的皮鞋，适合进西餐厅。

我在泳池和前台间石子甬道旁看见了瑞娜：瑞娜带着孩子，和一个金发白肤的中年男子在草坪遮阳伞下喝冰茶。这是旅舍厨房端出来的饮料，褐色茶汤灌在磨砂玻璃壶里，两三个茶杯边放一罐子黄砂糖，配一碟对切开的小青柠。瑞娜同我打招呼，邀请我坐下来喝一点茶。我介绍了自己，明白了那男人是她在巴厘岛上的朋友。她的儿子卢卡和我握握手，问一句意大利语，瑞娜解释说，孩子问我是哪国人。

“今天训练得不错？”瑞娜问。

“还过得去。”我看看那男人，他挺和气地望着我。

我问瑞娜：“明天我去岛东边潜水，后天才能回来，你们还在这旅舍住吗？”

瑞娜说：“是的，我们还在这里，暂时不走。你回来，我们可以约着去看猫屎咖啡庄园。”

“好啊，”我站起来，跟他们说再见，“祝你们晚上愉快。”

天堪堪黑透，我形单影只，慢慢往餐馆区走。今天折腾了一天，本来很饿，这会儿却又失去了胃口。我想了想，忽然想去听听沙滩餐厅那位印尼歌手的爵士。

一路寻来，早听见了他沙哑而甜蜜的嗓音，我不知道他唱的爵士是哪些，不过很符合我心肠。我经过他的时候，他正好唱完一曲，在那里微笑鞠躬，我塞给他一张纸币，得到热烈的感谢。我找张不近不远的餐桌，坐下来点餐。

“中国客人来了，欢迎我们的中国朋友。”歌手戴上草编白礼帽，用英语致敬。这里客人不太多，大家坐得分散；歌手开始唱他知道的中国歌《甜蜜蜜》，我觉得好笑，吩咐侍者要一客煎鱼，配米饭。

如果歌声就能叫孤独的心甜蜜，那歌手还不如经营心理诊所呢！

他唱完歌，到我桌上坐了会儿，告诉我他叫瑟米。我给他点上啤酒，问他为什么不唱《美丽的梭罗河》……

九

系办公室找过我一回，对我说：“快毕业了，写个思想总结吧。警告记录放档案里，影响你分配。思想总结若写得彻底，可以考虑撤销警告记录。”

我问：“她呢？”

“蒲恬岫是记大过，和警告不一样的。”对方冷冷回答我。

我没同恬岫提起这件事，顶多我和她一起扛嘛，何必拿这种事去烦她。她似乎并不觉晓“记大过”对前程的影响，依旧集腋成裘写她的论文。

从学校出发，我先后倒了三线公交，才找到这个邻居闲聊中偶尔提及的地方。这附近也并非绝对荒凉，有个铁道学院横亘在农田和路轨中间。每隔十五分钟有辆机车从铁轨上呼啸而过。我寻找的是公交车站对面一个城中村。听说，这里有便宜房子出租，便宜到没收入的大学生也堪负担。

我在农民自建的楼房间探头探脑，看见水泥裸墙下家家都有迷你菜园，绿油油菜叶边种着月季和菊花，几只中华田园犬伏在水泥小径上。

路边第一家我看着就顺眼，走入院子，一个老婆婆在水槽里洗被单。老婆婆进门叫出女房东。这是个手里拿着油煎鱼尾巴的黝黑女人，躲躲闪闪的眼睛，糙脸皮。

老婆婆带我看房间，二楼楼梯拐角上有间奇怪的出租房，统共不过八平方米，却呈长长的倒“凹”形，有扇斜对着马路的窗户。女房东说：“可以给你配张小床，一张方桌，一个凳。热水随便下来提。每月十五元。”

背着铺盖卷，提着装上脸盆、脚盆和热水瓶之类杂物的网线兜住进农居，谁也没当回事，只有我自己激动得要命。

第一件事就是搞卫生，我的卫生标准吓死女房东。我连着在她灶台上打了十来瓶热水，牺牲一块洗脚巾，把八个平方米的房间上上下下擦了个遍，连天花板也借了梯子展臂上去。墙壁反复擦到无尘，然后跪擦水泥地面，直到这方布巾破裂成碎片。我在正正反反擦得发亮的木门外侧糊了张电影海报，海报上全是金发美女照片，宣告此空间暂时归我所有。

熄了房里灯，路灯把一棵小香樟的树冠投影到我洞穴的墙壁和天花上，万千叶子都在夜风里抖动。我明白一墙之隔秋凉肆虐，而我，有了属于我自己的空间。这房间暂时标示了它对于一个男人的意义：独处。

我生来没得到过独处的待遇，这夜，借了助学贷款的神奇力量。

如此这般躺在狭窄孤寒的床上看墙头树影，夜愈深，我愈没睡意。

我莫名其妙想到了马里亚纳海沟，那是生活的暗喻。我想了又想，把自己神秘得不行。

女房东总一个人躲在底楼厅堂大饭桌缺少光照的深处嚼食着什么。住底楼的那老婆婆也是房客，她见我就说："大学生弟弟一个人住，有啥不方便告诉阿婆，阿婆帮你。"

我没任何不方便，我的难处是怎样巧妙说动蒲恬岫，让她从校园宿舍跑出来，和我共享一份卑微的自由，小男人的洞穴欢迎女生。

系里那家伙看我不顺眼，他给我脸，我却不要。他乜斜着眼对我哼哼："看来你不想写思想总结？要考虑后果哦！"

"思想总结怎么写？"我问他。

"哦！不会写是吧？那我启发启发你。"他放缓脸色，"你是我关心的学生之一呀，谁不想看着你们顺顺利利？思想总结完全可以写得虚一点，批判一下自己的人性，什么自私呀、贪图享受呀、年轻气盛呀之类。挖挖根子，这些坏脾气坏性格是怎么形成的。一般都是小时候没培养好嘛！态度谦虚点，认错诚恳点，就可以了。”

“哦。”我点点头。

秋夜越来越寒凉，宿舍又湿又冷，我们更爱图书馆的阅览室，那儿，竟悄悄有一排热水汀！晚上和恬岫一起吃过饭，我们还是到图书馆看书。我熟悉了路线，再晚，都可以踩单车回到挺远的城中村，顶多第二天整个上午不来听课。

“你听说了吗？女生里闹起来了。有一个去系里揭发另一个乱搞，那一个反戈一击，从生活问题揭发到政治观点了。”她背靠我，看资料看烦了。

“为了分配名额吧？”我冷笑一声。

“为留在这个城里。”她喃喃说，“这城，真值得这样子？”

“不知道。”我笑了，“我们生下来就是这城的，反不能明了它的魅力。”

“不是魅力是价值。”她说，“没人用心写论文。”

“我。”我回答道，“除你之外。”

她笑笑：“真没发现。”

“我要静下心写论文了，所以我要住校外去。我租了农民的房子。”我小心翼翼告诉她。

“哦？”她转身过来，“你哪里来的钱？”

“我终于借了银行的助学贷款。两千元，上班后还。”我说。

“你敢借债?”她十分讶异了，拿资料拍我肩膀。

“上了班就还的嘛!”我小声说，对她笑笑，“你来借宿？我不收你钱。”

她重重砸了我肩，转身又看书。

我神秘地掏出笔记本，让她看我上下学的单车路线图，我那蜗居的凹字形平面图，还有我素描的城中村四周高压电塔群。

“来参观一下嘛！我带你去看运木材运农产品的货运列车。”我说。

“好的。只是，最近有点忙。”恬岫没我期盼中的热切，“不知道你有没有碰上这种事？系里要我写思想汇报，否则我被记过的事就会影响我毕业。”

“有啊，他们也叫我写来着。不过，我拖着。”我说。

“我家里不知道我被记了大过。”她咬着下嘴唇，“我当然希望可以解除掉。”

“那当然！要我替你写吗?”

“不了。要写自己写。”她说，“说点其他事吧。说点让人高兴的。”

我们走到图书馆外，没跑远。我们已很久没激情跑去水塔那种地方了，我们似乎长大了很多，有时候，想着要做什么，想着想着就不做了。

“最近能让我高兴一下的无非是有了洞穴，关起门谁也管不着我。我像只躲人的兽，好不容易有点安全感。”我说。

“是啊！理解！宿舍里到处是眼睛鼻子，全是说三道四的嘴巴。我住宿舍住得恶心了，又搬不走。”她叹息。

“你来啊！”我热烈地央求。

“你缺根筋呀？”她笑了，“你和我一起晚上不住宿舍，这些嘴巴能饶了我们？都快毕业了，还要写思想汇报呢，你也不为我想想。”

我憋住了。接下来两天，我拼命炮制我的《思想总结》。我得写过关，又不能弄出篇蠢交代毁了自己，这真难写！

最后，我写好了，满满两大页，足有五千字，把自己写成猪头：“从小父母没管教好、不懂得循规蹈矩、不照顾别人感受，再这么下去，要不了几年，肯定就无药可救，要被美好的社会拒绝掉了。”五千字的其他部分有两个内容，一是我十岁以前的任性故事，二是展望经大学教育后灵魂飞拔的未来。系里那家伙看完我的《思想总结》，绽开一个布满皮肉皱纹的微笑：“写得很好很深刻嘛！祝你前途无量！”

拿到那张盖了作废章的《警告处分通知》，我三撕两扯弄成碎片，扔进宿舍楼奇臭无比的茅厕。我问恬岫写了总结没，她说写了，可系里没给她任何回音。

我到校门口储蓄所，从存折里拿出助学贷款的一部分。等到大家都提包下班，我躲躲闪闪走进系办公楼，找到要我写思想总结的那位，好说歹说让他答应吃我一顿晚饭。酒足饭饱，我问他："蒲恬岫的《思想总结》呢？"

"她的情况复杂啊！男老师都同意放她一马，可校办有位女老师不同意，一直告到校长那儿。"他叹口气。

难道是女犹大？

"应该是女犹大。"我告诉恬岫。

"我知道。"她点点头，她的呼吸有点困难。

好一会儿，她恢复了平静："我无所谓。没分配就没分配！"

"为什么？"我想弄明白。

"我想她恨我。"她说。

"为什么恨？"我不明白。

"因为她也是个女人。"她笑了，"我没法改变的现实。"

我很想跑去找那女犹大，可我感觉千难万难，这个女人就像大家常说的克星，每分每秒都带着恶意窥探你。跑去找她？自投罗网。

"我也无所谓，"我安慰恬岫，"我有个亲戚在深圳，他说，甩得开大城的人，去深圳那地方，不发达都不行。如果你分配不好，我们就一起去深圳！"

"那好！"她笑了，笑容越来越轻松，像小鸟学会了飞，她妩媚地看我一眼："那我去你农舍玩玩吧！"

抚平岁月皱褶，从遥远的现在回望过去，才明白那是我和她生命关系的高潮。高潮因为一栋不起眼的农舍而变可能，它缓缓降落在我们身边，降落在一个男生和一个女生身旁。乳白色的天雾柔和地罩住我们，容纳我们，护卫我们……

突然间我俩没有了顾忌，害怕像深秋的落叶，从心头落下去。我们拥有一段时间，拥有一笔没用完的助学贷款，一个关起门就完全属于我俩的凹字形空间，还拥有退路给予我们的勇气……

恬岫出现在农舍，好比一只白天鹅落在郊县小河道里。女房东和女房客们贪看她，仿佛看一种高于她们自身的存在，像财迷看宝石，像乌合之众看电影明星。女房东送上一篮子蜜橘表示她的热情，老婆婆跑上跑下递给我们太阳晒过的干净被褥。老婆婆偶尔露脸的孙女也对我说："你女朋友气质真好！"

蒲恬岫笼络了这楼里所有的女人，她用了我一点助学贷款，在楼上楼下增添象征她光环的东西：新鲜的纯净水饮水机放进底楼厅堂，有人跳下小卡车，扛着塑料桶，送来百分百蒸馏出的饮用水；院子里，工人挖地铺管，用红砖砌墙，造出一个独立小房间，白瓷砖镶了内壁，装上她亲自选购的抽水马桶；我俩的小房间，水泥地面铺上了米色地毯……

不要想当然，是的，有时候，直觉并不正确。

我们住在了一起，我们快活地亲热，不担心墙上有眼睛看我们。不过，这不代表我们就此越过了雷池，很奇怪，我们忽然默契地共同维护了雷池。我们在雷池边缘狂欢，却心照不宣地守护住界碑。不知道为什么我们如此行事，就算是今天，我也破解不了当时的奥秘……

然而，我们确实快乐过。我们入侵了附近唯一的学府铁道学院，探究那熟悉而陌生的校园气氛。这里的学生仿佛组成一支不正规的部队，完全没我们学校的民间气氛。学生几乎全是男的，几乎都穿着铁路制服度日。他们的伙食非常丰盛，他们的宿舍都装了暖气片。可是，他们缺少女生，连周末舞会都开不起来。

学院食堂管理员是世上最慷慨友好的天使之一，他看过我和她的学生证，立刻信了我们在附近找资料写论文的鬼话，允许我们享用该校食堂，甚至分享校方给予学生的伙食补贴。尽管校图书馆很简陋，而且被铁路专业书籍所霸占，但图书馆管理员也热情欢迎我俩加入那个相对安静的空间，在看书时分享铁校的免费茶水。

这里也有很多眼睛窥探我们，不过，我们能感觉这些窥探带有浓浓的羞涩，带着羡慕和热情，哪怕有点鲁莽粗糙，也是退缩和自卑的。那是她的力量使然，也是这些灵魂的纯朴使然……

她一来到此地，我就带她去看每十五分钟过一次的货运列车。这里有道铁轨是大城物资运输动脉之一，轰隆隆的车皮敞开着搬运长长的圆木、密封的油罐子、黄沙水泥、高高垒起的稻米袋、一车皮一车皮的绿底黑纹西瓜，还有吭哧吭哧的粉红肥猪……我喜欢远方和远方捎来的气息，她更喜欢猜测货物的多样性和可能性。

我们在车皮轰隆隆的撞击声中站在蒙上风尘的香樟树下，那时才是我俩感觉最安全最私密的时刻，没人愿意站在这种荒凉地界，没人欣赏铁路强烈而单调的震动……我们靠在树干上，尽量将自己纳入树影，我们彼此搂抱，我的手贪馋地享受她的曲线。我们久久亲吻，在吻中互相索要，我好几次冲动太过，冲向高峰，而她快活的声音旋绕我耳际。我们在自己的小天地缠绵，却躲到货运线旁高亢……

后来，她曾经回过一阵子父母家，不和我见面。有一个多月，我几乎没有她的消息。但她终于又回到了我身边，告诉我她大病了一场。是的，她很憔悴，有些恍惚，我想方设法在房东的灶头上煮粥，炒房东种的绿叶菜喂她……

毕业分配的宝终于开出来了。我竟被国家大企业的高层领导选为秘书，恬岫分配进大城图书馆的外文资料室。我问恬岫记过那件事怎么摆平的，恬岫说了句“托关系找了校长”，摇摇头，便转开了话题。她不愿多说，其实，我也不想多知道。我对托人找关系那种事，天生有些受不了，就像，就像生来受不了鱼腥气。

我俩拿到第一个月工资，立刻就在我们喜爱的市中心租下了一套电影院楼上的两室带厨卫公寓。那里，离大城图书馆有一段可以步行往返的距离。而我，在附近展览中心乘坐公司班车，去东边江流对岸公司大楼上班。

母亲对我说：“至少，你们该举行婚礼，然后再住在一起。”

蒲恬岫听我转述母亲的话，扭头在新居的百叶窗边观看窗下车水马龙：“你妈妈要参加我们的婚礼吧？她会送我什么礼物？一把扫帚吗？”

十

中巴车沿巴厘岛东岸往北颠簸了近两小时，下车时我们已看够热带丛林和明亮悦目的海滩。穿过旅舍石子甬道，大伙儿把随身带的包袋往海边咖啡店桌椅上一放，就不由自主站到平台上看海。这是我们马上要潜的海，广大无垠。

海不算太平静，有一种低沉的呜呜腹鸣，白如花边的海浪不厌其烦地向岸边涌。太阳非常之好，天澄亮发蓝，海也有深沉的钢蓝色。我觉得海像一个言乏语少的男人，摊开自己躺着，天像他明净安静的女友，俯身看他。

我感到不可思议：我马上要和海边其他人一样，背着气瓶，消失在眼底那茫茫烟波的海潮里。我感到心很虚，手心发酸。我知道我不至于害怕到出洋相，不过胃溃疡很可能就此加剧。

莎拉在我左手边站着看海，她脸上没什么表情，像看不明白海是什么。

"好啦，放轻松些。"阿诺在吧台边和当地人说话，转身招呼我俩，"今天住这旅舍，先去拿钥匙吧。休息一个小时出来吃午饭。午饭后喝咖啡，然后下海。"

小小的房间在咖啡店后面热带树丛里，除了放置衣橱的西墙，其他三面墙上都镶着大玻璃窗，挂了淡黄色窗纱。

撩起窗纱，外面全是杂有芭蕉的灌木丛，充满人迹罕至的荒凉感，偶有黑色野鸟在落叶上踱步。

我把护照和钱包锁在自己运动袋里，放进衣橱，再用旅舍的挂锁锁上衣橱。

为以防万一，我早上到达老梵尚的潜店，以预付的方式存了一半现钞在柜上。老梵尚以巴黎人洞悉一切的表情朝我叹息："亚瑟，你真是个小心翼翼的家伙！"

小心不小心暂且不论，我总担忧周围的一切，操心完上件事，接下来着手下一件。

蒲恬岫曾伸出纤长手指抚摸我额头，断定那里横横竖竖的褶痕全是我性格绽放的花纹。也许并不是什么性格：有种，你闭起眼，放任身边所有事各行其道。你能顺其自然？

我把带来的东西摊开在靠墙那张床上，俯瞰着它们，心里忐忑，有点焦躁，又动手把它们按重要性从左放到右。

首先是潜镜，黑色的矽胶摸上去光滑而柔腻，我昨晚睡前已反复对着镜子试戴，将它调节到最佳宽松度。我没忘记带牙膏，下水前我会用牙膏涂抹镜面，用海水涤清，这是为防止镜面起雾。我对潜镜有点不放心，面镜排水其实还是我的心病，阿诺早上宽慰我说还会在浅水练习几次，无须担忧。

潜镜右边是塑胶呼吸管，它无关水下呼吸，是用于水面浮潜从而节省气瓶气量的。塑胶呼吸管右边是我的潜水手套，昨天我特意带回旅舍，讨了剪刀，剪掉了手套大拇指和食指上方的一小截，这样，我至少有两根手指不被任何织物遮蔽。在水下，既要保护手不受伤，也要留着灵敏度。再右边是我额外买的潜水袜子，也许用不到，又万一需要。

我仰躺床上，根据教科书建议，想象自己穿戴潜水装备全过程，不可颠倒或混淆先后次序。我想，我总得先穿上潜水服。穿前先用清水冲洗一遍，既为干净，也为湿衣易穿。拉链是在背后的，我反手不灵活，估计要摸索一会儿才行。然后穿潜水靴。脚蹼不能马上套上，得下了水再说，人若成了有蹼鸭，旱地上走不好，就算倒走也会摔跤……接着该抹防晒霜。

猛地，我跳起来，防晒霜去哪了？怕不是掉在旅舍没带出来？

终于长吁一口气，复又躺倒休息。

……涂好防晒霜，该整顿装备。这套我刚学，心里很不踏实。BCD 背后有个套扣，套到气瓶上，上下位置该在哪里呢？记得还有一个小颈扣，千万得套上瓶口，以防水下气瓶脱落。连上低压管，给 BCD 充气，尔后检查呼吸器和备用呼吸器是否气流通畅。在潜伴帮助下背起设备，互相检查。最后，往海里走。

是这些么？千万别漏了细节，下了水，疏忽会要命的。我焦躁起来。复又下床，东摸西碰，没个安宁。

我喝了几口带来的矿泉水，空调突然停了，空气变热。我心里一下子黯淡，好比房间三四只灯泡烧掉一两只。我执拗地想起过去的事情：蒲恬岫猛地推开门，告诉我别一个人躲在洞穴里紧张。她非常非常不快乐："你担心些什么呢？知不知道这会让你周围的人发疯？你怎么这么容易紧张？"

越回忆我越紧张，我紧张得肚子疼，去用旅舍的马桶。一番方便出来，突然天空阳光一炽，空调"咚"地跳了一声，又恢复了工作。凉意徐来，我心里松了。躺下来长舒身子，决心利用最后十五分钟好好舒缓。

我准时走回海边咖啡店，阿诺像一尊瘦削的印尼雕像盘在他选定的椅子上，背对大海，眯缝眼睛，形似橄榄的头颅现在是颗仙人球，短发根根如刺。他戏谑地看看我："遗书写好了？放去柜台上吧！"他跟接踵而来的莎拉说了同样的话，莎拉以一声朗笑破解他的黑色幽默。

午饭包含在培训费里，每个人可以点一份主食和两种饮料。阿诺说："听听我的建议吧，无论你们吃什么，两份饮料里请选定一瓶矿泉水。两次潜水中间，你们会想喝水的。"他要的是印尼炒鸡肉饭，莎拉要炒牛肉饭，我没什么胃口，要了份蔬菜炒面。

“下了海，你总在我们身边吧？”莎拉抬头看阿诺，阿诺正若有所思，边喝冰红茶边看她。

“准确说，是亚瑟总在你身边。他是你的潜伴。”阿诺无懈可击地戏弄莎拉。

“自然。”莎拉耸耸肩，朝我一看，“不过，亚瑟会问你同样的问题。”

“是的。”我点头，“我在莎拉身边只不过是保证备用气源在。你是我们的安全依赖。”

阿诺接过侍者递给他的鸡饭，像要结束闲聊似的赶紧开吃：“安全依赖是你们牢记的潜水章程，我只是教练。不过别紧张，你们会喜欢海底的。我保证。”

莎拉和我的主食都还没送来。莎拉略微转身对着我：“亚瑟，你为什么要潜水？”

我忸怩道：“这算什么问题？”

莎拉笑道：“譬如我来学潜水，因为我男朋友是资深潜水员，他要我当他潜伴。”

我敏锐地看看阿诺，阿诺大大的眼睛眨着，看着莎拉，细长手指掰开面包。

“噢。那么，”我想了想，“我想我是看了那部著名法国导演拍的潜水电影吧！”

“《碧海蓝天》？吕克·贝松？”阿诺和莎拉异口同声，“拍得真好！”

“是啊，男主最后为啥要跟海豚走，倒把怀孕女友孤单单抛在人世呢？”我问道。

阿诺呆呆看我，莎拉偷眼看我，又互相看看。阿诺点头：“是啊，是啊，所以说这片子就是那个导演嘛！”

炒面炒饭送到，我们三下五除二吃了。一边吃，一边问阿诺今天下海能看见什么。

饭后喝咖啡，有一群其他潜店的人从海边浅水里浮起，他们那扁长如法棍面包的塑胶象拔五彩缤纷竖在海面上，人如企鹅般晃动头颅。他们跑上海滩，在石滩上摇摇晃晃站立不住，嗬嗬地叫……我忽然想起，就问阿诺：“我想在潜水靴子里加穿一双潜水袜，可以么？”

“当然。”阿诺端着咖啡杯，打量我，“亚瑟，请尽管把你想到的好事付诸实施。如果不好，我见了会拦住你。”

“法律不禁止，万事可为。”莎拉讽刺地瞪着阿诺接了一句。阿诺大眼睛软软望她，微微动了动脑袋。

“OK，干吧！”阿诺推开咖啡杯，“换上潜水服。”

那些刚出水的潜水客兴高采烈地在池子里洗他们的BCD和呼吸器。

"沉船真棒！"他们喊叫，"我看见拿破仑了！就是那种头像被锤子打过的鱼。"

阿诺飞快穿上了潜水服，还带上潜水帽。帽子完美地包裹住他的橄榄头，只露出五官，像个标准水鬼。

我吃力地把潜水服扯过我肥胖的肚子，手扭在背后，拼命拉潜水服拉链。阿诺看看莎拉，莎拉已穿好潜水服，她方才当着大家脱外衣，我扭过头去看冲淋龙头。莎拉跑来我背后，帮了我一把，拉链不卡了，顺利到位。

我们按阿诺的示范，把 BCD 和气瓶准确绑定在一起，测试了低压管和呼吸器，然后背设备上身，扣好所有快捷扣。

气瓶重得可以，莎拉朝前佝偻了身子，急着想下水去。

"慢！"阿诺笑了，"你们是潜伴，互相检查。"

莎拉伸手到我胸前，扯扯我的快捷扣，扯下备用气源，塞进嘴里呼吸一下，转身检查我气瓶扣。我也扯扯她的气瓶扣，备用气源是公用的，我虽嫌脏，还是试着呼吸了一下，事关我自己水下安全。最后我伸手去检查莎拉胸前的快捷扣，扣子扣在她胸前，我找了个角度，扯了一扯。

"很好！"阿诺说，"我们可以拿起脚蹼去石滩了。不过，亚瑟记住，我们是绅士，对女士胸前的扣子，我们向来用眼睛检查，而不是动手动脚。"说完他高兴地向我做个鬼脸，莎拉不作反应，我假装听不见。

还好穿了潜水袜在靴子里！隔着塑胶靴袜站在石滩大鹅卵石上，脚底依然生疼。我们深一脚浅一脚往水里走，莎拉和我互相搀扶，气瓶压在背上。

“可以啦！”阿诺在齐腰深海水里喊一声，仰着倒向绿色海浪。我们也仰躺下去，BCD 里充了气，有足够的浮力，不过，气瓶重重沉入水里，和卵石相碰，发出沉闷的撞击声。

我扭头看莎拉，她高兴地拍打着海水，我也兴奋起来。笨拙地举起脚，吃力地往上套脚蹼。因为很少以这种角度穿戴大尺度的东西，我好不容易才套好，拉紧锁扣。

阿诺带领我们往外海游，水波平静，浪很温柔，有点像陆地公园的池塘。海岸一点点远去，人们在岸上喝咖啡或冲淋身体，天上白云一动不动，点缀澄澈穹宇。现在，脚下腾空了，我竖起身体，直立地浮在水面上。

阿诺说：“亚瑟，你的面镜上涂了牙膏，要洗掉。”

我取下面镜，仔细在海水里清洗。他俩戴好了面镜，等着我。

我们一切就绪，按训练章程，先伏在水面上，透过潜镜往下观察，我看见粼粼水纹，水底下是毛茸茸长海藻的暗色礁石和游动的小鱼。抬起头，我们把呼吸器塞进嘴里，呼吸顺畅。一个个举起低压管开始放气，BCD 瘪了，人往下沉浸海水里，一瞬间换了世界。如进入水族馆大水箱内部，视野清晰。但见我们孤单单三个人，周围绿沉沉一片，无边无际。

空气通畅地进入嘴巴，毫无困难阻滞，心却怦怦跳，呼吸比平时加快。我往下沉了一沉，鼻子疼痛，只好停在那里，慢慢等待。可是，他俩已落到我脚下很远，我一着急，放掉BCD更多的气，也急着沉落下去，于是，我的鼻子不舒服了，头也闷闷地痛。实在有点受不了，我不由得摁动低压管，又充气往上浮起。一不小心，竟然回到了水面！我低头一看，羞死人，阿诺和莎拉身形小如两个儿童，抬头不解地看着我。我赶紧放气，又往下沉，鼻子还是不舒服，我忍了，终于缓缓落到他们身边。

阿诺做手势问我是不是一切都好，我点点头，却不太安稳，前漂后荡，好不容易跪到海底沙地上。阿诺伸手捞起我的残压表，不相信地看了看，才放开。他做手势要我和莎拉复习功课：先拿开呼吸器，放回；解下BCD，放到沙地上，然后穿回；互相借用备用气源。

借用气源时莎拉有点乱抓，我赶忙自己把备用气源扯下来，递给她。她往口里一放，却上下颠倒。阿诺连忙伸手干涉，把我的备用气源扯开，把他的塞进莎拉口中。莎拉急急呼吸了几口，脸色顺了。

接着自然又是面镜排水，莎拉先做。我接着做，先放一半海水进潜镜，排着排着，水是少了，总留了些在镜面下部。海水不比泳池水，咸得我眼疼。阿诺制止我乱动，让我什么都不做。然后，正如我所担心的，他柔和地两边逮住我的潜镜，完全拿了下来。我紧闭住眼睛，在海底成了瞎子。海水涌在我鼻孔口，引诱我掀动鼻孔吐气。我觉得面镜回到我手里，手忙脚乱给自己戴上，鼻孔开始用力往满是海水的潜镜喷气。我拼命用力喷，可面镜里海水不动，淹没了我眼睛。

阿诺拖着我慢慢往上升起，回到海面。我往BCD里充气让自己浮住，然后扯掉面镜。阿诺非常严肃地看着我："亚瑟，你必须听我说，你不能鼻子和嘴同时出气，只能慢慢用鼻子喷气，才能排掉面镜的水。"他一边说，一边担心地低头到海水里往下看莎拉。莎拉留在海底沙地上，离我们十来米深。

"我很抱歉。"我说，"我下去再试试。"

"不用抱歉。"他柔和了一些，"不要紧张，你一直很紧张，呼吸很急。你不是来紧张的，你是来享受海洋的。"

我们沉回海底，莎拉没表情地在沙地上打发时间，慢慢呼吸，她吐出的气泡细细密密，很是均匀。我重复了面镜排水，缓缓鼻子吐气，可是鼻子有点塞。再试试，效果有了，水渐渐排空了。阿诺伸手再调节了一下我的面镜，原来面镜也扎得过紧，空气不容易排出。

他看了看潜水电脑上的时间，又抓起我的残压表看余气量，示意我们跟他去看鱼。他特意对我做"鱼"和"放松"的手势，我喘了口气，觉得自己被逼得够呛。

我和莎拉摇摇摆摆踢动我们的脚蹼，像两只青蛙跟住一条鱼，头冲海下，随阿诺越潜越深。

渐渐出现了很多珊瑚。我不想撞到它们，就像在泳池里那样划动手臂调节体位。这里开始有黄色的鱼游在珊瑚上，鱼身上还有粉红的贯通线。阿诺告诉我们现在水深十八米。我们抬头看，仿佛离开海面有点距离了。不过，我一点不害怕，嘴里有凉丝丝的空气，眼前有漂亮的珊瑚和鱼。

我按规定报告阿诺我的余气量到了一百巴，他点点头，示意继续前进。我们往前不多远，看见蓝色和黑色的鱼。然后掉头往回潜，慢慢沿着珊瑚群爬坡上来。我身形不灵活，差点撞到一片海扇，用力一划手臂，海扇是避开了，潜意识里我都能看见自己手指从珊瑚上划过，一低头，看清右手食指皮肤海葵般绽开，一股血水落在海里，红晕晕游丝四散……阿诺看见了，伸手抓住我的气瓶阀门，示意我冷静，然后他看看莎拉，莎拉平安无事。阿诺抓住我手臂，看我手指，他看的工夫，我也看了看，手指上和手套上都有划痕，皮开肉绽，不过，不是特别严重。

我们慢慢拍着脚蹼上浮到离开海平面五米的地方，停留在那里。过了一会儿，继续浮上水面。往 BCD 里充气，拿掉面镜呼吸新鲜空气，互相打量。我一摸鼻子，鼻血流出来了。

我知道自己的表现很糟糕，我对他俩说：“很抱歉，我浪费了莎拉的水下时间。”

莎拉说：“哦，没事！”

阿诺说：“潜水，永远不用说这种话。我们一起潜下去，一起回来。没有谁浪费谁时间的说法。这道理很清楚，任何小组里，总有表现不佳的一个。”

十一

也许我胡思乱想，不过，我偶尔会在独处时怀疑：蒲恬岫曾短暂地离我而去；在我不知不觉中，遇见过什么人。

那时，我和她在铁道学院附近农舍会合，同住一个洞穴，我们反倒没做什么。正如我们援引学校当局的口径：依旧没越雷池一步。我们相亲相爱，不过没敢做爱。一次也没有。

起初，我觉得我们就是害怕，害怕女犹大无所不在、无所不知。我常常在半夜悄悄放开满怀温暖肉体，把床让给她，自己躺到地毯上去。地毯薄薄的，底下就是水门汀，毫不通融的寒凉即刻赶开我体表热量。在那样的忽暖忽寒之间，我的梦境开始被病毒入侵。

那一系列带着寒凉的梦境很深刻留在我记忆中，虚无却有力。第一个梦完全是猝然加之于我的。我如同无辜的婴儿，开放着成千上万个毛孔，对无形无影的恶意绝无防备。我梦见一条黑色河流，曲曲弯弯淌在城市的楼房之间。河岸上盛开白色花朵，是低矮的白兰花丛。本是有火烧云的傍晚，渐渐暗了，街灯发出淡白微光。我和恬岫并肩走到一栋大楼底下，远处闪耀星火日夜商店的火炬状霓虹。我想吻她，她手推在我肩膀上，两颗眼珠凝视我鼻尖，像努力要记住我相貌。

她说：“再见了！”

我慢慢从她身边走开，一辆橙色出租车停在我面前。我一边拉车门，一边回头看她。她两只手垂在身体中间，拎着黑色的薄薄挎包。她没笑容，眼睛认真看着我，这眼神不知为什么叫我伤心。我坐进出租车，车慢慢沿着黑河流的堤岸行驶，我回过头，从后车窗看去，她举起了右手，朝我的背影挥动。

她越变越小，小如路边站立的一株细小黄杨。突然我看见一个男人，从斜刺里走出来，挽住她腰肢，和她并肩站在一起，向我挥手告别……我急着指挥出租车绕回去：她楼前却已空无人迹……

这梦并没就此结束。

我同样在夜色里回到校园丽人河边，我孤单单一个，梦里不知蒲恬岫身在何处。我盘踞丽人河边一个矮石柱上，石柱在屁股下冰凉。我浑身乏力，没力气挪开，只好任凭凉气渗入肉体。混沌夜空没有星星，丽人河发出汩汩的叹息，流淌不止。我等待着戈多；我等待那些午夜行走的结束密会的人；我等待处于我疑心包裹中的她……活人不走动的时刻，河里动静可大了！学姐们从河底下现身上来的排场值得一看：紫色莲花最先在水流下作怪，像一群鱼般排列成阵，轻盈做体操；当我注视水面想搞清状况，芙蓉出水了！莲花一枝接一枝从河水里袅袅伸出，含苞欲放，惊得我张开嘴巴说不出话。那种紫色，回忆中也不肯褪去它的力量感，紫得叫人心发烫。我在梦里从石柱上挣脱开，俯身去探莲花。历年来前后投水自尽的众位师姐依次从自己专属的莲花里飞出来，站到莲座上，朝我微笑。她们一个个赤裸着，袒露生前竭力遮掩的身体。她们的身体一个比一个姣好，一个比一个让我心头发热。她们并不妖异，她们只是赤裸裸笑看我，仿佛我是她们最感兴趣的人。

我虽然看得浑身冒热气，不过身体却很紧，仿佛怕被师姐们拖走。我既渴望探知师姐们莲座里的暗调风光，又怕潜入丽人河河底下万劫不复。我竭力向河边黑暗的校园寻找可以呼救的人。这下子，我看见了恬岫：她站在化学楼外墙根前，脸扭向河边看着我，一个黑乎乎的男人搀住她的腰，正将她拖离看得见河的地方……她没呼叫，也没拒绝或抵抗，她只是久久回望河水和河边的我，一步步迈进暗夜……

我不信有人会从这种梦里猝然惊醒，这种梦有邪恶的黏力，让你翻腾在梦与醒的边界，徒然燃烧身体能量，不能自行终止。

我醒来时太阳已把斗室照亮，恬岫欢快地在我们的小桌上摆放她悄悄下楼做好的早餐；她在阳光里瞥我一眼，她是朵盛开的正红色大花马齿苋，明媚如春天。“荷包蛋、热面包，还有斜桥榨菜！”她如同电视里的主持人邀请桌上食物当嘉宾，手势一一抚过碟盘，落在腰间粉红围裙上：好个漂亮的家庭小主妇！

一夜阴森森的梦，全被她欢乐明亮的情绪涂抹掉……

后来住进电影院楼上老房子，女犹大、河水里的师姐们，连同那些暗夜校卫队员们都从我俩生活中远去，再也无法对我和她施加任何威胁。为确认这一转折，我和她心照不宣地投入到一系列仪式之中。

首先我们如动物般进行了地界确认。我们从老楼下到人行道，抬头看了看电影院的名字：红锦。向北而行，沿涂满沥青的竹篱笆墙走。这是从前的犹太人居住区，我们走到犹太会堂门前，会堂已变身教育机构。我们返身而行，一直走到法租界时期霞飞路路口。退回电影院再往东，这就是传说中的十里洋场。我们走到恬岫供职的图书馆，坐在附近老宾馆大堂咖啡厅分吃了一块“红丝绒”蛋糕。再往回漫步，一直走到张爱玲居住过的常德公寓。此刻，这公寓好生破败……

“我很喜欢这街区，”我对她说，“正气、高尚，还看到一座小教堂。”

她定定心心地笑：“我也喜欢。这里很多有名的饮食店。”

进餐是我们确认环境变化的第二道仪式。

“喂，”她手指在我鼻尖前显得细细长长，手指拂掉我眼屎：“醒啊，说好了去吃早餐！”

我一骨碌坐起，一层接一层把衣服套到身上；我俩接力使用面斗和抽水马桶；我把发胶抹到头发上，自然这是新近跟公司老总学的；她则慢慢往手背上抹护手霜……

我们从老房子的高门槛里跳跃到街面，天色如此清早，马路空空荡荡，初冬天气湿凉入背。我们按事先商定，照着北面疾走，我们走了好长一段，来到真正的居民区，拐进路边饮食店。感谢饮食店的油条摊子，黄澄澄油条刚从油锅里捞起，士兵般立正在沥油架上……这滚烫的一幕，终于把我拖进了实打实的生活。

我无所畏惧地抓住油条，就着浮满豆沫的热豆浆，咬得咔嚓咔嚓；她微笑观摩我的吃相，另要了一碗小馄饨，白色穿裙子的小馄饨，在热水里泡澡，绿葱花点缀着热汤。

初春的风吹黄街头梧桐枝时，我在她耳边低吟：“越过雷池吧，求你了！”

她的指甲重重地掐着我的手指，我仿佛看见指甲刻进我指纹，细小红喷泉就要在空气里绽放。她呢喃道：“没有雷池、没有雷池，我们已到达了瀑布……”

“什么？瀑布？”我问。

她扑哧笑了，她的笑容是从竹篱笆里泻出的红蔷薇。她说：

“谢谢你曾请我吃第一份西餐，我说过要回请。工资发到手，我们就去！”

我心里想的是：买什么礼物呢？究竟什么礼物呢？

约定了周日晚吃西餐，不料，那天从早上开始就春雨不绝，还轰隆隆打响了春雷。梧桐树的黄色小铃铛湿透了，球面下凝着透明雨珠。

周五我下班快到家时折而东行，一直往东走了很久，几乎走到东的尽头：江边。我比较了我能找到的橱窗里的珍宝，按我可以负担的最高价格，买下一副褐色剔透的玛瑙。玛瑙制成双喇叭花，又像圣诞节铃铛。

蒲恬岫说：“本来么，该当请你去红房子吃西餐。不过，我有个更好的主意！”

刚睡完周日午觉，解了春困，时针还未到达下午四点，她就站到了衣橱镜子前。她的衣服不多，看见她抿着嘴唇，解数学题一般探寻上衣和裙子的暧昧关系，我不由得好笑。

雨停了，我悄悄拿了钱包出门。等我端着她喜欢的双档回来，她欢喜地向我转身过来：上身是勾勒出身材的白衬衣，胸口有波状的淡紫花边，一条深紫色短裙垂及膝盖，匀称双腿泛着淡淡粉红。“好漂亮！你不冷么？”我放下对面买来的双档汤，心里一动，“这是哪件衬衫？”

她一直瞄着我的眼笑了，如珠在水："看出来了？"这是大学生涯水塔之夜她穿的衬衣，她细心地把胸口的白花边换成了紫色更洋气的进口货。

她小心翼翼吃着双档："还好没涂口红，否则哪能喝汤？你真俗气！这种日子，吃什么双档呀！"

"不是怕你饿嘛！"我笑，"西餐好看，便宜了眼睛，亏待肚子。"

我没什么好选的，把最好的西服穿上，配铮亮皮鞋，打上花格栗色领带，头发喷了发胶，扮成电影里的小开，怀一颗虚美之心，挽她出门。

她沿着这条洋场之路往东走，仿佛要走进曾经的半殖民城市铅华洗尽的内心。她停留在国际饭店对面，仰头看饭店大门上插着的万国旗。

她真真切切对着我眸子看我，说话的热气绕着我脸盘："我们去国际饭店吃西餐！"

从她每天打理的外文资料室望出来，就见到国际饭店。我笑了："你每天看国际饭店，馋了？"

"不是。你不明白。"她摇摇头，"进去坐下，我才告诉你！"

戴白手套给我们上菜的老头温文尔雅，礼仪周到。我们点了以前点不起的红酒，淡淡微醺里，蒲恬岫很开心："我觉得如此这般才算离开了丽人河。国际饭店好比一个城堡。"

我蓦然体会到她一丝内心，我惶惑地意识到自己从来没有能力卫护她，她和我在一起的日子，恐怕全是依靠她自己挺过来的。她现在走进城堡里喝酒，城堡给她卑微的心一种安全感？我，却依旧毫无力量。

越在她的欢笑里沉醉，我越感到歉疚。我透过西餐厅玻璃窗，眺望她工作的图书馆。她在那幢散发着木地板霉味儿的大楼里开心吗？她是否喜欢那寂静的世界？

“我很开心。”我们慢慢踱步回家路上，她紧紧拉着我臂膀。我停下脚步，在儿童食品店正对大街的柜台上买了一大包大白兔奶糖，放在她怀里。

我们把家里所有的灯都打开。我泡了一壶碧螺春，我俩一起把脚跷在热水汀上。我们看不见马路，却可以看见对街的屋顶，那是一棱棱的青瓦片。天空微红，反射着市中心的夜灯光。大白兔奶糖放在我俩中间，我们一颗接一颗吃糖。奶糖粘着牙齿，快速地软化、融掉。

“想起了苏州之夜。”我说，“一直喝茶吃零食。”

“是啊。”她偎在我肩上，“难忘……”

“今晚要是查房，我们还是没结婚证。”不知为什么，我吐出一句叫自己后悔的话。

她笑了：“这里不查房。这里是文明世界的中心。”

“是的。”我连忙修饰，“在城堡里面。”

我举起茶杯，青茶叶在水里荡漾："许多年啊！许多人，许多事！"

她拿过我的茶杯，赤着脚把糖和茶都端到厨房里去。出厨房来，她关熄了所有的灯，手里托着一盘点亮的红蜡烛。

接过蜡烛盘，我把它放到窗台上。

我动手解她胸口的扣子，手抚过紫色花边。我把我的奶糖抱到床上，然后，一切正如所料，我们行云流水，心头一片澄澈，浑身欲火熊熊。她喊过一次疼痛，我聆听她的声音，如听天籁。我俩齐心协力翻越高山，游过江河，到达宽阔平原……

我搂着她进入了平安梦乡。不妨这么说，这可能是我一生中最平安的无梦之夜。

醒来已是凌晨，她带着微笑，还在黑甜乡里。

我轻轻掀起我们的薄被，眼神在她光洁的胴体上打滑。我寻找着，没看见我想看见的那一摊色彩。我有些卑劣地继续寻找，终于仰天躺倒：没有！

我沉没在透明河的河底，我大睁着眼睛，不能理解我的世界，我的呼吸一会儿粗一会儿细。她睁开眼睛时，我故意闭上了眼睛。今天还要分头去上班的，这不是什么婚假的早上，我没理由发表任何评论！

她去了浴室，我推开了被褥，仰靠在竖立的枕头上，好想抽支从没抽过的烟！

她没做什么解释，她和我一起走出家门。我这才意识到自己早晨根本没同她亲昵，她没埋怨我，一如往常买了早点，挥挥手往东而去。我望着她背影，心头压着铅块，要赶去搭乘公司班车。我真的不明白，我实在窝囊得要死。

还好，经过魂不守舍的一整个白天，我终于释然了：一定是我自己糊涂，我毫无经验。我们曾在黑夜里很多次缠绵，也许我和她都没留意，也许我们根本不晓得自己早已“越过雷池”？

一定就是这样子！

十二

我脱潜水服时看了看刮伤的拇指和食指，现在出了水，皮肤皱缩，伤口很难看，表面是散乱的白色伤肤，中间是充血凹坑，看多了头晕。我用八只手指头脱衣服，更加困难。

阿诺很快换了干衣服，从他包袋里掏出一只急救盒子，替我处理伤口。他撕开密封的塑料小袋，手指扯出一片清伤口用湿布，轻轻擦抹我手指。然后，用防水邦迪遮蔽创口。

“刚才我害怕招鲨鱼来着。在水下流血呢！”我咧开嘴。

“我听见你皮肤在死珊瑚上划开的声音：嗤，嗤！”阿诺挤挤眼睛，“你没好好听我讲课，我说过潜水不是游泳，不要划水。”

“我听了。这句你可能说了法语。”我回敬他。

我们三个懒洋洋地坐在咖啡店竹椅子上，我和莎拉望着海，阿诺坐我们对面，主要看莎拉，偶尔看看我。

有个戴眼镜的高个子男人走过来，他说着法语坐到阿诺边上，样子仿佛是很熟的熟人。阿诺用英语告诉我："这是我们公司的摄像师，下一潜他跟着我们，会拍我们，这是公司惯例。"

"你拍我们吗？"莎拉用英语问，这是她把我归在听众里的表示，"为了帮助矫正我们的错误？"

"不是，不是。"摄像师故作严肃地抬起头，"有时候我们的客人喜欢留下学潜水的录像。"

哦，原来如此，一种生意经。我松了口气，我会买这个吗？

"亚瑟，"阿诺插话，没回避另外两个，"你始终有点紧张。"

"对对。"我点点头，"我消耗了更多的空气。"

"我不是这意思，"阿诺说，"不是训练的紧张，也不是海的深度带给你的紧张，我是说，你整个人有点儿紧张，哪怕不在水里，哪怕喝着咖啡闲聊，你神色里也有一种紧张。"

莎拉扭头看我，摄像师也抬起头看我一眼。

"哦？"我不晓得如何回答。

"你必须放松，把紧张感排除干净，否则，潜水的乐趣就少了。"阿诺似乎想说明他的动机。

"的确，"我表示自己有能力理解他的话，"事关我的城市，我的环境。我住在那里紧张，所有人都紧张。"

"也许吧。"阿诺说，"来巴厘岛是度假嘛！度假就是不紧张的时间，别把潜水当挑战，潜水是娱乐。"

莎拉微笑一下，仿佛也想安慰我："也难怪，亚瑟，我也紧张。是阿诺的错，下了海不带我们看鱼，老折腾我们练习这个练习那个。”

“所以他是好教练。”摄像师笑着，很坚定，“他知道自己的职责。”

我伸手到随身带的装杂物的塑料袋里摸出一点零钱。我招招手，戴着头巾的印尼侍者走拢来，我说：“四杯咖啡，我付钱。”

阿诺说：“这是对我的奖赏吗？”

莎拉笑道：“说明亚瑟并不像你说的那样紧张。”

摄像师则从他目不转睛盯着的电脑屏幕上移开视线，对我礼貌地挤出一丝笑：“谢谢你，亚瑟，太客气了！”

我们一起去换潜水服，我发现潜水对肢体要求很高，最好哪里都别受伤，即便只是皮肉擦破，也让我穿潜水服和收拾气瓶慢了一大拍。他们三个回去拿了喝剩的咖啡，把装配好的气瓶和BCD 放在鹅卵石地面上，边聊边等我。

下到清凉海水里，我简直透了老大一口气，心里一阵高兴。阿诺和摄像师游在前头，我和莎拉仰着游，慢慢跟上去。天色晴朗到极点，所有云彩都使劲地发亮。带发动机的双翼小船从远处海面掠过，划出蓝色和淡绿弧线。

阿诺喊道：“如果你俩配合得好，这回我们多花点时间去看鱼！”

他们三个倏然便消失在碧波里，我戴上潜镜，觉得有点松。

我俯到水里，看见他们已快落到水下沙地上了。我扯扯镜带，凑合着过得去，也举起低压管排气。我浸没在海水里，右手伤指隐隐作痛。我调节耳鼻压力，可是不顺利，上来下去几次，最后一屁股坐在海底沙地上。

阿诺在潜镜后面张大沉静的眼睛看我，看了好一会儿，打手势问我是否OK。我点点头，阿诺指指莎拉，她先开始操练紧急上浮。莎拉跪在沙地上，从嘴里拿掉呼吸器，她站起来，摆动大腿，打着脚蹼，仰起脸往水面游。阿诺在一边陪着她上浮。我看见她慢慢吐出的气泡，提醒自己上升时不要憋气。憋气会伤害肺部。

摄像师像一条大鱼，端着他的摄影机，远远绕着我们游圈。莎拉成功到了水面，我在水下仰起头，只看见阿诺和莎拉的四条腿，脚蹼确实让他们像青蛙。

轮到我，我确认自己状态可以，一点不担心。我深吸一口空气，拿掉了嘴里呼吸器。我往上一蹿，脸仰望水面。阳光如一摊稀粥，打翻在海里。我凝视阳光的光圈，慢慢打蹼往上升，阿诺就在身边一起上升，我们就像两枚运载火箭一起发射出来。我吐着小气泡，看见落单的鱼在气泡边转圈。我向天伸手，手指插进大气层，接着，我的头也一下子钻进了大气层。

阿诺说："不错。好的。我带你们去看鱼了！"

返回水下，我们三个围成一圈，互相击掌。阿诺打头向左前方游，我和莎拉跟在他后面，确认彼此为潜伴。我看看莎拉的面镜，她朝我欣悦地眯了眯眼：去看鱼！

感觉到自己是顺着斜坡往下潜，我这才想起手臂上一直戴着阿诺借给我们的潜水电脑表，抬臂一看，原来差不多接近水下十八米了。阿诺开始平游，不让我们越过初学者限度。

我看见摄像师端着摄像机在外海方向拍摄我们，我向他挥手。他指了指我，又指指我上方。我一扭头，吓一跳：海水的蓝雾中突然现出一道黑峭壁，要是我再不注意，就会撞上去。再细看，不是什么峭壁，是一艘沉船锈蚀的铁甲！

原来阿诺直接带我们来看沉船。

这艘美国海军自由号运输舰于 1942 年 1 月被日本潜艇击沉，后来打捞起来放在巴厘岛图兰本东岸。1963 年火山爆发加上地震，又把报废的自由号掀到了岸边海底，现在它躺在一个三米到三十来米深的海底沙坡上，成了潜水妙境。

阿诺转过身，像坐在水里。他审视我和莎拉，打手势要我们与沉船保持安全距离。

我瑟缩地把两手握成拳，伸在最前头。千万别被船体刮到，否则要去打破伤风针。我下意识看看莎拉，莎拉游在靠船的一侧，我游外海一侧。

很多玲珑海扇张开纤细身架，如黄色、橘色和红色大蝴蝶叮在沉船钢板上。一群黄身蓝条纹鲷鱼从船体上方沉下来，屏风般挡住我们的去路。

我无暇赏鱼，身体随海波笨拙地碰向莎拉，我往 BCD 里充气，让自己上浮一些，别再撞到莎拉，可我却不由自主撞向海扇，只好摆动脚蹼往外游。

好不容易跟上阿诺和莎拉，也没伤到珊瑚。若在陆上，我一定已臭汗淋漓，海里凉，只呼呼喘气。

这季节来潜沉船的人简直比海里的鱼还多，深深浅浅到处有背着气瓶吐气泡的家伙。潜客们往各处随意游动，撞到一起互相搅着，鱼吓得全躲到沉船舱室去了。

阿诺灵活得像条海蛇，他往上一浮，堪堪坐在一道生满锈长了海蛎子的横杠上，他伸出手里叮叮棒往横杠下一指，要我和莎拉从杠下潜过去。

我调节呼吸，没用低压管充气放气，吐了气沉下去，过了横杠，吸口气再浮起来。阿诺朝我点头以示嘉许。莎拉的气瓶撞到了横杠，但也过了。

我们就这样到了美军运输舰的正上方，俯视它敞开来的朽烂中舱。多年的海水冲散了沉船的人气，它已是海国建筑、鱼类乐园，五颜六色的大小鱼群在船体上寻觅食物。船舱又直又深的金属线条叫我害怕，担心阿诺要我直直往敞开的舱室潜下去。

还是我先报告了气瓶余量达到一百巴，阿诺做个 OK 手势，我们离开船中间，慢慢俯视着支离破碎的沉船，顺浅坡往上游。

右手边沙地高的一侧有一根根竖直的黑线，像光秃秃的草茎。阿诺用叮叮棒一指过去，黑线全缩到沙里去了。我正琢磨那是什么，忽然口里闷了，吸不到多少气。再吸一口，完全吸不到气了。我一把捞起残压表，刻度显示还有气。我耳朵里“咚”一声，转脸找莎拉。莎拉在哪里？坏了！我只剩下二十多秒清醒时间！

我耳里几乎钟鼓齐鸣，慌张得起火。我抬头看，水面离自己不太远，这时我看见阿诺从 BCD 上解下备用呼吸器，朝我递过来。我觉得阿诺的呼吸器不那么靠得住，万一再吸不到气，我就完蛋了。我急忙往上一蹿，打着脚蹼往水面游去，我没忘记持续吐气，一下子就从水里蹿到水面上。举目四顾，我离开下水地点大约有两三百米，陆地亮得耀眼。

阿诺慢慢从水里钻出来：“亚瑟，你忘了水下问题水下解决？”

“我只有二十秒逃生机会。”我有点生气。

“是我关了你的气瓶阀。”他说。

原来又是训练！我苦笑一下，这个训练真是要命！

他拧松了我背后的气瓶阀，我和他再次潜下水去。不深，才八米。我们和莎拉会合，莎拉体会了一下气瓶阀被关的滋味，然后她从阿诺那里拿到了备用呼吸器。我们往回游一段，差不多离开下潜点不远，上浮到五米深度，逗留三分钟，最后一起浮上水面。

摄像师高兴地说："都拍下来了！"

今天两潜结束。不管潜得怎么样，我心里一阵轻松。

阿诺说："大家随意，先回房洗澡睡会儿吧。晚上六点在咖啡馆这儿碰面，还有一个小的对答考试。"

房里有空调，非常凉快。我仔细用瓶子里矿泉水洗了伤口，换上自己带来的防水邦迪。我盖上被子躺在床上，试图想想水下事情，不过，我还没把潜水过程完整回顾一遍，就睡过去了。

睡醒出门，咖啡店里没几个人。阿诺和莎拉在喝啤酒，摄像师伏在电脑上。戴头巾穿筒裙的印尼男侍无聊地站着，看桌面上飞旋苍蝇。

"没睡会儿？"我打了招呼，坐到莎拉边上。

"我倒不是不想睡，我饿得睡不着！"莎拉笑笑。

她这么一说，我也饿起来。

阿诺的脸仿佛有种吃饱了的漠然，他点点头："亚瑟，你好运气！明天我们会多一个助教，帮我训练你们。"

"我该高兴还是该担心？"我耸耸肩。

"该为莎拉高兴！那是她的男友，坐着飞机来了。"阿诺嘲弄说。

"哦！"我看看莎拉，莎拉浅笑。看回阿诺，他的瘦脸上不能说滴水不漏，有失望和嫉妒的蛛丝马迹，至少我觉得有。

“那么，不要浪费时间。”我也嘲弄一句。

“不要浪费时间。”阿诺一拍桌子，“今晚我们好好吃一顿！”

他拿出油印的试卷，我和莎拉接过来，低头在纸上画圈。然后，他一题接一题考问我们，直到太阳坠入大海，一海红痕。

“总结一下：莎拉还得注意中性浮力，你今天撞横杠了！至于亚瑟，你别再自行其是！你必须从自己世界里出来，和我们保持在同一频道上！你今天下水时踩了莎拉的头，你自己都不知道！”

我惊讶地张大了嘴巴。莎拉温和地说：“没关系。”

“你为什么那么紧张呢？自己跟自己紧张得要命，不潜水也紧张。”阿诺不肯放弃他对我的判断。

还好，他没逼我当众反省。我们逛荡着穿过狭小马路，走进阿诺认为这地方唯一值得一吃的餐厅。

这家餐厅名叫“安全停留”，这是潜水术语，意思是离水面五米时停留三分钟再出水。餐厅一半在堂屋里，一半在庭院中。天气很好，没下雨，我们都坐在芭蕉树下。

当地女侍腼腆地同阿诺打招呼，个个认识他，喜欢他喜欢得不得了。莎拉说：“喂，这里是你后宫？”阿诺接口道：“欢迎光临！”

他点的是“今日鱼鲜”这道菜。我们问也不问，都说：“一样啦！”

阿诺点头：“是穆以穆以呀！好吃的大鱼！看过好莱坞大片《少年 Pi 的奇幻漂流》？ Pi 就是靠吃穆以穆以这种鱼活下来的！”

“哦！我查过，我看过那书。”我说，“那是鲯鳅，大鱼，有凸出的前额。”

“我不懂中文。”阿诺说。

“你也不懂中国。”我乘机生发，“所以你不懂我为什么比你紧张。”

鱼送上来了，令人喜出望外。海边渔村价廉物美，满满一大盘烤鱼肉，还奉送印尼热炒调料，又嫩又鲜！

阿诺吃着吃着，又有了淡淡哀怨：“明天，你的男友就会照顾你了。”

我和莎拉一起笑：“典型的法国式多情。”

我点了一大瓶啤酒，分给阿诺和莎拉。我说：“为了海下的笨拙，向莎拉致歉。”

莎拉却摇摇头：“不用总是为这个紧张！”

十三

江水从城中间流过，把城分为东西两半。一百多年来，好风水都在西岸。人家宁愿在西岸找个打地铺的地方，也不愿到东岸住大瓦房。等到我们毕业前后那几年，时运转了：国家出钱砸在大城东岸，撸起袖子开发江东。我上班的公司，也奉命搬到东边的开发区。

给人当秘书是个什么活儿呢？这得看你伺候的是什么主子。

大家尊称我伺候的那位为“杨董”。杨董是大型集团委派在这大城的业务主管，是我的主管。

杨董并非那种大腹便便步履维艰肥猪董事长，相反，他五十来岁，身材瘦削，比我矮个脑瓜，平素西装革履，但省去领带，精致长条脸上架副金丝边眼镜。杨董走路轻手轻脚，速度很快，看上去像踮起脚赶着去捉奸。他常常出其不意地出现在人们不希望他出现的场合，闯破某些小人们的局。

杨董第一次见我时没多少热情，他从硕大写字台后抬起小身板小脸，看人事部经理带来什么样的大学生。

他那张餐台般巨大的办公桌让我惊叹，国旗和我们集团的金条子旗交叉斜插，笔筒好比一大片田野边的碉楼。那田野啥都不种，只有杨董倒影浮动在桌面上。

杨董说："好呀，笔杆子来了。这就让你有事干！"

他亲自从学校待分配名单上选择了我，按他的说法，是因为听见系里老师夸我会写。

杨董夸张地端起自己那笔筒直接送给我。笔筒里插满各式各样礼品笔，有的看上去就是奢侈品。他拍拍自己的白净小手："从此以后，摇笔杆子不是我的活儿了，是你秘书小先生的义务。"

去掉了笔筒，他旷野般的桌面只剩一对小旗。杨董惬意地往高背老板椅上一仰，椅背先被他压下去，慢慢又把他抬起来。他悠然地在那舒适的曲线上对离他五米远的我交代："记下我说的数字！"他往往从西服口袋里掏出牛皮小袋，小袋里是一只镀金电子计算器，贵重而雅致。他细细的手指总像蜻蜓点水的尖屁股，往那透亮计算器上敲，然后报一连串数字给我。

我的任务说来简单：参考最近下发的红头文件，用杨董给我的数字张罗一份内参呈给集团上峰。杨董懒懒扫一眼我的记录："差是差不多，不过，你没下过基层。明天开始，你下一个月基层。"

哪里算是基层？

人事部知道。

人事部经理带我见了生产部经理、销售部经理和物流经理，说：“老板的新秘书，你们好好带一带。”

三个经理都和人事部女经理调笑，恭恭敬敬又含讥带讽地接待我。事实证明我并不太傻，我没用一个月就明白了杨董让我下基层的用意。既然生产部经理是个见风使舵的家伙、销售部经理又玩世不恭，加上物流经理吊儿郎当，我推敲杨董数字的可信度能基于什么事实基础呢？这些数字既坚挺又热闹，每个阿拉伯符号都吻合红头文件倡导的气氛，我的笔还有什么郑重其事的必要？我是小小秘书，杨董指挥不了枪，但全权指挥我的笔。至于我，我的笔就是小兵的枪，上级叫你射击就射击，说打哪里打哪里。秘书工作的企业伦理，照那些油嘴滑舌的经理们花一个月灌输我的，无非如此。

杨董看秘书文稿，一次比一次满意，他哈哈笑，忍不住夸奖我：“孺子可教也！到底是名牌学校高才生！”

他不在办公室、不用笔杆子的时候，我能做的就只两件事：第一是看报读报告，办公室每天有看不完的报刊和各式各样简报，不过全浸泡在废话里。我一旦犯恶心，就揉揉眼拿起电话，拨通蒲恬岫的图书馆资料室。

“干什么呢？你？”我困倦地打哈欠。

“能干什么？呼吸书的霉味呗！”她常在电话里笑，显得比我愉快。

“下班去哪里吃饭？”我问。

“随便。”她显然在电话那头犹豫，“不能天天吃馆子吧？”

“听着！替人拎包有小费拿的哟！我们董事长今天又赏了我一张餐券，是梅龙镇的，离我们家几步路。”

她嘿嘿一笑：“奴才谢赏了没？小恩小惠不怕多只怕少！”

这是我们毕业后的日常：早上油条豆浆，各奔东西；中午吃食堂；下了班在电影院楼上蜗居碰头，把自己弄弄清爽，出去混晚饭。

有餐券就下大馆子饱食一顿；没餐券就自掏腰包：电影院旁边有家墨迹酒家，比街头巷尾小饭店干净些。

“图书馆怎么样？”我呷着啤酒打听。

“图书馆能怎么样？”恬岫很挑嘴，她的筷子尖在菜盘子上漫步，“据说从下半年起新食堂开张，午饭馆里包了，员工不用花钱，下午还送免费茶水饼干到岗位……一毕业就养老，真福气！”

我低头在报纸的证券版上看股票曲线，我的那点私房钱都投股票上了。她吃到半饱，会停筷子：“喂，喂！是同我吃饭还是同股票眉来眼去呢？一天到晚我都没个说话的人！”

有一天，恬岫吃了付餐券的好馆子，推推我说：“秘书大人，你和大人物挨得近。怎么样，帮我想想办法，换个工作吧？”

我吃惊地从股票曲线上抬起眼："怎么了？图书馆不好？我们太太平平过日子，不挺好？"

"好个屁！"她撒娇，"什么真实惠都没。靠你当奴才，才能下下馆子！"

我妈永远在周五打电话给我，告诉我家里烧了很多菜，等我周末回家吃饭。我妈一开始很绝，明知道我和她同居，却不说带她一起回家吃饭。

难道我扔下她，自己回父母家吃饭？我气得不行，自己也不回去。

父母改变了策略。有一天晚上，我和恬岫都打哈欠准备上床了，有人在我们门上笃笃地敲。打开门一看，我父亲满头大汗，喘着大气，手里拎两只重重的袋子，脚边还放了好几个塑料袋。慌得我和她忙不迭把老头和袋子们一起请进门，我倒茶水，她拧热毛巾。

"爸爸来看看，你妈要我送点植物来。"父亲擦了脸，喝了一大杯水，就动手掏袋子。一蓬蓬都是他自己在单位温室里培养的奇花异草。父亲是喜欢恬岫的，慢吞吞把一盆盆花草的名字告诉她；她也投桃报李，特地飞快做了汤圆，盛给父亲吃……

父亲还要赶末班公交回去，我们心里很不是滋味。于是，老头完成了老婆交代的传话任务："周末两个人一起回家吃饭！你妈每星期都做了菜，盼你们一起回家！”

我俩一起送父亲上电车，然后在秋凉里慢慢踱步街头。

“去吧！这个周末。”我说。

她慢慢把头靠在我肩上，像一朵弯着花茎的粉红扶郎：“嗯。”

杨董扔给我浏览的文件渐渐盖上了级别不等的保密图章。

他交给我一个厚厚的档案袋：“绝密。你给我搞个两千字的情况简报。”我接了任务，照例先到董事长办公室外的小小望江平台上透气，喝杯工作咖啡。

灰褐色黄浦江看不出流动，但江上轮船确实在位移。

长年累月面对麦粉糊糊般黏稠不透明的灰褐江水，人在潜意识里很抗拒接近江堤：万一落水，水面下是什么样的世界？不能想象的境界比恐怖更恐怖。

对岸那些久远年代里外国人造的洋楼蜿蜒成坚硬的石碑状建筑群。这江和这城都缺少飞鸟，景色里没有飞行的东西，很容易让人视觉疲劳。

我感到一种厌恶，档案袋和档案上的加密标志总使我回忆起系里那帮贼人搞的把戏。世界仿佛分离成两个，一个是公开的，一个是保密的。公开的没什么观赏价值，不过是一群秘书们搞出来的汇报集锦。保密的虽叫人反胃，却以真实力量按住我的认知力，让我捂住嘴巴在心里惊叫，在真相造成的震撼中加速成长。

对着黄浦江，我喝干咖啡。初出茅庐的自己，正有幸干着窥探堂皇世界内幕的好勾当。

拉开杨董给的档案袋，先掉出生产部经理一张报名照，这家伙脑满肠肥，耳垂像被捏过般肥大扁平，冲镜头邪气地讪笑。档案罗列了他的贪污事实，配上收集到的较完整的原始凭据，给人铁证如山的感觉。最后的一张漂亮表格计算出他惊人的贪污数字。

我透不过气来。按杨董亮出的材料，生产部门这位说话从不带立场的家伙若不被拉到偏僻处枪毙，这辈子也只能在大牢里消磨余生了。我的工作是用不到两千个汉字的篇幅让他的罪行读起来一目了然。这真可怕。

杨董带着司机出去了好半天，回来喜气洋洋。他接过我的文字，坐在舒适的老板椅上一遍遍看。看完，他熟练地把这页纸折成一只纸鹤，拉开抽屉往里一锁，轻轻又长长地叹了口气："多一个字太多，少一个字太少！好，就这么个分量！"

我看着董事长办公室黑色的柚木门，把档案袋还给杨董："那我下班啦？"

"还有个事跟你说，"杨董和和气气地问，"你的外语水平如何？以后我出国办事，你要同时能当好翻译，就有机会跟着我。无论你找学校还是培训机构，马上进修吧，学费报销。"

我外语不好也不算差，杨董的话让我振奋。我点头："谢谢老板。我下班啦？”

“慢。”杨董微笑着站起来，走到长排书橱边拉开抽屉，他取出一个信封：“辛苦了。这是今年国际电影节的双人套票，只要我没有急事找你，你就可以按票面时间去看完所有电影。希望你喜欢这个奖品。”

我接过套票，笑了笑，再次道谢。他吐出的“奖品”这两个粗俗的字让我浑身不适。这场景，仿佛是我把生产部经理这头污秽的肥猪背到杨董面前，然后接过他递来的购猪款。

十四

莎拉男友山姆是个其貌不扬的圆脸男，身躯微胖，大概二十五六岁。他显然是西方人，可表情有淡淡亚洲味。吃早饭时他出现在海边咖啡店，傍着莎拉面朝海滩。莎拉冷冷淡淡，并不同他黏糊。

我慢慢走过去，山姆像背后长眼睛般地扭头，热情同我打招呼。他眼神友善，胜过嘴里吐蜜。因着他的和悦，我挺自然地在他俩对面坐下，一起吃早饭。环顾四周，早上人不多，阿诺不知所踪。

莎拉划拉着盘子里孤零零的荷包蛋，对我笑："今天你有好机会，阿诺把我交给山姆，他准备全力调教你！"

我感觉我的焦虑感变迟钝了，心情已好转："他要改变我爱紧张的坏习惯，这是我的幸运。但愿他从此扭转我的坏运势。"

"坏运势？"山姆问我，"你指什么？"

我很放松地歪头想了想：“我的坏运势就是潜水时会忍不住用手划水，你看！”

山姆看看我包着邦迪的手指。侍者过来问我选哪个套餐。

莎拉自顾自玩手机，山姆问：“怎么一个人跑来印尼学潜水？”

我想了想，直截了当告诉他：“我失恋了，而且刚辞职。”

莎拉猛抬脸，锐利地看我一眼：“亚瑟，这和我猜的差不离！你在海里，阿诺说的话你只听个大概，我就明白你的心并没同我们在一起。我懂。”

她突然站起身，朝我俯过来，伸手搂住我脖子，把我脸按在她肩窝：“可怜的亚瑟，你快振作起来。大海会安慰你！”

我的头发还被她揉了揉，我有点难为情，意识到自己年纪可比她大。

看看山姆，山姆正友爱地凝视我，朝我点头：“会过去的，我也失恋过很多次。”

莎拉哈哈大笑，耸肩做怪脸：“我也很多次！”

我们笑成一团，我心里舒缓，仿佛旱地接得雨水。

只听阿诺的声音酸溜溜地飘过来：“证还没考上，先庆祝啦？”

他笑吟吟地拍拍山姆肩膀，绕过来坐我边上，点了早饭。

等我们一起下到齐腰深海水里，阿诺忽然竖起手臂对我们三个说：“有好消息！”

“啥？”莎拉问。

“今天训练项目只有一个，就是水底导航。你们全是聪明人，凭本能就该知道陆地的方向吧？训练结束，今天就可以到处看鱼。”

我们欢呼一声，接过阿诺递来的导航仪绑在手腕上，游向水深处。一起举起低压管放气，倏然又浸没在波涛里，换了世界。

我今天早起就和昨天不一样，看见山姆那一瞬间，我全然放松下来，真可谓如水泻地。山姆何以有此魔力？我说不好，但我觉得他不但不给我任何压力，而且似乎真的挺高兴见到我。事实又在验证这感受：我们下沉到八九米深处，停在那里互相打量。阿诺自然观察我，山姆也转过脸看我，还打个手势问我是否一切 OK。

我？我状态很好，简直神清气爽。既不狼狈喘气，潜镜也妥妥帖帖没进水。我含着呼吸器对他们微笑，做个下潜的手势。

我们大概又下了五六米，到达这斜坡的底部。阿诺命令我们围圈跪下。他示意我和莎拉并肩一组；他拉出一根绳子，一头叫山姆握着，自己游向与岸平行的前方。我和莎拉必须放弃东张西望，只根据导航仪的指示游动，到达已暂时游出我们视野的阿诺身边。

我和莎拉按条令右手向前伸出，左手握住右手臂，眼睛看佩戴在左腕上那导航仪。我们根据自己对指针变动的理解拍动脚蹼，朝心里认为该去的方向游动。一会儿是我撞了莎拉，一会儿是她把我推开。刚开始我还和导航仪保持着某种可交流的默契，渐渐完全溶化在海水里，导航仪成了不可理喻的怪物。大海里只剩我和莎拉并肩在一起，彼此都不晓得东南西北，也看不到那根绳子在何处了。

阿诺如想象中的鲨鱼从前景里冒出来，对我们摆动手掌，大发脾气，那对法国大眼睛严厉瞪着我，又瞪莎拉。

游回原点，和山姆会合。阿诺打手势交代要领，游戏重新开始。

这回我和莎拉被分开，轮流过关。莎拉先试，她慢慢游动，谨慎读表，过了。

轮到我，我竭力保持冷静，用一种和宠物交流的眼神盯着导航仪。导航仪不太灵敏，有点慢一拍，我注意到了；我因此放慢自己的反应速度，等它给我明确的指针方向才跟随。我计算角度，慢慢打蹼。那条绳索给了我信心，因为它确实一直同我平行着。等我定心用力打了几下蹼，前方礁石旁出现了阿诺和莎拉的身影。

阿诺伸出手，同我一击掌；莎拉也竖起手掌，与我一握。阿诺仰倒在海水里吐出一个大气泡，气泡浮在他面前时被他两手逮住，用力向两侧一拔，顿时变成一只铅色的甜甜圈，向海面旋舞上去。

山姆边卷绳子边游过来，阿诺示意山姆和莎拉互为潜伴。大家兴奋地打出海龟、鲨鱼和蛙鱼的手势，形成两个飞行机组，轰然向深处潜去。

我快活得很，训练全部结束，初级证书就要颁发给我。此刻，五色珊瑚和从没见过的各种鱼类涌到我身边，触手可及。我呼吸通畅，心情平和，气瓶的刻度还在一百五十巴，证明我们还有很多水下游玩时间。

阿诺在我前头翻身，坐在水里。他看看我，叮叮棒指指一朵海葵；我游过去细看，原来一条纯黑色的蛙鱼附在上头，一动不动，像一只瞌睡的癞蛤蟆。过了一会儿，他又找到一条海鳝，让我近看。海鳝褐色身体布满浅黄斑点，对人龇牙咧嘴，想把我们赶出它的领地。我和阿诺一击掌，他继续领头，我跟在后面。我往外海看，外海蓝色无垠，有孤单的大鱼远远游过。我正高兴，瞥见山姆和莎拉在水里拿开呼吸器笑着亲吻，我心像被什么一撞，一阵痛楚，渐渐痛彻心扉：要是恬岫此刻在我身边，我们一起潜泳，一起看海看鱼，那该多好！

我变得心灰意冷，看见了很多东西，即刻又忘得干干净净。

等我恢复正常，我们已在海下五米的地方做三分钟安全停留。阿诺拉着象拔的绳子，原地旋转，观察我们三个。太阳透过浅水照得大家通身发亮，更像在天空跳伞。我们气瓶里还有二三十巴气，安安定定。

上岸休息了一个多小时，我们坐小船离岸，换个地点开始第二潜。第二潜我们看见了一些石质佛像，是当地人故意扔在海底的；我们也看到了扁头的拿破仑鱼，还看到一条幼鲨。我潜得依旧笨拙，但已没有恐惧。潜毕，我们和其他教练带的陌生人马会合，大家一起挤中巴回梵尚潜店。

山姆搂着莎拉腰肢，过来同我告别。我感到淡淡伤感，我们好比海里互相碰到的游鱼，互相盘旋一阵，就要各奔东西。我努力微笑，说祝福的话。他们又和阿诺告别，马上就去龙目岛。其实我已彻底累坏了。不过，午后依然明媚。我考过了关，还在海底开心了一天，我觉得既惆怅又满足。

我还行？还没完全废掉？一点珍贵的明亮心思闪闪烁烁地从心头飞出，我欣慰得像气瓶没气那当口挣扎着浮出水面……

我请司机停在十字路口。尽管背着运动袋，我还想到沙奴主街上消遣一番，再回旅舍洗澡睡觉。

正是黄昏前最明媚的时刻，太阳热量快速消散，店铺纷纷迎来夏日午后第一批客人。巴厘岛本是印尼最富裕的岛屿之一，沙奴海滩这边更是西方游客集中之地，这条主街虽窄，却充满人类生活的兴旺喜气。

有家类似药房的便利店看上去很现代，我从马路上看了半天，不晓得它到底出售什么。我推开玻璃门，进去看。凑近货架努力辨认，原来是卖各种护肤品的小超市，除了当地植物做的香皂和油膏，全是舶来品。

我正要推门出去，有人朝我嘿一声。

我的近视眼聚焦看去，原来是主路尽头那家“约会点”的金发女招待。她叫什么来着？伊莎？对，她是荷兰人。我笑了：“伊莎，你买东西？”

“嘿，辛！你下水了？”她的嘴巴今天在她脸上显得很大，一咧嘴，两排白牙真结实，结实得简直性感。

“我拿到了开放水域初级潜证呢。”我笑了，抿着嘴唇，决心不露出牙齿。

“哎呀，祝贺你！”伊莎说，“等我一下，我付钱。”

她转身到柜台上付钱。我从背后打量她，她今天没梳马尾，满头金发瀑在肩上。穿起牛仔裤，身材立马显修长。

伊莎招呼我：“我去店里上班，要不要来喝茶？”

我点点头：“好呀，我就是乱逛。刚从海里上来，看什么都愉快。”

“你说得我也想下水了。”伊莎走我边上，并不矮我多少。她大概身高一米七，有种挺拔的神气，但又显得蛮憔悴。

我第一次和这金发姑娘并肩走，感觉很奇特，觉得她头颅小，我像走在一幅超现实主义油画里。

“老梵尚怎么样？你喜欢他吗？”伊莎问，“谁当你教练？”

“梵尚？他很会做生意。”我点点头，“和气生财么，他给我一点折扣的。教练很好，是阿诺，你认识？”

“哦，阿诺啊，梵尚把你当法国客招待啦。”伊莎笑道，“你大概是个很好的客人，有潜力。”

“自然，我是好客人，我都不晓得自己会潜到哪天才回去，我还准备考高阶证书呢！”我笑，“再说，我还没好好看鱼呢！”

“图蓝本当然挺好，有沉船，不过，我个人更喜欢阿麦德，离图蓝本不远，那里潜水员少，鱼群多。”伊莎说，“哎呀，我是多么喜欢潜水，我已经在这里过了五六年了，我得回家去啦！”

“回荷兰？”

“是啊，回去就不再来了。”伊莎摇摇头，我觉得她有些恋恋难舍，“这里好是好，总有很多人来，都是些了不起的家伙们。但就像舞会，来了马上就走。我见了太多人了，够了，我得回家去。”

“噢，这样啊。”我点点头，“我们有句老话：世上没不散的筵席嘛！”

我一扭头，看见路边有个小摊在卖冰镇椰子：“伊莎，我请你喝椰子汁吧？渴死了！”

等卖椰子的两刀劈开大青椰，我们站在小摊铅皮柜台边喝起椰汁来。阳光泻在这小摊子所属的印尼餐厅门面上，店堂里还没人，夜市在沙奴这边总要等到晚八点前后。有个仅容单人在内售票的旅游小摊被阳光烤得发烫，里头那精瘦的小黑男人眼巴巴瞅着我们喝冰椰汁。伊莎看看他，被他滑稽得逗笑了。

“你潜水见过大鲨鱼吗？这儿，巴厘岛海域？”我看着伊莎，对鲨鱼感到不安。

“当然，阿麦德就有，图蓝本倒不常见。阿麦德的鲨鱼是有住处的，它们就在那地方住着，不走远。”伊莎看看我，笑道，“你让阿诺带你去敲鲨鱼家门。”

椰子壳上的冰水渗到我伤指的邦迪里去，手指一阵牵扯痛。我正看手指，伊莎说：“手指怎么了？”

“在水下划到死珊瑚，皮肤碎了，还好珊瑚上没铁锈。”我笑笑，“有点胀疼。”

“你身上还有邦迪？那好，撕开让我看看伤口。”伊莎放下椰子，像个护士。

“你有行医执照？”我开玩笑道，我很不习惯陌生人关心我。不是我不领好意；好意这东西，很多时候像鱼饵，不敢随便吞。

“我不是医生，但我有经验。”伊莎有点生气，“很多人的伤口发炎感染，搞得后面的潜水泡汤。”

我伸出手指，伊莎到摊子边水龙头下洗洗手，小心翼翼地揭开我的邦迪片。我朝伤口瞥了一眼，淡红肉质裸露在外，皱巴巴的破皮粘在上头。

伊莎一边帮我换上新邦迪，一边说：“辛，你得去诊所做消毒，让医生处理伤口。”

我们改变了方向往回走，她带我去这条街上唯一一家诊所。

“你去上班吧，我自己可以找医生。”我说。

“不着急，上班时间还没到。”伊莎像一支无主题小曲子，无声哼唱在我身边。至少，我如此奇怪地感觉着她。

诊所刚开门，一个穿粉红衣服的印尼小女孩吊在门把手上玩，她那包头巾的母亲在诊所里长椅上坐着。诊所外间有个柜台，背面墙上满是药品，像药房；医生在里头房间。伊莎熟悉地同柜台后的印尼护士打招呼，她扭头对我解释：“医生名字叫得韦，很多潜水员来治外伤，放心。”

伊莎代替护士带我走进诊疗间。得韦抬起头笑，他是个眼睛明亮的当地人，似乎杂有华人血统；他背后的墙上挂着锦鲤图。

得韦一边和伊莎寒暄，一边用双氧水擦洗我伤口，然后涂上碘酒什么的。最让我心安的是他给我开了一种西式药膏，小管子里挤出极香的黏性膏状物。我被告知每天往伤口上涂一回药膏，手指尽量别沾水。

药费虽不贵，但以当地消费水准看，也绝不便宜。大概相当于一百多元人民币。

我和伊莎出了诊所，我对她说：“刚才我问了得韦，他说两天后可以下水。”

伊莎笑道：“那我去上班啦，我们下次见面再喝茶吧。你真准备去阿麦德看鲨鱼？”

“当然，我总得面对一次鲨鱼么，对不？何况我目前根本不怕什么鲨鱼！”我说。

伊莎扭头看看我：“目前？不管怎么说，要是阿诺不带你去看鲨鱼，我找个休息天带你去。老梵尚还得付我导潜费呢，岂不是好？”

我们握手道别，我忍不住对她说：“我宁愿同你去看鲨鱼呢，只要梵尚不反对。”

伊莎瞅着我，笑了。

十五

那些年，大城举办的每届国际电影节都放在新华路国际影城。影城才竣工不久，和四星级的皇冠假日酒店连成一体。当时这算是极富启发性的新做法：被邀请来的客人可以舒舒服服住酒店，走几步则立马出席正式活动。看电影的人若想追星，完全可以到酒店里买杯昂贵饮料，赖在酒吧守株待兔。演员们不可能不下来喝一杯。

电影节套票被我俩郑重其事地供在书桌上，用小台灯压住。恬岫兴致勃勃地计算自己可以请多少天年假：“哎，辛青，这可是我的年假哦！我们不能光看电影吧？还能做些什么让假期像假期？”

我笑嘻嘻地拿出积攒的五六种餐券：“这是当奴才得的。”

她撇撇嘴：“自己付钱，才吃得出感觉！”

“那好。我刚好股票上赚着一票，拿一万元出来花？”我说完，她眸子呈现虚幻的墨绿色，犹如深潭，我特喜欢这种眸子。

“花一万元？你疯了？”她喊道。

“钱是我自己挣的，花了就花了，只要你开心。”我说，“公司有个人贪污了巨款，根本花不掉，现在被逮住了。这种人看上去聪明，其实就比我糊涂。”

她好奇地打听了一番那个生产部经理的事，没有对这人表示愤慨或怜悯，只琢磨那笔钱的规模：“这简直天文数字嘛！这钱代表什么，哪里花得完？辛青，你要是有那么多钱，你会怎么办？”

“我又不是贪污分子，哪可能有这么多钱？”我有些反感，也好笑，“你是不是也财迷心窍，见钱眼开了？”

“呸！哪里见到钱了？”她啐道，“你个没出息的，看来同你一起是发不了财的。你连想象也想象不到大钱，都是零零碎碎小进账！”

“是，是，”我拉下脸了，这种话她竟然说得出口？简直有些伤人呢！难道要我做小人追金捉钱？“你开玩笑的吧？不过不太好笑哎！”

“辛青，上次托你办的事你认真考虑了没有？我不想再待在图书馆成天吸气吐气，你托杨董帮我换个工作嘛，咱俩怎么也得挣点钱过日子呀！”她恼了。

电影节开幕式倒数前三天，我已从股市取出一万元现钞，准备尝尝有钱就花的滋味。杨董是个说话算话的老板，他不但不给我派新活，还转送我一瓶港商送他的法国香槟：“尝尝，尝尝！当我秘书，不能土气，自己去学怎么开瓶！”

我整理桌头活计，把暂时没干完的活编上号，按重要等级分类放入文件栏，还把粗头的铅笔用卷笔刀一支支削好，清水抹三遍桌椅。

桌上红机叮铃铃响，是北京来电。我拿起电话，集团副总裁的秘书小宗操着京片子跟我寒暄：“我们成天哭着喊着苦着累着为祖国添砖加瓦，就你们南方人会过日子！都静悄悄当小资！”

“是的，是的，您可真土！”我回敬他，“我们这儿其实不讲小资，要小，就当小开！”

小宗嘻哈一阵，说：“有件棘手事要你帮忙，我记你情。”

“啥事？咱们这班弟兄客气啥？”我以为他又托我买什么紧俏货色。

“这事儿你尽管帮我，我这儿有谱。你懂？这么说吧，要是我心里没谱，指定不能托你去做。我们都是跟老板的人，这点原则我还是有的。”他在电话线那头指天发誓。

“说吧。”我洗耳恭听。

“陈某某那事。听说那份两千字的报告是你写的。写得真他妈的好！你这才气，埋没在咱这破集团了！”

哦，我心里一动，原来是生产部经理贪污一案！

“长话短说，电话里也不方便。我这通电话，你自己把握。你向杨董汇报吧，随你；你不汇报呢，也没事。你明白？反正就是有人会来找你，当面跟你沟通些情况。你见了来人，就知道我什么请托了。赶明儿北京见，哥们儿带你到处溜达！”小宗说完，胡侃几句，挂了电话。

简直了！我还没下班呢，小宗介绍的电话就打到我桌头了。没想到不是什么神秘人物，就是那据说已被控制起来的陈经理的老婆。她开门见山地介绍自己是谁，说久仰辛秘书，处境窘急，不客套了。能帮忙不能帮忙，一律感激。

我半天没说出话来。是不是都在埋怨我写那两千字概要呀？是不是我写得叫这生产部经理难受了？我也一身急汗，心里直喊冤枉。

现在人家遭难，老婆找上门，这怎么办？是不是马上告诉杨董？

对方耐心等待我，静静沉默。我硬着头皮说：“嫂子，陈兄那事我就是奉命缩写材料编个文稿，其他一概没资格知道呀！”

没想到对方一点不急，口气也不怨毒，声音听上去还挺文雅平和：“辛秘书，你误会了。我自然明白你是局外人，才打电话给你。我也没什么真繁难的事要请托你，就是一下子像落了难，眼前一条路也没有；小宗讲义气，说让我找你谈一谈。”

女人在电话里哽咽了一下，马上又忍住了：“我不会让你为难的。假如你愿意听我讲一讲，或者帮我传几句话给杨董，我就感激不尽了。”

我往图书馆打了个电话，告诉恬岫我有点紧急公事，让她自顾自到楼下饭店吃晚饭。我自己则按陈经理老婆安排，到外滩一栋楼里新开张的西餐厅见她。

我到得早了些，在这位姓廖的女士订的火车座上坐下。这儿环境安静私密，讲话轻声，不会飘到其他客人耳朵里。

我呷着服务生送上的柠檬水（这水挺洋气的，别地方没见过），回忆自己看过的有关陈经理贪污的卷宗和证据，提醒自己说话非做到滴水不漏不可。这可是绝密文件的内容，半点泄露，我就没资格从事自己的职业。这小宗，玩得可有点大！不过，我挺佩服小宗，人家这秘书，看上去当得有威风有力气！

我正瞎想，一个女人悄无声息地出现在火车座前。

我抬头看，这个风姿绰约的妇人淡淡一笑：“辛秘书？”

我站起来，好不尴尬。

“请坐，太感谢你了！”她灵巧地一拉长裙裙摆，坐进我对面座位，“希望你不要有顾忌，我肯定不会让你做什么不妥当的事，你听我说。”

我点点头，心想陈经理老婆素质挺好，这当口彬彬有礼，保持着文雅气度。她看上去可比陈经理有文化！

我请教说："怎么称呼您？您是做什么工作的？"

她双手递来名片：廖蝶漪。大城某国营大进出口公司纺织品部经理。

廖经理肯定常常远涉重洋见大世面，她先点了红酒和小食，准备说明来意。她不忘记提醒我："辛秘书，尝尝这酒，是法国波尔多的好酒。"

她抓紧时间开始她的某种游说，我已提高了警戒，避免被她误导。事实上，我只是个小秘书，她来找我，无非同她解释的那样是暂时走投无路。她"病急乱投医"，我对她没什么责任，也无需表现自己任何同理心。换种说法，若那些材料属实，陈经理就是个十足的贪污犯。这位女士身为外贸界专业人士，恐怕也不会不懂。我先保护好自己，尔后对她微笑、聆听、说礼貌话即可。我为小宗做这些，我们毕竟是集团底下的一群同僚秘书。

她说着说着，我听着听着，觉得自己也许过于紧张提防了。廖经理所说的没几句涉及她丈夫案子。她说的是陈经理有心脏病，也有胃溃疡，担心他被软禁的状况加剧他病情。她详详细细向我描述陈经理曾有过的几次发病状况。渐渐地，我感到一种暖意，在她偶尔停顿的时候，我开口说："我听着呢，您尽管说，廖女士。"

"所以，我的不情之请是想托辛秘书给杨董带句话，能不能想想办法让我知道老陈人在哪里，能给他送点药物和食品去；或者开恩的话，让我再送几件干净衣服给他。”廖女士说着忽然呜咽，我心头一阵惨然。

她眼泪汪汪看我一看，扭过头去擦了泪水，勉强微笑：“不好意思，请原谅。”

订好的西餐一道道摆上来，先是龙虾浓汤，接着是田园色拉，尔后牛排，最后上的进口冰淇淋甜点和咖啡。分量正好，回味无穷。谁都可以没见过世面，但谁都能吃出来真正的美味。侍者上来结账时，她似乎不想让我看见请客的款额，我微笑着伸手去拿账单，果然这顿饭非常昂贵。

她用信用卡付完账，对我表示歉意：“不好意思，辛秘书。第一次见面，我也没想到是在这么狼狈的情况下。只求你多多包涵了！”

“不客气。”我字斟句酌地回答她，“我一定把您的话带到杨董那儿。虽然我不晓得这种事应该如何帮忙，但送药送衣服我想并不过分的。”

好像我这么说帮了她天大的忙似的，这妇人感激不尽地夸我人好，还说陈经理要知道了，也会铭记在心。

她提到她丈夫，我忽然想起那个档案袋里收集的证据。若那些证据属实，恐怕她的苦途才刚开始。我忍不住抬起眼认真打量了她一下。她总体上跟那些文工团演员似的，有种舞台上惹眼的美。她衣服修饰得很好，我想大概都是进口服装，这服装衬托人的气质，总之，可不是大家熟悉的那种普通风度！她洋气，用品高档，也很聪明世故……应该还有其他内涵，可惜我再说不上来了。

我起身告辞，心里担心她会送我礼物，可她做得很干净，什么也没馈赠我，只是执意要让载她来的公司专车先送我回家。我想了想，这个并不违反纪律。

从西餐厅回到我的居所并不远，可那天给我留下的行车印象很好。廖经理在后座坐我身边，没再提陈经理的事；而向我介绍即将举行的纺织品展览，建议我带上女友一起去看那些来料加工的时髦款式。她告诉我入场券是免费的，所以她会寄给我。

她身上飘来淡淡的香水味，暖暖的，带有一丝那种飞扬跋扈的有能耐女子才有的高傲气息。

国际电影节的第一场电影是《月色撩人》。我和恬岫都对电影开场前的冗长仪式不感兴趣，我们难得到新华路番禺路这街区来，就乘兴在新华路梧桐树下走了一阵，有点渴。

她说："我们去买两瓶可乐？"

我拍拍口袋："还喝什么可乐？走，先去皇冠假日酒店喝鸡尾酒！"

“神经病！”她大笑。我们跑了起来，天上又没下雨，不过，我们觉得喝鸡尾酒就得先跑上一阵。

女侍者非常周到，听说我们是来看电影的，对站着没事做的男侍者说：“去看着隔壁场子，要放电影了就来通知。”

我尝了一口女侍者送来的“自由古巴”，不错，很解渴，真的解渴，朗姆酒在可乐里好比黑鱼藏身苏州河。

恬岫谨慎地试了试“血红玛丽”，先皱起眉毛，又慢慢放松：“好喝！”

于是，我突然想起那件事，就一口酒一口酒告诉了恬岫：“那天我不是同你说起陈经理太太的事，还记得？我第二天上午就同杨董汇报了。杨董听了，根本不放在心上，随手就写了个地址给我，说陈太太不方便去的，我若愿意做好人，完全可以替陈太太去送药送衣服。你不晓得，那个地址不是什么监狱，是高级宾馆！陈经理住在宾馆里交代问题呢！

“陈太太接到电话，说声谢谢，半小时就把东西送到了我们公司。我自然不能告诉她那个地址，陈太太也不啰唆，说方便的话转告老陈家里一切都好，不用担心。我当着她面解开她给的包袱，里面就是些换洗内衣，睡衣和药丸子，外加一瓶蜂王浆。陈太太叹气说就怕看管的人忌讳药和蜂王浆，可这真是老陈需要的，并没有下毒。你听听，多吓人！

“我找到那宾馆，真的离公司不远呢。我敲开房门，里头几个人都在抽烟，还都已知道有我这么个秘书要来。他们挺好说话，把陈经理从里间叫了出来。关键是：几天没见，陈经理竟然白了一半头发，跟个傻子似的，半认识我半不认识。说话点头如捣蒜，把我带的东西一一打开让人检查。那些人登时没收了他的药丸和蜂王浆，把衣服给了他。我没敢多说，就说陈太太讲老陈有心脏病和胃溃疡，得吃药吃蜂王浆。检查东西那人送我出来，到楼梯口笑了，说辛秘书你是好孩子，以后多长个心眼，要是老陈吃了药和蜂王浆没事就好，万一毒发身亡，你传递东西的要负法律责任。吓得我浑身一颤：陈太太那样子出挑，难道还会谋杀她老公？”

恬岫静静听我讲，一点不打断我。听到这里，她猛喝一口“血红玛丽”：“听上去你是挺蠢的。陈太太不找别人光找你，我听说时就有点疑心。如果陈经理是大贪污犯，你用脑子想想，陈太太岂能不是共犯？她要你带食物药片给陈经理，谁证明你不在中间做手脚？要是陈经理吃出问题，我看你就成了替死鬼！”

我想为自己辩护几句，急切间倒真说不出话。还好男侍者急急跑回来，双手乱舞：“开场了，电影开场了！《月色撩人》！”

看完电影，我和她手拉手一条街接着一条街往我们那个街区走，很远。不过我们议论着电影，走路也像是享受。

她喃喃道：“这电影挺浪漫的。”

我不晓得说什么好，就点头："从来月亮就叫人犯傻的么。忘记看男演员名字，这家伙样子真好。"

"尼古拉斯·凯奇。"她说。

排片表上第二部电影是法国影片《白昼美人》，卡特丽娜·德纳芙主演。第二天恬岫自然还在假期里，我还是先去办公室，若杨董没急事找我，我再骑车赶过来，和她影院门口见。

十六

回到“沙洲小筑”，我简单淋浴一番，立刻躺在床，四肢放平，倦意四起。

一觉醒来，竟已是第二天黎明！院子里热闹的鸟鸣唤醒了我，我一骨碌从床上坐起，精神好了许多。我洗脸刷牙，拨开门背后木闩，打开雕花木门，坐到门口竹椅上看微信：很多人在微信上报告各自人生的碎片，但依旧没蒲恬岫任何信息。

她已从我生活中远遁，我唯有习惯这种淡青色空白，千万别再追思或细想。

你看，太阳快要在巴厘岛升起，这里充满陌生生活的活力。我说服自己要尝试新世界，站起身，去门口餐厅吃早餐。

瑞娜带着小孩在草地上散步，她头发梳理得整齐又飘逸，小孩子有点婴儿肥，追逐那些低飞的蜻蜓。

我高兴地喊一声：“卢卡，这儿有只红蜻蜓！”

瑞娜和卢卡转过身，当妈的笑着说早上好，卢卡却急问："红蜻蜓在哪里？"

我弯下腰，蹑手蹑脚朝一株龙船花靠拢，拿出幼年习得的功夫，伸手慢慢靠拢猎物。沾了露珠的蜻蜓翅膀很重，没有大的刺激它们都不想飞。渐渐地，布满细密纹理的透明翅膀嵌入我两指之间，我猛一合拢手指，红蜻蜓在我指尖上颤抖。

卢卡欢呼着跑过来，大声问："先生，你用了魔术吗？"我朝瑞娜笑笑，她走近问我："潜证考完了？"

我很有兴致地向她描述我在图蓝本海下的种种遭遇，她几乎知道那个海域的一切，关于一只在自由号残骸上害羞地蒙住眼睛的玳瑁，她还有另外的故事。我们一起朝旅舍餐厅走去。

瑞娜说她朋友德特里希准备带她和卢卡去参观猫屎咖啡种植园，要是我有空，何不加入。我心里一阵高兴，答应第二天早饭后在前台同他们见面。

她特地解释，德特里希是住在巴厘岛上的一位朋友，并非旅行社的人，这活动是免费的。我明白她确实希望我一起去，我也很乐意同她、她的卢卡一起度过巴厘岛一日。从海里出来去往山地，心情随之变化，是一种良好的调剂。

瑞娜身上没流露出一丁点自以为是的优越感，也没在其他方面给过我任何压力。我想，至少目前，她是一个很好的社交对象。不过，对于白人女子，我总体感觉模模糊糊烟笼雾罩，完全没有实在的了解。

早饭后出门，我一个人到处逛潜店，搜寻潜水时可用的各种小工具。又在小咖啡馆吃了蔬菜色拉当午餐，磨蹭到太阳当头、热不可当的下午两三点才溜回旅舍。冲凉后我睡了两个小时，床单和枕头上的香味太浓烈，我闻着这陌生气味醒来了。开着的微档的空调嗞嗞作响，室内气温清凉舒适。我茫然地看着木结构的斜顶天花板，记起昨晚老鼠在木板那一面激烈地打架尖叫。

我身在何处？我问自己这问题。

纵使万般无奈，纵使心千疮百孔，我终归要活下去，不能就此让自己的人生作罢。

上网浏览，现代通讯带给我一个好消息：至少，在强迫自己面对现实学会漠然之后，经过一段漫长的浑淘淘日子，我的股票从严重亏损的火场里复苏了，一长串连续向上的红 K 线令人振奋，我的投资竟已悄然增值了两倍！而我是个凡有闲钱必投入股市的人。这一下子，我，我岂不是有点钱了？！不怕失业了？我是不是又一次赢得了在职业上做选择的资格？

是马上抛出这些股票锁定收益，还是继续等待股市上升以收获更多？这是赌徒通常面对的困境。我照例犹豫了好一会儿，想象股市会走大牛，而我的股票继续高歌猛进，彻底改变我卑微的人生境况。

然后我一耳光打在自己脸上。难道还要再欺骗自己，再让毫无自主能力的经济人生轮回一遍？上帝已给了我一点，至少这是个东山再起的机会。我必须立刻抛出这些股票，让这些钱不再被从我手里抢去，让这虚幻数字变成银行账户里可靠的财富！我再次按股票收盘价一一仔细核算了市值。一股清凉泉流滋润了我心田。也许，万事会就此好起来？我和恬岫，如果我们早一点有这样一笔钱，是不是结局也会不同？

等明天早上和瑞娜他们出发后，我会在路上打国际长途，托证券公司的朋友帮我下单。明天，明天上午，我就清仓，拥有这笔实实在在的钱！

一旦打定这个大主意，我忽然浑身是劲：我又有勇气发微信给沉默的蒲恬岫，向她问好；我忽然也做好了她一去不返的心理准备。

我不可以成为一个废物，我要重新开始。我还年轻。

火烧云占据了天空。我背上背包走出旅舍，想去海滩听那印尼歌手唱歌。我渴望歌声，渴望拿过他手里的吉他，自己弹，自己唱。我这些天、这些年憋坏了！

离海滩还有百来米路，手机震动了一下。我看了看手机，心也一震：恬岫回复我了。

她的留言简短：我很好，祝你一切顺利。

我手指颤抖，马上写道：股市回升了。我立刻处理股票。你来一次，这里头有你一半。

她不再回信，我一边走，一边反复查看手机。

她就是没回复我。

我眺望海上的夕阳和晚霞，景色太美了，浪漫得无以复加。我感到凄惨，感到受辱。终于，恬岫回信来了：

> 祝贺你。这么些年股票占据你的内心，很遗憾它抢走了很多本来属于我的欢乐时间，但依然祝贺你。那是你的投资，和我无关。我很好，希望你保重，也请不要再同我联系。我们已经分开了。过好你自己的余生吧。

我的头颅轰然一声，漫天晚霞哄笑着朝我压过来。我停住脚，无力地靠在一棵椰子树上，右臂发麻，耳朵轰鸣。我想，如果这是中风，我该如何救助自己？

额上冷汗流下来沾湿我睫毛，不过我并不是在哭，哭不出。颈背上也全是冷汗，我知道自己在抖，止不住地微微抖动。一个人一生中最狼狈和落魄的瞬间应该就是如此了吧？

不，应该不是。我对自己说，说出了声音，连耳朵都听见了：“面对现实吧，面对现实，哥们儿！你什么都没了吗？不是，你现在还有点钱，还有巴厘岛的世界，你快挺过来，你只有‘重新开始’一条路！”

我闭起眼，一动不动，晚霞暗沉，变成青黑色。没人打扰我，我慢慢缓过来了，我擦掉脸上汗水，揉着自己手臂。我喃喃自语：“行动！行动！”

歌手瑟米在自己的吉他上摆弄着，表演时间还没到，他正做着准备工作。我慢慢走近他，把一张纸币放在他手上。瑟米吃一惊，抬头看我，随即认出了我。我说：“瑟米，等一会儿，你唱那支中国歌给我听。我想听。”

“哪首？哦，《甜蜜蜜》吗？”他挤眉弄眼，脸上皱纹密布，搅成一团。

“不，我要听那几句：分手时候说分手，请不要说难忘记；就让那回忆淡淡地随风去……”

瑟米点点头，又摇摇头：“好的，我知道了。祝你晚上愉快。”

我坐到远远角落里，要了一只黄壳椰子，吮着它淡淡的甜汁。

夜幕下，餐馆挂出各色黯淡黄谱灯笼，游客纷纷前来落座。瑟米调整琴弦，轻弹几下，唱起了那支西方游客难解其妙的中国歌：

（女）曾经是对你说过

这是个无言的结局

随着那岁月淡淡而去

……

（男）但我要如何如何能停止再次想你

我怎么能够怎么能够

埋葬一切回忆

……

我伏在桌子上，无声哭泣，泪水湿了我手臂。我的心碎了，这是不争的事实。我不必掩饰，我必须面对现实。

只听瑟米在唱完之后很难受地说："朋友，我的朋友，伤心的时刻谁都有，这证明我们活着。时间是我们的朋友，把你交给它，一切会重新晴朗……"

莫名其妙的游客开始鼓掌，我站起来，把钱放在椰子旁，没朝瑟米看，我走向沙滩上的暗处，泪水还凝在腮上……

我没吃晚饭就又上了床，但我买了一瓶法国红葡萄酒，关了灯在黑夜里一口口喝，像一只鬼喝血。

酒很快就显出了它的美妙：我感到身轻如燕，腾空在房里低飞。洗手间里又有动静，忽然传来鸟鸣：盖酷、盖酷、盖酷、盖酷……

难道夜莺来了，我傻笑，软软靠在枕头上。爱情总和夜莺这种东西在一起，诚然！

喝完这瓶酒，就同过去干过杯了，该把往昔放下了！盖酷盖酷……

其实也没啥了不起，天下没不散的筵席嘛！盖酷盖酷……

我摇摇晃晃站起来，找不到自己拖鞋。我要看看那夜莺是何方神仙，要来骚扰我这可怜人。我光着脚摸到洗手间门边，猛一下打开门：哎哟，墙上刷地移动一个灰影子，还挺大个儿，吓得我浑身起寒毛。定睛看去，一只灰色长尾巴大壁虎瞪着暴突眼睛戒备地看着我。连同尾巴它有我手臂那样长，真够吓人的。

我怔怔地看着它，脑里一片空白。大壁虎见我发呆，慢慢朝室外墙壁移去，哗啦一声出了墙。

我关上洗手间门，又躺回床上，打开床头台灯，上网查了查“大壁虎”，原来这东西能叫得这般响亮这般好听！

盖酷盖酷，盖酷盖酷……

我学着壁虎叫，拧上闹钟，喝光了最后一口酒，天旋地转，终于掉入了无梦暗境，一夜平安。

比闹钟早醒三分钟，我茫然按掉闹钟，费了半分钟才好不容易想明白自己在哪里，又花半分钟搞清楚自己为什么设闹钟。我想到的第一个女人是瑞娜，一个外国女人，她的丈夫在海里潜水出事故，死了，她是个寡妇，带着一个小孩。我们今天要一起去猫屎咖啡园。

来接我们的德特里希果然就是我见过的那个金发白肤中年男人，他彬彬有礼地和我握了握手。瑞娜还在草坪上跟儿子说着语速很快的话，还不到上车时间，我特意摸出带来的红中华烟请德特里希。平时我不怎么抽烟，社交时偶然抽一抽。

德特里希很高兴地接过烟，还要过烟壳仔细打量："中国最有名的烟吗？烤烟型，嗯，够味儿！"

我俩吞云吐雾，走得离前台远些，站在小弄尽头一株黄色鸡蛋花树下。德特里希问我从中国哪里来，我告诉了他，他哦了一声，睁了睁眼。他是山乡的德国人，在巴厘岛已十年。我回忆自己游历德境，他挺高兴地点头，烟抽得有滋有味。

"如果你喜欢潜水，"他扔掉烟屁股说，"就应该去蓝梦岛附近，那儿有大魔鬼鱼可看。"

瑞娜牵着卢卡笑嘻嘻地走过来。卢卡抢着坐到副驾驶座上，我和瑞娜坐后座。瑞娜穿一身黑色休闲装，身上有淡淡柑橘香，戴草帽墨镜，看上去有种罗马式时尚。不过既然是进山，她穿了平底镶黑条白皮鞋。

卢卡转头过来喊我："辛，你中午会不会吃肉？"

"吃肉？"我丈二和尚摸不着头脑。

"卢卡！"瑞娜变了脸，狠狠伸出一根指头，指着卢卡。

我笑了："什么意思呀？瑞娜，你让他说嘛。小孩子的话我爱听。"

卢卡很满意我的态度："中国人吃猫吃狗，中午你会不会把咖啡园的麝香猫做菜吃？"

瑞娜碰碰我手臂，满脸歉意："得罪了，辛！我管不住这孩子。"

我哈哈笑，德特里希也嘿嘿笑。我回答卢卡："我们中国人有的吃猫，有的吃狗狗，不过我不吃，我最爱吃十来岁的男孩子。唔哇！"

卢卡往后一躲，看我一眼，疯笑起来。

我们才驶出沙奴，已经欢声笑语，大家都很开心。和心无芥蒂的人在一起，加上小孩子创造的家庭气氛，我几乎忘记了他们是遥远国度来的欧洲人，好似和亲戚在一起。

等车缓缓驶入绿荫覆盖却没多少游人的咖啡园，我们才醒悟这里可能只是个旅游业制造的噱头：并没有成片的咖啡树，只有几棵无价值的咖啡树样本。这里也仅有一只麝香猫，愁眉苦脸趴在笼子里，模样不像猫，它是灵猫科动物，其实更像某种狸。黑不溜秋的狸脸上一对闪亮的苦恼眼珠，配着倒挂眉毛般皮毛纹路，真是个叫人不忍多看的囚徒。经营这园的印尼人当然每天要喂它一些咖啡豆，叫游客看它的粪便。一个枯瘦的中年男子在一个大石臼里捣一些咖啡豆，表演如何磨出咖啡粉，叫游客尝尝猫粪里洗出的豆子。卢卡兴奋地围绕着那只苦恼的麝香猫叫喊，做种种怪脸。

我们在热带植物环绕的石桌边坐好，一个印尼妇人拿着彩印的咖啡单过来："我们会请你们免费尝尝四种本地出产的咖啡，不过，猫屎咖啡需要单独买单。"

等咖啡的工夫，我走到安静处拨通电话，吩咐证券公司朋友即刻卖空我账户里所有的股票。那朋友吃了一惊："哥们儿，今天涨得好好的、稳稳的呢，你不是得了啥内幕利空消息吧？"我诚恳解释，打消了他的顾虑。只听他嘀嘀嗒嗒一阵敲键，不到三分钟就报告各种股票的成交价给我。我确认了账户里股票余额为零，又问了资金账户最新余额。谢了他，挂了电话。

我呆立在湿气蒸腾的竹芋科植物前，热泪盈眶：我的爱走了，钱却来了。

上帝正是如此安排：失去了一样，给你屡求不得的另一样。

我走回石桌，印尼妇人送上用竹屉盛放的一长排咖啡杯。五种咖啡，十五个杯子，香气袭人。我们不约而同先拿起猫屎咖啡看：非常浓郁的黑色汤汁，几乎有油花漂在表层。喝一口，苦味儿带着某种浓浓香气，酸调也很明显。的确不错，是好咖啡。

瑞娜说："闻名不如直接尝。"

喝了猫屎咖啡，浑身冒出一股生力。我觉得这般状态最好直接潜水，一定在水下反应灵敏并兴高采烈。

我看看德特里希，这人乐呵呵但话不多，也在品咂咖啡香；我又看看摘掉了眼镜的瑞娜，瑞娜很漂亮，脸盘子细巧，像是乌菲齐美术馆墙上油画里走出来的美妇人。卢卡一直在十字路上追逐昆虫，对咖啡敬而远之。

"喝过好咖啡，像人生沐浴阳光里；等咖啡的劲儿过去，又回灰色天地。"我随口胡诌。

“说得真好。”瑞娜却感动，“咖啡是上帝的礼物。不过，市面上咖啡馆里的咖啡都是大路货。”

“请允许我付咖啡钱，并且，我想送你们每人一袋子猫屎咖啡。”我对德特里希和瑞娜说。

“不要客气。哪有这般道理？”德特里希马上推辞，正如一个德国人的典型做派。

“你真好。”瑞娜有点尴尬，她对我微笑，“我自己买。”

“我有点儿高兴事。”我解释说，“我刚才打电话抛出了我所有的股票，我赚到了钱！”

他俩面面相觑，交换着眼神。我笑道：“我昨晚才想起看看很久没看的股票，没想到一年多里涨得真多！”

“恭喜你啊！”瑞娜感受了我那种范进中举般的喜悦，她点头，“这真是件大好事！”

我买了单，买了三袋子猫屎咖啡，我们一人捧一包，带着小孩，高高兴兴上车，接着去附近一座山顶。从那里，可以眺望海拔三千多米的阿贡火山，它是座活火山。

瑞娜带卢卡上旅游点洗手间，德特里希和我站在一道蜿蜒的石墙边抽德国褐色纸烟。德特里希告诉我他已向瑞娜求婚。

我一怔，拿着烟卷正要恭喜他，他却冷冷哼了声：“我想她不太可能答应我，如果她会答应，早该答应了。我，我只是最后尝试一下，我想回德国雪山地区去啦，那是我老家，我最擅长做的事还是滑雪。”

我不晓得如何对德特里希表达我的心意，我尽力把烟吸入肺腑，缓缓吐出乳白雾丝。我拍拍他肩膀：“我明白，兄弟。关于女人，我很明白！”

德特里希伸手环抱我肩膀，用力搂了搂。

瑞娜走回来，不解地看我俩：“你俩非常友爱！”

十七

帮了陈太太忙之后，我督促自己一五一十向杨董做了汇报，连陈太太让我送去的药和蜂王浆似乎被没收也提到了。

看来杨董暗暗关心了一番陈经理的事，没两天工夫，他随口告诉我："药和蜂王浆给到老陈了，那边检查后发现一切正常。"我听了没吭声，更不会问，保持沉默就可以了。满足好奇心应该是科学家的特权，不是企业里秘书的。不过，我暗暗感到一种欣慰：陈太太没在药和食品里做手脚。这事实解除了我在这件事上不得不产生的疑虑。我想，她的要求是卑微的，她的态度没强人所难。

我回忆起一个小小细节，留意到它时我正陷于自我保护的心态，所以一直被我选择性遗忘：那天送东西进去，陈经理松松垮垮出来见我。他有点疯癫，嘴里叽里咕噜的叫人听不明白，不过，他似乎趁着别人看蜂王浆，对我说了句没头没脑的话。

他说："两万元一亩地，两万元一亩。"

我当作没听见，也没重复给任何人听。难道他是想让我传递什么信息？

恬岫已说过我糊涂。我还是把这细节忘掉好，免得节外生枝，给自己添麻烦。简单说，别让一个贪污嫌犯连累，不管他太太如何无助。况且，谁能保证他那模样挺聪明的太太不是个共犯？因此，我虽收到陈太太寄来的展览会入场券，却没告诉休假中的恬岫，直接把券锁进了办公室抽屉。

我和恬岫在国际电影节期间高兴得什么似的，她度假，杨董允许我上班时间跑出去看连场电影。大城职场上还有比我俩更快乐的一对吗？

《白昼美人》，卡特丽娜·德纳芙主演，德纳芙当时是法国第一女演员，气质非凡。我俩带着崇敬的心去看影片，看完出来，恬岫却一脸尴尬别扭。下一场观摩电影是著名的《九周半》。男主角拉开衣橱，让没见过世面的我佩服得五体投地：一模一样的西服和白衬衣挂了两排，轮换穿，永远同一模样干干净净地出现在别人面前！女主角碰上了这么一个风度翩翩、体贴入微、深谙挑逗秘技的"坏男人"，被撩拨得好似一团野火，房子都快烧掉了。曾几何时我们的大城已变得如此宽容和开放？这样明显"诲淫诲盗"的影片也敢公开放映？我在鸦雀无声的影城里稍稍偏过脸观察恬岫：她目不转睛看着屏幕，脸上有种非常奇怪的神色，让我感到她正沦陷在某种痛苦中。

不过，三天以后，我们的快乐就从电影逐步过渡到逛街。看完电影，反正杨董松宽我，我不急着回江东办公楼。我俩拿出大城地图，每天圈定要去瞎逛的点，就去那些地方吃喝购物。

恬岫已把我预算的一万元当成了理所当然该挥霍掉的资源，她把那一叠粉红钞票直接放在家里梳妆台镜子前，拿一个玻璃镇纸压住，出门就估量用度，拿上一小叠。（说真的，我俩都被这种用钱方式迷住了。一直到同居的最后一天，我们都做好预算，再难时候也得有一沓钱放在梳妆台上，用同一只镇纸压住。）

我们兴致勃勃，好似我们不是生于斯长于斯，而是从外埠来大城旅游。

我们的快活在那几天有增无减。电影节又放了几场不可多得的电影，有《布达佩斯之恋》、《圆舞曲女郎》、《屋顶上的骑兵》和法国片子《危险的关系》等，我和恬岫大开眼界，看呆了。为什么这些“道德败坏”的人物和故事都被列为世界大片呢，在西方得了那么多奖？这世界，和我们看见的可完全不一样！好在，情势没进一步恶化下去的机会了：恬岫的假期结束了，杨董也对我露出了不满的脸色。我俩讪讪地各自回去上班。

恬岫遗憾地看看梳妆台上没用完的钱，撇了撇嘴，红嘴唇好看地嘟起来，让我忍不住想吻，让我忍不住想起这些个晚上，我们前所未有地洋溢热情、缠绵悱恻……

我收摄逸情，埋头杨董交代的各种事务，拼命让案头累积的卷宗消失。我干得不错，杨董又开始不吝啬嘴巴上的赞扬。我喝着办公室免费的咖啡，桌上电话响起来。我接起一听，是温文尔雅的陈太太。

陈太太约我中午在江东陆家嘴的一家中餐厅见面，我报备给杨董，杨董说要没别的事缠身，就去听听她说什么，这没毛病。

陈太太还是一个人出现，显得比上回憔悴多了，我注意到她眼角的鱼尾纹明显放射状散开，瓜子脸盘有种遮不住的疲色。

我点点头，打了个招呼，坐到她订的小包房餐椅上，同她面对面。这小包房的私密性比上回火车座更强，服务员上了茶水，出去时把门带上。我有点窘，有种私会女子的尴尬。

陈太太身上依旧飘来高雅香水味，她今天佩戴着一串珍珠项链。

寒暄几句，她没头没脑地对我说："我先生情况很不好。我也许也会牵连进去。"

我吃了一惊，忍不住生出恻隐之心，低声问："是不是要让我转告杨董？请他帮助？"

只听她支吾一声，没回答我。

点的菜一道道送来，我同陈太太一般没胃口。秘书做久了，我已不是大学时代的馋虫，人家落难时分，请客皆为客套，我随意扒拉几口就好。

我让女侍收掉剩菜，送来两盏咖啡。静等陈太太说明来意。

陈太太看看我，眼眶里漾起泪水，有梨花带雨的姿色，她算美人坯子。

我扭过脸，看窗外，只听她哽咽：“辛秘书，我见不到我先生，上次你见他，他有什么奇怪的地方吗？”

我心里一动，愣着。

陈太太说：“我不会忘记你的好心，小辛。”她身体往前倾，似有点莫名激动。

我不能看她，她的表情让我心跳，她很绝望吧？我不忍心看。

我掏出笔和纸片，写下我听见的那句奇怪的话：两万元一亩地，两万元一亩。

我把纸片竖起来让陈太太看清，陈太太念着那句话，脸色发白。我把纸片团起，放进胸口口袋。

“陈太太，你真没话要我带给杨董吗？”我问。

她双手捂住脸，捂了好一会儿，她身上完全没第一回见面时那种女强人临危不乱的气场，成了一个六神无主的平常女子。

她放开手，勉强对我一笑：“请告诉杨董，老陈不是死撑到底的性格。以我对老陈的了解，他不能再承受更多压力了。”

我站起身想告辞，陈太太伸手示意我坐下，还有话说。

她极认真地看着我："小辛，我不是不知道感恩的人，你这么帮我，我一定要感谢你的。只是我不敢冒昧……"

虽然对这些都不太懂，但我知道谈这些很危险。我摆摆手，想说，喉结滚了一圈，还是没说。我对陈太太笑一笑，再次站起来。

她声音忽然很低柔很温热："小辛，我知道你不是对任何人都这样尽心的。我心里明白。"

我脸上一烫，喃喃说："我没做什么，陈太太，你保重。"

我转身跑出餐馆，脸上兀自发热。我漫无目的地在江边堤岸乱跑一气，直接回办公室继续我下午的工作。杨董一直到下午五点才回办公室，我把见陈太太的事同他做了简单汇报，犹豫一阵，也补报了陈经理那句关于地价的无对象的怪话。

杨董默默听着。听到地价那句话时，他摇了摇头。

之后一小段时间，我第一次飞出了国境线。杨董赏赐我一次开眼界的机会，他带着财务总监和我这充当翻译的秘书飞到了马德里。杨董对一切皆有先见之明，他和财务总监留在马德里同客户会谈，把我交给集团在马德里的贸易代表，让人家带我出去玩，尽量多见世面。

蒲恬岫自国际电影节之后就进入了离职前状态，尽管我还没机会向杨董开口请托，也不晓得人家会不会真揽下这种麻烦事。

那天，她让我大吃一惊如梦初醒："辛青，你出国，我回我家去住段时间。等换了工作，怕要忙得昏天黑地。我家里有些事，得我回去一一安排。"她喜气地整理出一只橘色旅行箱，问我是否同意放弃放进箱子当礼物的那些东西；我愕然良心发现，对自己巨大的疏忽和不负责任感到害怕：我从没正经想过她的父母和她弟弟，仿佛她是从石头缝里蹦出来同我生活在一起的。

我曾无意中碰过她家一个钉子，然后就能躲则躲。她从没在我面前强调她家人的存在和那些人的意志；我确知她时而自行返家探望，但既然我和她没有名分，我也不需要挑明并确认自己同她父母间的关系。总之，在我心里这是能拖延就拖延的尴尬，等她决定领结婚证，岂不才是最好时机？

加上我这边也有我妈这么一个怪异的存在，恬岫同我父母也大离小即。我和她都竭力躲避我妈僵直的、好管闲事的长臂。我和蒲恬岫仿佛自认是被双方家庭不动声色驱赶到旷野里的小兽，不习惯回访老巢，一心飘荡空旷原野。

我和她，孤孤单单守在一起。

十八

老梵尚正站在门外檐廊下望野眼。如果猴子这时往下扔菠萝蜜果子，他头上的波纹瓦就会砰然一声，把所有人吓得大笑。老梵尚远远凝视走过来的我：“亚瑟，你到底是不是一个安全潜水者？”

“此话怎讲？”我觉得他想逗乐。

“安全潜水需要慢慢一步步来。你步伐很快，刚拿到初级证书，就想去看鲨鱼，还要跟一个性感女郎去。你晓不晓得，海里比鲨鱼更危险的动物就是性感女郎？”梵尚脸色认真肃穆。

我一阵羞，大概忸怩了，梵尚哈哈大笑：“亚瑟，好小子，你脸红了。不要怕，我成全你，我正好人手短缺，今天来了个西班牙潜水团，他们几个全得陪着。伊莎从前一直在这里导潜，她是个好样的，你就跟她潜吧！明天？”

“好。”我回答，“我预付一点钱，先休闲潜几次，然后想考高阶证书。”

“那是柜台上那位巴厘岛夫人的事，我不管钱。”老梵尚心满意足，晃进办公室去了。

手指上的伤好得差不多了。

我并不急着离开潜店，觉得坐在这儿有种劫后余生的幸福。我是不是可以顿时改变人生？在这里努力学啊学，直到考出“潜水教练”证书，请老梵尚雇用我？我可以接待说中文的顾客，当然说英语的也行。如果我成了和从前不同的人，今后以体力劳动为生，那么，我的痛苦会不会减缓甚至消除？我近来隐隐约约地指望这种变化会发生：一旦靠当潜导为生，留在印尼岛屿上不回我的城市，我的余生肯定将迥然不同。为什么不对此寄予希望呢？

我站起来，也不同任何人打招呼，慢悠悠走出门。我走回“沙洲小筑”，院子里空无客人。我进房脱掉汗湿衣服，穿上游泳裤，把窄小的泳镜扣在额头上；拿起潜水靴套上脚，手里挟着潜水脚蹼，到小泳池边，往里一纵。

下午四点的辉煌阳光，像浇灌咖啡的牛奶弥漫池水之中。我戴上泳镜，在水面俯卧，看蓝色马赛克的池壁和池底，它们亮如天堂里的会堂。我在小池子里游了个来回。游过石桥底下，桥有桥影。桥的那一侧水池被浓密的橡皮树遮盖。从阳光下游入阴暗处的那种黯然感俘虏住我，心怦怦跳，我体验着灵魂从天堂直堕地狱的感觉。

被阳光照耀的池底有一种闪烁的魅力，我一个猛子扎下去，鼻子凑到池底的马赛克上，鼻尖感到温暖滑腻。我浮起来，换口气，水珠从头发上披泻，有个人朝我走来。

我抹抹脸。瑞娜笑盈盈道："你好。你怎么把脚蹼带到泳池来了？"

我的脚蹼放在池边，我笑着说："我想练练，免得明天踩坏珊瑚。"

"明天去哪里潜？"

"阿麦德。"

我仰着脸同她说话，瑞娜优雅地撩起裙摆，坐到了池边。

"卢卡呢？"我问。

"在午睡呢。我喝了你送的猫屎咖啡，睡不了午觉。"

我们笑了会儿，我指指池子："阳光在池底太炫目了，我潜在底下，像是在很久以前的梦境里。"

"是的，真的都是些美梦，水下都这样。"瑞娜点头，"我想哪天去尼泊尔，听说在大山上冥想非常不一样。"

"东方式冥想？"我忍不住摇摇头，"我是东方人，我感觉不到什么。"

瑞娜笑道："异国情调你感受不到？"

"你是又一个马可·波罗吗？"我说，"需要越过无限长的距离才有异国情调。”

“中国人只知道一个意大利人，就是马可·波罗，是吗？”瑞娜笑问。

“当然不是，至少我知道一个比他伟大得多的意大利人马蒂欧·里奇，在中国他叫利玛窦。”

我从泳池起来，挥手向旅舍侍者要了白色长巾，围裹着，和瑞娜走到树荫下圆桌边。她喊来柠檬茶，我们谈论她知道的东方和我管窥的欧洲，历史的祥云环绕着我们的话题。我告诉瑞娜，到访意大利，我最感动的一瞬间是去比萨斜塔下：“中学历史老师说他们整整一代人都没机会出国，将来哪位同学到了比萨斜塔，请回忆历史课的一瞬间。”

瑞娜善解人意：“是啊，我也要带卢卡去看兵马俑。”

天色向晚，她告辞去照顾卢卡。

冲凉换了衣服，我背起背包往主街上走，走过一家家餐厅和店铺，走到“约会点”吃晚饭。其实我是来找伊莎。等太阳再次升起，我俩就要结伴跃入浩渺大洋。按照老梵尚的意思，只有我和她结伴，独自一组，潜在阿麦德拥有鲨鱼的洋面下。

一个面容枯槁、牙齿黑黄、不苟言笑的印尼老渔民驾驶蓝色独木舟，以一只小小杂牌发动机为驱动力，准备送我们从阿麦德岸边驶入大洋洋面。

我和伊莎各自换妥潜水服，把两只银色气瓶和黑色的BCD连接到位，搬到狭窄独木舟里。我俩挟着各自的脚蹼对看一眼。她没笑，我也绷着脸，却并非生气。我们穿着潜水靴踩入岸边海水，水草荡漾。她先跨入独木舟；我紧张地吐出一口气，等她坐稳，也跨进独木舟，不料独木舟猛一晃，我膝盖在船帮上撞得生疼。

伊莎真是个见一次换一种模样的女人。我几乎已淡忘了第一印象里那位金马尾微胖女侍，她一次比一次显出俊俏：换上灰黑色连体三毫米湿潜水服，那魔鬼身材简直咄咄逼人。我已没法直视她，她的脸在海面光线里变淡，淡金色眉毛与皮肤形成一种质感的映衬；前几天见面时她那疲乏和淡淡病容消失了，此刻她正像个海盗船长，在我们的独木舟上说一不二。

“听着，辛，等到达潜点，我们把BCD充上点气，扔海里去。你我从船上跳下海，在海水里把装备穿上，然后下潜，如何？”伊莎问道。

“啊？”我胆怯地望了一眼汪洋大海，“先把装备扔下水？我们跳海，一边踩水一边穿？”马上，我急着解释：“这个没训练过！”

“系紧你的脚蹼，怕什么？”伊莎不耐烦地说，“没训练过？今天就算训练好了。”

我吞了口口水，看看那个老渔民，老家伙眯缝着眼睛，似笑非笑。

我瞥一眼伊莎，她曲线毕露，简直是海妖。

我点点头："好吧。"

老头才把发动机关闭，伊莎就扑通一声下了水。

她很省力地浮着，像是身体浮力很大。她怡然自得地把装备背上身，开始扣紧快捷扣。然后，她眯缝着眼，从海里往独木舟上打量我。

我摸摸早已系紧的脚蹼，又摸摸头颈里挂着的潜镜，跨出腿，坐在船舷上，往前轻轻一纵，落到海水里。我划拉了一番脚蹼，感到潜水服浮力很足，虽然腰间有佩重铅块，身体并没往下坠的感觉，我心里一下子轻松了。我伸手捞到自己气瓶，摸下去抓住 BCD，笨手笨脚往身上背。海浪冲了几下，BCD 滑脱，我只好重新开始。好不容易背上身，急急忙忙系好快捷扣。

伊莎露出一丝嘲讽的笑，做出 OK 手势。我感到压力释放了大半，洗了洗潜镜，戴好，举起低压管，看着她。

伊莎冲老渔民用当地语言喊了句什么，也举起低压管，我俩持续放气，一下子漂亮利落地沉下去，到了水下十来米深处。周围竟然全是亮晶晶的鱼群，我们直接落到鱼群中间。

鱼群也掩盖不住伊莎的风采，她反而是这片海域目前最打眼的生物。她的胸部和臀部都具有鱼类特征。我想起梵尚半开玩笑的感叹，那是他对我的警告。

她的金发浮散在澄碧海水里，阳光下淡成沙色，像水里漂一团松散海沙。她摇摆叮叮棒吸引我注意，打手势命令我跟紧她，带我去看海龟。

此时此刻我对潜水没有丝毫恐惧。我的呼吸量很大，却不是害怕。

伊莎开始头冲下斜角四十五度下潜，我跟着，刻意保持一点“安全距离”。潜水太容易太顺畅了，根本没什么顾忌和害怕，本能地我想追逐这具诱人的女体。大概这就是海妖把海员诓下水去的那种不可违抗的力量吧！亲身体验，才知世上是没有童话的，在身历其境者那里，一切本有百分百的魔力。

十九

不久之后，接受隔离调查的陈经理取保候审。他那些见不得人的事也渐渐有了各种不同程度的外泄版本。

身为管理层的大小秘书，我们获得内部消息的渠道无外乎几种：一是文件，某事件形成文字让上司看，若非绝密，做秘书的当然能读到，常常比上司更早读到。二是列席高层会议，会议记录总是秘书们来做的。三是领导吐露的片言只语。领导想让你知道什么、知道多少，决定了他片言只语的篇幅和角度。

我了解到陈经理的大致罪状却是通过第四渠道：秘书们之间的消息勾兑。大家一致认为，一定有人暗中保了姓陈的，让他的贪污情节被大大地开脱了。能取保候审是一种待遇，问题严重的腐败分子是得不着这待遇的。至于谁保他，我们都守规矩不打听。

有人保他，这出面作保的人有时就是同案犯，甚至是主犯。我们当秘书的就怕被迫参与后醒悟到老板们不想叫我们搞懂的事。

小宗又从都城打电话过来，语焉不详地告诉我“大家都很看好你”，反复夸我是个“忠厚人”。我莫名其妙，客气地推辞着，心里明白我在这体系里总算是在正确地运行着，尚无须担心自己荒腔走调。

杨董根本不对我提起陈经理，他明明曾是陈的顶头上司；陈那边一惊一乍，他全然不动声色。不过，他终究还是对我旁逸斜出地说了一句：“陈世光的老婆修养还不错，当然，这中间也有你协调得体。”

我没接嘴，明白老板在这件事上又给我加了分。我没开口请杨董为恬岫找工作，我乘势递交了住房分配申请，理由简单有力：我需要婚房。

杨董当场打开我的申请报告，低头阅读；他抬头说：“排队排得很长。哎，你的结婚证呢？”

恬岫还在父母家住着，打给我的电话里老谈论她家做的菜。她吃得发福，还舍不得放下筷子。作为船厂技工的两位家长第一次真实具体地出现在我思虑中，我记得从前他们听说有我这号人物时曾对着她嗤之以鼻；他俩对女儿的婚姻本有同她本人全然不同的期许，至少她妈说过将来要和女儿女婿同住。恬岫当时吓坏了，忍不住偷偷告诉我。我是否愿意与她父母同住，这是不能成为问题的问题。我喜欢她，她状况境遇无论如何，都是老天给予我的，无须我置喙，我不赞同不反对，通盘接受，只要她高兴。

然而，和所有男人一样，我自然希望将来的丈人丈母外加小舅子与我是“一路人”，用不着“意气相投”，至少“互不生厌”。能不能达到这境界，我不晓得，但从恬岫片言只语和偶尔的表情看，她根本不信我能融入她家，甚至她还怕她弟弟对我出言不逊。理论上谁都可以理解并接受“世上有人生来不喜欢我”或“天生就是敌对方”这些可能性，现实中却很少有人能安之若素。

也许，时候到了。我该面对恬岫的父母和胞弟了，且以跻身于他们中间的姿势试着面对他们。我尽可能以宁静声调在电话里建议她：“周末我来你家拜访吧？杨董需要我们的结婚证，否则怎么分房子给我？”

她在我看不见的空间里久久不语，然后我听到一个陌生、无力且逃避的声音：“嗯，我安排一下再看。”

陈太太的来电在我案头鸣响，我拿话筒前便猜到是谁。她以亲如家人的态度对我说：“小辛，我家老陈逃过了大难，我要见你！”

我谨慎地回答她：“陈太太，恭喜了。不过这和我没关系，你不必客气。”

她调整语气：“是的，和小辛你没关系，但我全家都感谢你在老陈困难时肯热情接待我，没把我当传染病人。这真是难得的人心，不是吗？我没别的意思，请你吃个饭聊聊。”

我有点为难，只好折中说："我需要请示杨董，可以吗？"

"当然，当然。"陈太太通情达理，"请柬我派人送来，你可以让领导也看一看。不过，客人只你一个。"

我回秉杨董，杨董说："你代表公司去见一下陈太太嘛。陈经理还是有问题的，可能判轻些而已。你代表单位安慰安慰陈太太：既然局势明朗了，鉴于陈经理从前对公司业务做出的贡献，有些非原则性的事，公司是可以帮忙的。"

陈太太很郑重地订了花园饭店二楼日式餐厅小包间，在请柬上写了杨董同我两个人名字，虽然明知杨董不会去。

我回国后恬岫同我见了几次面，却一次没回我俩小窝。我打电话告诉恬岫陈太太请吃晚饭，邀她同去。

我俩在花园饭店大堂见面，离陈太太约的时间还早，就拉着手到大堂服饰店再逛荡一圈。我指指礼品柜上单枝出售的新鲜黄玫瑰："陈太太不在的话，我就买一枝给你。"

"为什么？今天又不是什么日子。"她困惑地想了想。

"黄玫瑰代表思念。丈夫可以思念回娘家的妻子。"我笑说。

她扑哧笑了："成天哄我领证，难道人要为分房结婚？"

我们按时踏进日料店，陈太太正笑容可掬地站在包厢门口候着。她穿得清爽宜人，一身剪裁合宜女式西服，领口缀一枚水晶天鹅胸针。

"太高兴了，我怎么称呼你呢？"陈太太拉起恬岫的手，"小妹妹漂亮得让我心都酥了！”陈太太好像也博得了恬岫好感，她上下打量陈太太：“您才是真美人，您真会挑衣服！”

我傻傻地说：“你不晓得，陈太太是进出口公司纺织品专家。”

她们彼此认真看对方眸子，把我晾一边。陈太太今天精心修饰，化了淡淡的妆，不如上两次形容真切，却增添了性感。她身上飘来的香水味也变成淡淡花香，像刚从玫瑰丛中来。我看看恬岫，她尽管在图书室里沾了旧书的沉闷，此刻却像被什么东西诱发出内在的水灵，脸上皮肤透出花瓣的质感。

我们并不知道日本菜该如何吃，闻名，但从没机会尝试。

陈太太笑盈盈：“花园饭店日料店最正宗了，喏，这可不是什么芥末，更不是什么辣根，这是 Wasabi 哟，飞机当天从日本运来的，我们叫它山葵。”她请侍者拿来磨盘，用好看的手指握紧淡绿植物根茎，慢慢磨出粉末。

各种生鱼片送来，柔软肉色铺陈着，陈太太让我们蘸上山葵，放进嘴里。鱼片嫩嫩辣辣，回味清甜。侍者应陈太太要求，送上对应鱼类图片请我们看，那是我第一回见识蓝鳍金枪鱼，金枪鱼片让我回味无穷。

等我们沉静下来，陈太太方说：“我们老陈的案子现在明朗了，之前大家都叫他贪污犯，该给他平反平反了。”

我俩看着陈太太，停下尖尖日本筷，听她讲。

“其实是为的公司嘛！他坐那个位置，不抓他抓谁？”陈太太瞟我一眼，我觉得那道眼色堪称犀利，“他签名就算他贪污？真是的了！好在小辛心眼好，我们落难时他肯帮！”

我赶紧摆摆手：“跟我可没关系，我哪里帮到过什么！”

恬岫偎在我身上，也对陈太太笑：“他哪有那个能耐，他比我都胆小。他连自己的忙都帮不上。”

我琢磨恬岫的话，心上像被人揍了一拳。

陈太太怔了怔，就笑了：“我们大家一开始都紧张死了，不晓得抓住老陈什么把柄，人也不让见的。后来才搞清楚，原来是公司卖掉江东港边一块地。明明人家付的是十二万元一亩，怎么说老陈报账二万元一亩！老陈不要命，敢一亩地贪十万？”

我猛然惊醒，这就是老陈那句话的玄机？我瞪着陈太太，听她怎么往下说。

“现在好了，弄明白了，”陈太太结束了陈述，“公司财务记错了账呗！”

“那陈先生没事了？太好了。”恬岫一拍手，对陈太太道贺。

陈太太叹口气：“妹妹啊，阿姐我是流年不利。老陈坐那个位子，要抓他把柄总还能抓的，谁坐那位子上都一个样。现在大事是没了，可至少两三年工夫他还是回不了家。”说着，妇人眼眶红了，掏出白白绣花手帕来。

恬岫在桌下握我手，安慰陈太太：“您别伤心，两三年是很短的日子，眨眼就过。今后可好着呢，有盼头，日子就能好好过。”

我奇怪女人一旦开口劝女人，立马都像是特会过日子的。

陈太太点头：“今天高兴，不说扫兴话。全亏得小辛帮我呢！小辛自己不晓得，真是我们命里贵人！”

我笑笑，原来老陈狡猾，盼我传那句话。那句话起到了作用？我现在也没从前那般纯朴了，我看，这里头肯定有什么鬼。不过，我没心思去琢磨。

陈太太热热闹闹开始给恬岫讲服饰面料，打量她，当场设计她的衣着；恬岫听得津津有味。陈太太也打量打量我：“怎么，啥辰光办喜事呢？妹妹的婚纱和礼服包在我身上了。”

恬岫拼命摇手，我也摇头：“没影子呢，先得求杨董分房，否则哪能办婚事。分房么，排了老长的队！”

“哦。”陈太太一点不拖泥带水，问她，“妹妹在什么公司上班？”

“图书馆？那可是个清水衙门！”陈太太忽而泼辣，猛一挥手，“你年纪轻轻的，可不要给那些破书闷死，趁早找个好公司跳槽！”

恬岫转过脸看我一看，对陈太太怨道：“都叫他给害的么。现在窝在图书馆，养老似的，一时间哪找得着好工作。”

陈太太点头：“不怕。只要找起来，早晚都找到。”

二十

伊莎在我前头往海里钻，头也不回。我刻意不看她身体，我看见无数曼妙珊瑚和多变的鱼类从我身边掠过。

伊莎飘落在海底白沙滩上，朝我转身，勾了勾手指。我心里一痒痒，朝她跟前飘过去。她跪在沙地上，隔着她黑色有墨绿条纹的潜镜瞟我一眼，手指朝左边珊瑚礁一指。我勉强把眼光从她脸上挪开，看见珊瑚礁上满是星星点点五色缤纷小鱼，其中有些小丑鱼真好看。我竖起大拇指，转回头看她。

她又带着那居高临下嘲讽的态度瞟我一瞟，再次往珊瑚礁上指指。

我再去看那珊瑚礁，这下子看清楚了，礁石正中凹坑里趴着一只褐色玳瑁，再一看，原来不是一只是两只。这种体型娇小的海龟恐怕正处繁殖季节，这一只趴在另一只身上。雄玳瑁前肢的蹼扒着身下雌玳瑁龟壳。两只玳瑁都戒备地看我。

我看回伊莎，她绽出一个缓慢而意义含混的微笑，一串气泡从她嘴角逸出，袅袅往上升去。

她浮了起来，在我额头前方转身向前，她的大腿像蝶翅般优雅绽开，轻轻搅动脚蹼；我看见她被潜水服紧紧勾勒出的身体，觉得自己面红耳赤。我吐出大团气泡，浮起来，跟在她后面。大海深处只有我们两个人类。简直无所谓偷看，我直视前方，就能大大方方从这奇特的视角看清她性感身体的每一细节。她舞动着，舞动的身体是媚惑的，否则就只是雕塑艺术，对着雕塑，没人会想入非非。

猛然间，伊莎腿垂下，人竖立起来，转身向我做出“鲨鱼”手势。

鲨鱼来了！我一个激灵，从混乱不堪的感觉里脱身出来。

我鼓足勇气游到伊莎身边，在她右前方“站立”于水中，仿佛如此就能为她抵挡鲨鱼。

鲨鱼出现在视野里了，不是一条，而是三条。不是幼鲨，是两三米体长的白鳍鲨。鲨鱼睁着冷感眼睛，在我们前方十多米至四五十米的水域里游弋，尾鳍像刮刀，剪裁我意识里的水波。

我提防地看着鲨鱼，下意识地伸出左臂拦在伊莎前面，像是把鲨鱼当成三个暴徒。

也许因为阳光被乌云遮没，海下显得越来越阴暗，海水里浮着细小的白色颗粒，鱼群都游向附近礁石。鲨鱼在广大的乌蓝色中巡航，让我油然敬佩：它们有一种属于军事部门的外表和气质，压得我这种平民戒备克制，不敢动弹。

有人在我肩上拍了拍，当然是伊莎。我扭过头，伊莎戏谑地指指鲨鱼，然后指指她自己；指指我，做出游泳姿势。

她轻灵地浮起，大腿和臀部又一次从我的视线里清晰地划过，朝鲨鱼游去。极度犹豫了十来秒之后，我奋不顾身赶了上去：潜伴不可以在海下分开太远，另外，她不怕鲨鱼，我虽怕，却不甘心就此显露胆小鬼本相：我要么跟上去，要么永远被伊莎瞧不起。

我紧紧盯着那些鲨鱼看。鲨鱼有着灰色的、纹理质感的皮肤，它们的眼珠仿佛是画出来的，没情绪，显得痴呆。我看见鲨鱼偶尔露出的纷乱牙床，简直就是一把放大的刺、一个钉板。伊莎游得像条狮子鱼，花枝招展地朝着鲨鱼舞近，而我，我想此时自己就像一个僵硬的肉团跟在她后面。显然，如果鲨鱼选择咬一口，必定更喜欢我这只相对紧实的肉团。

奇怪的是自始至终我没有慌张，也没发生所谓化学性或物理性的恐惧，我只是在胡思乱想，带着某种自嘲。伊莎回头看，见我紧跟在她后面，她满意地做了个 OK 手势。

我们跟鲨鱼已没什么真正的距离。鲨鱼们在水里绕圈，时而远去，时而靠近我们，从我俩头顶上方掠过，它们微微抖动的丑陋腮裂令我恶心。伊莎伸出手，握住我左手，她举起低压管放气，我照做，我俩缓缓沉下，并排跪在沙地上。抬头看那三条鲨。我担忧地察看了一下残压表，气瓶里还有七十巴余气。鲨鱼懒洋洋来回游动，像街上不良青年手插裤袋、吹着口哨走来走去。我已经不害怕了，它们对我俩无动于衷，像和我俩共同参与一个午睡梦境。

伊莎的手捏着我手心，她的手很有力很稳定，和我握过的其他女孩的手不一样，不是依人小鸟，这是比我更有能力或受更高智慧指挥的女人手。我想着她的手，鲨鱼显得平凡无奇，和电视节目里的鲨鱼区别不大。

她拉了我一把，我俩慢慢浮起，她拿起我残压表看看，做出上升的手势。我们如同升空的气球，鲨鱼在眼里变小变远，我们看见了远处更明朗的景色。

我俩在五米深度停留，让血液里的氮气随时间释去。她拉着象拔的线圈低头看我，我朝她眨眨眼。

我们的独木舟准确地浮在出水地点，印尼老渔民伸手接过伊莎递上去的气瓶和 BCD，她踩着水看我："你先上。"

我笨拙地解下装备，递给老渔民。伊莎说："还有佩重。"

我解下腰间十二英磅重的铅块递给老渔民。感到自己就是不动脚蹼踩水，也浮在海上沉不下去。

"看过莱昂纳多演的电影？一开场就漂在海上装死那个？"伊莎的声音尚带着海水的沉滞感，"穿了潜水服你是沉不下去的。

如果真出了事，就是被自己吓死的。”她嘲讽地笑了。

我跟着她微笑，她现在又慢慢恢复陆地上的模样，我们之间的距离拉开了。

只有在水下，我才感到她倏然靠近。我们一起在海里，仿佛一起在床上一样，真没多大区别。

按计划，我们该在岸上休息两小时，吃完午饭，再潜第二潜。这里的度假村不如图蓝本的，缺少专供潜水客冲洗更衣的设施，所以索性派给伊莎和我一人一间单人房，作临时休整。

我很快冲洗了，到海边餐厅要瓶矿泉水咕噜噜喝下去。伊莎尚未全面占据我思绪，我望着海平面，望着天际被阳光镶上金边的暗云，感到惆怅，感到虚弱，或者有一种淡淡的悲哀。

我想到那个消失在大城人海里的蒲恬岫，我的人生，陷入一场不可回避的分崩，我是个快要认命了的失败者，曾属于我的所有令人嫉妒的东西几乎都从我身上脱落了。在海下面对鲨鱼，我不是勇敢，而恐怕是无所谓：来吧，拿去，反正我也剩不下什么了。吃了我，就干净了。

“想什么呢？一碗鱼翅？”脑后传来伊莎嘲弄的声音。

我回头笑笑：“也许我很可笑，但没可笑到这种地步。”

她穿着与出发时不同的衣服。我们来时，她的衣服没给人留下什么印象；此刻她这身灰色丝绸裙如潜水服般勾勒了她独一无二的身段。

我要了两瓶啤酒，看看四周，叹道："这里饭菜肯定一般。"

伊莎说："加油站对面有家挺好的餐馆，比我干活的'约会点'还好。"

我们放弃了包在租价里的简单午饭，走出度假村，往"挺好的"餐馆走过去。我偷眼看伊莎，她腰肢如海里的鳝鱼。

"和你一起潜水耗气太快。"我说。

伊莎听懂了我斗胆说的这句话，她淡淡哼一声，扭头望向远方。

我泄了气，某种充满幻想色彩的情绪像见到阳光的山岚很快蒸发。加油站对面的餐厅将桌椅都放在高大的椰子树下，包着白头巾的侍者站立门边迎客。

我们走进餐厅，挑了一个开满黄色龙船花的角落坐下，我看看伊莎："不着急，如果饭菜可口，我们就叫上葡萄酒慢慢吃，下午那潜，不潜也罢。"

"你不是来潜水的么？"伊莎板着脸，"那么多奇怪的想法，干吗？"

她翻开菜单，在菜单上跳着看。

"我不一定非潜两潜不可，本来是怎么开心怎么来，度假么。"我解释道，一边找我喜欢的菜式。

我们选的是一样的主菜：烤金枪鱼。我要了一份蔬菜色拉，她要土豆色拉。

伊莎对侍者说："你们的冰茶很好，给我们来一扎。"

点完菜，她看着我，欲言又止。我看看她，她脸上曾留给我苦印象的憔悴散尽了，她是个很俊俏的荷兰女人，带那种骨感的挺拔。

"也许这是我在巴厘岛最后一次潜水，"伊莎吐露，"我就要回家了。"

"我很幸运。"我举起啤酒瓶，"我感到非常幸运。"

伊莎绽放一个明媚笑容："辛，你年纪不小了。"

"是啊，"我由衷点头同意，"年纪老大不小了，却没真正生活过，惨啊！"

她笑了，不太信任地打量我："请原谅我无礼，在水下你为什么那么笨拙？"

我感到她问得好，问到了我这个人根子上。可我怎么回答呢？难道怪我的个人遭际让我变蠢？人变蠢，恐怕永远只能怪自己吧！难道我要说明我的生活方式没太多运动？这又怎能让始终运动着的人认可？

我欲言又止，欲言又止，伊莎等得烦躁，笑了，喝一大口啤酒："你要能解释就好了。"

"就是啊，怎么能这样问呢？'喂，笨蛋，请告诉我你的笨是天生的还是哪天撞了头？'伊莎，有这么问的么？"

她大笑起来："我可没这么说，我只是指你的动作。"

"在水下我明白。"我义正严辞地对她说，"我那是心不在焉，不是笨手笨脚。你可分得清？"

伊莎摇摇头，又再次充满意味地摇摇头："辛，我要回国了。辛，你知道我不能再耽搁啦，我病了。我的假期，曾经很长，但差不多已经结束。"

烤金枪鱼送了上来，香得离谱，仿佛别家的金枪鱼都不是金枪鱼。我们都饿了，简直饿极了。我又要了两份啤酒，我们喝着冰镇啤酒，也喝冰茶，大快朵颐。

我心满意足地看着自己的空盘子，伊莎推开盘子说："吃不下了，太多了。"

我们相视而笑，这一上午和一中午真是完满。我说："尽管这里没好咖啡，咱们还是热热地喝上一杯吧？假如还下水，我希望自己别在海里瞌睡。"

伊莎打了个响指，对侍者吩咐："两杯美式。"

我们再次相视而笑。我说："不知道为什么，反正我感到愉快。"

"我也是。"她温柔地笑笑，"如果我能留长一点，不着急回家，能训练你一直考到高阶证书，想必倒是件趣事，尤其是你这种在水下相当笨拙的人……"

"那还犹豫什么？"我向她倾过身子，"当我的教练呗。我不着急回国。"

她笑了，笑了又笑，接过侍者送来的咖啡喝了半杯："我已经订了机票。行程已定，妈妈等我回家。"

我笑了："天下女生说话办事都一个样。这我懂。"我尝尝咖啡，是三合一粉泡的，一股怪味，像我经历过的生活，从头到尾都蛮虚假。

伊莎伸手摘下一丛龙船花，朝瞪着她的男侍嫣然一笑，那侍者僵了僵脸，也笑了。她把花凑到鼻子下闻闻，熟练地插到自己鬓边，朝我看。

我摇摇头，赶走我灰败的思绪。我说："伊莎，上学时我当过捕蝶者，制作过昆虫标本。你想，你愣然站在盛开的野花前，先被花惊得说不出话，然后又被蝴蝶惊讶得要死。捕虫网就在你手里，可你却忘了挥舞它。一只黑底红斑的大凤蝶跟一只纯蓝色的蜻蜓在花盘上撞到了彼此……"

"好一个邂逅。"伊莎笑道。

"可是，再彼此打量，互相琢磨，它们都不认识对方啊。"我笑了。招呼买单。

伊莎要付她的饭钱，我说："凤蝶，这可不是蜻蜓的规矩啊。我请客。"

我们约好四十五分钟后出房间下海。还能看见什么呢？伊莎说："我带你去潜左手边水下峭壁。峭壁上住着不少怪物。"

我关上房间门，房里有种热带客房的霉味；房间没窗帘只有窗纱，我拉起窗纱，不止一只石龙子从窗框里掉下来逃走。

我躺在床上，不晓得身在何处。倏然已入梦。

有人打鼓？鼓点变成了敲门声，我醒了，一只灰色石龙子蹑手蹑脚在白粉墙上爬。

我从床上起来揉揉眼，打开了门。伊莎端端正正站在门外，这个洋妞真是别有一番标致！

伊莎一本正经地看着我："真要下水么？要下水现在就走。"

我犹犹豫豫，觉得她的牙齿很大很整齐很有力，很……性感，我说："水有点凉。"

她一步跨进门，脚跟把门踢上，张开有白牙的嘴，柔声说："我想了想，我确实想了想，我想，至少我今天还在巴厘岛呀，对不？"

我明白了，我感到外面庭院里所有野花，还有这岛上所有的野花一瞬间都绽开花瓣，我说："我刚才睡着了，不知道身在何处。"

她搂住我头颈，一股体香扑来："我也是，我觉得从前的归从前，将来的是将来。"

我朝她俯过去，她并不比我矮多少，我吻在她富有弹性的唇上。

那一瞬间，我只有一个强烈的想法："我要吻她整齐有力的牙齿……"

二十一

虽还没看到我和恬岫的结婚证，公司工会主席老江还是在楼梯上一把攥住我："哎呀，小辛，你叫我好找。来来，借一步说话。"

老江交给我一把钥匙和一张写了地址的纸条："杨董吩咐我们办的事，我们能不上心吗？刚巧有人套出来一间房，地段是真心不错的。你先去看看。"

记得我谢了老江，先进办公室把手头急事办完。办着事，我曾想打电话告诉恬岫，不过，我看了一眼那把钥匙，钥匙单薄陈旧，我决定还是自己先去看一眼再说。

确如老江所说，房子地段不错。不是不错，简直好得叫人不敢相信。离开我们住着的电影院洋楼也不过走十来分钟路程。正因如此，我疑心房子本身不能让我激动。我随手召辆出租车，下过江隧道往西边去。远远望见那是栋老式房子，样式不中不洋，是斜顶的，整栋房子没几扇窗户，活脱脱一个大仓房。我下了车，犹犹豫豫地走近。房子里侧有条小弄堂，房子分开设好几个门洞。我见一个门洞里有人，上前问询。

“单元？”老阿姨笑了，“弟弟你找谁？哦，是单位分房给你？就是这门洞上去，不过可不是你说的什么单元哟！”

我感到有点害怕，老阿姨倒热心，领我往楼梯上走。我闻见煤气灶台那种涩喉咙的气味，也闻到公用马桶间酸臭。走到三楼，有扇窗照明了走廊，看得清楚，走廊尽头是一个奇怪的隔层。老阿姨指指那边：“看见有架扶梯吗？你要把扶梯端过去架好才能上去。”我嗤了一声，转身想走。可我没走，走过尽头去，挪动满是油漆斑点和墙粉污迹的木扶梯，爬上去，用手里钥匙打开高高在上“腾空”于走廊的木门，往里推开。

眼前出现一个长方形空间，铺着陈旧木地板，角落里放一张书桌和一张床。墙上没窗户，但抬头有扇老虎窗，下雨不漏的话，算能采到天光。这房间，大概有十二平方米。

我没进去，锁好门下来。放回木梯子，问老阿姨：“从前谁住呢？”

“公司里干活的一个小青工吧。挺好的，帮我们大家修修补补。住了两三年呢。”

我谢过老阿姨，走到大街上，骂老江老滑头，决定不把这事告诉恬岫。

相比大学时代，蒲恬岫不但冷静下来，竟然已习惯于某种形式的沉默。她默默同我在约定地点见面，拉起我手；她默默和我并肩逛淮海路上的店，默默掏钱包，买下她中意的小物件和食品；她默默依偎着我，一起吃晚饭；默默听我发牢骚、讽刺人或说笑话。

“你怎么了？怎么老不说话？”我一次比一次频繁提醒她。

“有啥好说的？日子这么好过，还用得着说什么吗？”她微笑。

不过，我明白她微笑里藏着东西。

陈经理最终因贪污罪被判三年六个月有期徒刑，没缓刑，也不符合保外就医标准。他关在提篮桥，这是本地童谣多少年来反复警告小孩子的地点。

杨董带我一起出席了老陈的庭审。我看见陈太太穿着素色旗袍坐在审判庭里，她气色不错，特地过来和杨董握手，低声交谈几句。她还冲我点点头，微笑了一下。陈经理选择放弃上诉，他已被关押了一年，所以只需在牢里再过两年半。

回公司车上，杨董看看我，交代说：“小辛很不错，处理得当。以后，陈太太那边，你负责代表公司定期拜访安慰。虽说不上孤儿寡母，毕竟是有难处的。老陈出来，能不能回公司还不晓得。他从前对公司有过贡献，也没犯什么天条，集团内控也是这意思：在法律许可范围内给予其家属人道主义关怀。”

“老板，这是正式交给我的任务吗？”我问，拿出笔记本。

“难道还要给你一个书面委托？”杨董奇怪地看我一眼，笑道，“好个秘书！”

工会老江上了心，又让公司车送我和他一起到衡山路，往一栋很高的高楼里走。他凑到我耳边：“这地方怎样？没得说了吧？周围住着的都是有身份的人，机关干部最多。”

我抬头看这栋高楼，可谓耸入云天。地段没得说，谁能拒绝这样有头有脸的街区呢？马路对面的几栋洋房，1949 年以前住银行家、资本家和政客，如今住的不是文化界名人就是市里乃至北方来的高级干部。老江以为我身为秘书，肯定喜欢这种地方。

我们打开三十三层那套房，阳光也正巧洒进室内。我拿了房间钥匙，送走老江，打电话给恬岫，请她下班先来衡山路。

恬岫在这套两居室里逡巡，一开始脸上布满好奇，俯身在窗台看风景，还有过一丝笑意；她走进暗间和洗手间，沉默，然后她就淡下来，问：“这符合你的理想么？”

我不懂怎么回答。

“你愿意把这房子布置成我俩的婚房？”她问了第二个问题。

我抓抓头皮，大实话脱口而出：“的确不符合我心愿。”

她微笑了，柔和地看我一眼：“别灰心，会有更好机会的！”

她跑出那房间，看我锁好门，高兴地说："既然来了衡山路这里，我请你泡酒吧！"

我俩嬉笑着走在有好些酒吧的衡山路上，梧桐粗大发白的枝干布满我们的视网膜，形成傍晚景色。我们在拐角上找到一家开敞式酒吧，她要一瓶樱桃味啤酒，我要了一大杯德国啤酒。

我们站在马路边，行人好奇地看酒吧，看她。我看她努力摆出洋气姿势，就着小巧的啤酒瓶喝啤酒。我笑说："咱们确实不该委屈自己。我也不想学我爹妈，单位发啥就要啥。"

恬岫看看我，又看看行人："我听说，马上要试行货币分房了。单位给一点，职工自己贴一点，买新房子，产权是自己的。"

我惊诧："哪来的消息？咱们集团怎么没音讯？"

她脸上有淡红酒意，眼睛显得比往日大："我爸爸说的。确切消息。"

我们岔开了话题，后半杯啤酒我都在同她聊陈太太。

恬岫抬头看我，眼神水灵灵，带一点责难："你房子不急着找，该把我换工作的事放心上了吧，你真想闷死我？"

"图书馆工作那么可怕么？"我诧异道。

"要不你来试试？"她嗤了声，脸色顿变，看上去像吃多蔬菜，听见叶绿素就反胃。

陈太太听说我代表公司请她吃饭，很开心；又听我说要带上恬岫，显得愈发欢喜。

“吃饭地方听我的好不好？我们不谈扫兴事，扫兴事上班谈。我们三个投缘，好好聚一聚！”陈太太立马推荐西郊宾馆的好菜好饭和附属的咖啡馆。

从喧嚷的市中心往西，由旧时代英商高尔夫球场改成的西郊公园已改建为动物园，被人俘获的野生动物们囚居在这片好风水里。邻近的西郊宾馆是大城接待国际名流政要的大型别墅花园，升斗小民，平时无缘踏足。

恬岫一路上都很兴奋地期待着。确实也是：好地方就在身边，时光流转，我们却还没身临其境见识见识。

我和恬岫一起在南京路采购了些高级食品营养品，开了七八百元购物发票，两个人四只手提着。她提醒我：“你别总在心里把人家当罪犯家属看，这里头很复杂。我觉得陈太太是个有见识的女人。”

人流渐稀，绿树成荫，星期天的上午明净清澈。恬岫偎在我肩头：“见过了陈太太，我们去动物园看猴子吧！”

陈太太穿件赭色旗袍，披着针织背心，头发精心打成溜光一个髻，站大堂门口，宛如民国时气派的大家闺秀。

她客套几句，大大方方收下礼物。我们之间颇有久别重逢的欣喜。

陈太太中意的小餐厅让我俩喜出望外：一个二十来平方米

的独立餐房，木结构装潢，古色古香。墙上挂仕女图，桌上一大捧黄斑跳舞兰，墙边设圈绿布沙发。最了不得的是朝南全落地玻璃，晶莹透明，外面阳光明媚的树林池塘全落入客人眼中。池塘还有残荷，水鸟抖动白羽。跨出落地门，有个小平台，比草坪和池塘高几级石阶，放下了茶桌和竹椅。

恬岫双眼闪烁着，仿佛一个人亲眼见到自己某种理想。

陈太太微笑着看她："妹妹要是喜欢，以后就多来。这里不止一处好景色，我们轮换着包房欣赏。"

好景必配佳肴。送上来的凉菜热炒道道脍不厌细，每种滋味都经厨师多番炮制，复杂到需行家给予注解和分析。幸亏陈太太担当了讲菜角色，我们才从一口口分量不多的精细食物中尝出特殊风味，了解厨师的用心。

陈太太谦虚："我也是鹦鹉学舌，公司常在此地请客户，我听熟了。"

"杨董让我代表公司向你致意，"我试着完成任务，"陈经理对公司有贡献，杨董说希望陈太太一切顺利，有困难告诉我，我给公司带信。"

陈太太哼一声，笑道："他倒说得轻松！不管他，今天不说扫兴事！我说过了，我们三个投缘，就是找个借口咱们三人聚聚。杨董爱给咱们买单，咱们没理由反对。"

我们笑起来，恬岫和陈太太随即展开了对进口化妆品的长久讨论。我喝着葡萄酒，桌上菜还没吃完，我慢慢品尝。

红酒，以前我没认真品过，不过陈太太带的这几瓶对我胃口。酒浆醇醇的，喝下去整个喉头一阵芳香，我慢慢一口口吞，也没想什么，觉得这光景家常柔和，陈太太像个不知哪里冒出来的姐姐，和恬岫能说到一起。

我喝着，转头观看庭院景致，又看恬岫，看陈太太。恬岫和陈太太在一起，比平时独自一人时更迷人，仿佛被陈太太衬了出来。我仔细观察，看出些不同：陈太太也很出挑，不过皮肤光泽干点，衬出身边的恬岫年轻滋润，牛奶般白亮；陈太太气质不凡，恬岫和陈太太合拍，俩人一问一答，如两种树叶同时在风里飘，各有各模样儿。这么看，恬岫气质不输陈太太，尽管经验尚欠缺，但一脸聪明相。

这光景真挺美的，我喜欢窗外，也喜欢窗里巧笑嫣然的两个女子。

恬岫去洗手间，陈太太坐回桌子来，对我笑："你把酒都喝光了？给我也来一杯。"

她让我看酒瓶上的商标，告诉我法语的意思："这酒是波尔多的大区酒，标有地方认定的大区酒标志，好比是酒中世家子弟，有身份的。"

"我们怎么弄明白酒值不值得那价钱？"她卖弄说，"我们办公室有张年份产量表，我今天没想着带，下次带你看。那表上记着各产区哪个年份酒是好酒，只要符合相应年份，酒贵了也值得。”

门外传来恬岫高跟鞋声音，陈太太瞟我一眼：“哪天中午我俩约着在外滩，我给你讲讲怎么品酒。”

风和日丽，午后像静得失去涟漪的湖面。

陈太太吩咐服务生到外面平台布桌，一辆银光闪闪小餐车推来白瓷茶壶、茶杯、糖罐和奶罐，我们要品尝大吉岭精制红茶。男服务生从草坪过来，手捧高高的甜品架和水果盘。

吹着轻风，我们正如朋友般聊天。原来陈太太出生在我俩相邻街区，大家讲的方言一模一样，没细节音差，这实在亲切。我们三人比对童年记忆：曾在同一家南货店买过同一厂家的鱼皮花生，扯过同一个铺子的布料，让各自弄堂里裁缝裁出相差无几的款式……

陈太太说得高兴，紧紧握了恬岫的手，像姐妹般相偎依，喋喋不休，千零百碎。她兴奋地宣布：“以后你俩不要再叫我陈太太，我的名字是蝶漪，就叫我蝶漪！”

陈太太上洗手间，我对恬岫说：“差不多吧？不是还要去公园看猴子？”

“不去了，”她沉浸在发现新大陆的快活里，“和陈太太讲话真开心！”

陈太太回房，调响了背景音乐，进口音箱流淌出钢琴曲……我听着她俩的交谈声慢慢瞌睡，蜷在沙发里沉入酒乡，醒来天都擦黑了……

二十二

回到梵尚潜店，我神不守舍地寄存了潜水器材，填写完潜水日志，就坐到门口看人来人往，等伊莎往我潜水日志上签名敲章。我记录了这是首次在海下遇到鲨鱼的日子，然后我画了一朵蓝珊瑚作为记号，只有我知道它的含义。

伊莎一直在老梵尚的办公室里讲话。老梵尚的女搭档出来过一回，对着潜店几辆中巴指手画脚，回头到处看。看见我，她盯着我看。我回她一笑，她迅速咧开嘴，哈地笑出了声。我被她这诡异的笑窘得浑身痒痒，有点坐不住。

伊莎手里端着印盒走来，她嗨一声，示意我打开潜水日志。她俯下身，身材显得又高挑又瘦，脸庞真俊。她的个人印章是一只翘尾巴的海豚。她蘸蘸红印泥，特意头尾相反紧挨着印下两只海豚。她拿起笔筒里的笔，在海豚尾巴上写她姓名和PADI编号。

我低声问："晚饭？"

伊莎直起身，居高临下俯视我，并没笑，她说：“我得去餐厅上班，马上就去。”

等她向我挥手，登上一辆送客小中巴，我终于觉得自己从海里浮了出来，上岸了。我拿起需要带回旅馆的东西，悄悄走出潜店，从小径下到小巷，路过小酒吧和按摩店，回沙洲小筑去。

浑身洗干净换上干爽衣服，我查看了新闻和微信朋友圈，和我有关的事不多，需要我立即考虑或回复的事则是没有。我的信息区里不再有恬岫的影踪，我想我已认可和习惯了这状况。刚和伊莎有过猝然而至的鱼水之欢，我感到远方的恬岫从她原来位置上变淡。我明白她仍在那儿，不过确实变淡了。

“我不是我自己。”

这是什么意思呢？我为何脱口而出，说这么一句？

“我曾经不是我自己。”我暗自修正。

那么我现在是什么？因为伊莎，我成了我自己？

这可能是一时冲动之感，当不得真。

我还处在恍如梦中的状态，今天我旁逸斜出了。

我锁上门，往伊莎打工的餐馆去。我将静静坐在那里当她的顾客，然而我脑筋将对着她开动，把我丛生的问题放在旋转的脑细胞旋流里消化。

我走进灯火迷离的约会点餐厅。

没看见伊莎，殷勤的印尼女侍迎上来，把我带到里侧空位去。我坐下，要了壶滚烫的黑茶，往茶壶里扔了两块褐方糖。茶液带着那股子人造的甜蜜，却很满足我身体的需求：我要糖分，我流散了太多能量。

吧台上一片忙碌，调酒师不停地制作长长酒单上各种不同的鸡尾酒和果汁饮料。我看见厨房开始送出蔬菜色拉和烹制好的肉食，我想伊莎会把自己弄得很累，她不该今晚还来餐馆打工。

茶喝得将尽，伊莎从二楼走下来，她把托盘放到吧台上，拿起调酒师递给她的一杯饮料喝了一口。她环视餐厅，像寻找谁，最后她眼光和我对了个正着。我看着她，她脸上有疲惫；她冲我笑笑，把饮料杯放在吧台上，走过来问我："晚上吃什么？"

我还没顾上看菜单，我想问她吃了没，又觉得这实在婆妈，于是笑道："我现在能吞下整整一条鲯鳅呢！"

伊莎瞪着我，含讥带讽："想必你做了超过自己能力的事，已经油尽灯枯了。"

我有点不甘示弱，不过，话到嘴边却变规矩了："我确实需要补充能量，有牛排？"

我点了牛排，外加一盘蔬菜色拉。我不想喝酒和饮料，又要了壶滚热的黑茶。

她写菜牌的时候，我悄悄问了声："你看上去累了，还行吗？"

伊莎冲我一笑，灯火暗影里，她显得比实际年龄老，好像是个中年妇女了。是啊，她累了，她这个年龄，累了就会预演未来的外貌。不过，她显老时也不难看，只少掉她外表上显明的俊朗，更女性化。

她走开了，去干她的活儿。

我想思考，想抓住些什么来琢磨琢磨，可惜脑里什么也形成不了。

“其实没什么需要思考的。”我假设我伸出右手拍拍自己左肩，“别把简单事情弄复杂。”

我不由自主回忆起恬岫来。

在一起的最后一年，恬岫愈发不惮于不加掩饰地表示对我的憎厌。“你知不知道你是个忧心忡忡胆小怕事的人？凡事别人都在享受，你只担心天塌下来。”她曾多次鄙夷地斜视我，“可怜我叫你给带坏了，我也成天绷着呢，像再也轻松不下来了！”

我做人想得太多了？

她无非要控诉我这一点。

可是，这岂不是控诉一只蝴蝶长得过于花里胡哨？控诉一只夜莺喜欢在夜里扰人清梦？控诉蔷薇整年里只肯在春天开放一回？作为一个大企业的第一秘书，我能不操心所有的事？站在大多数人望见的那张世态表皮背后，对绝大多数人遮遮掩掩的那些丑事毫不掩饰地在我这秘书先生面前发生，就像我是泳池换衣间那面镜子，我还能像她要求的那般清纯？

还是那句被说滥了的老话说得好：请你吃牛排，你怪它缺少叶绿素；让你吃苹果，你又嫌没蛋白质！

我黯然想着恬岫和我之间那些沮丧瞬间，一抬头，伊莎送牛排上来：偌大一块带血的壮肉，特意插把锋利切肉刀，看得我汗颜，我是吃得了这大牛排的男人吗？

伊莎得意地把手插在腰间，用法语戏谑说："祝你胃口好！"

另一个印尼女侍随即送来了蔬菜色拉。我看看伊莎，特意问印尼女侍："听说客人可以把酒寄放酒吧，我可不可以把吃剩的牛排也寄放？"

她们听出了我的尴尬，赤裸裸地笑起我来："祝你胃口好哦！"

不紧不慢吃完大牛排，为找个理由接着坐在这里不走，我点了整整一瓶法国红酒，这店的酒价还算中肯。我慢慢抿着挺不错的酒，眼角余光瞄着走来走去的伊莎。她暗暗叹了好几口气，我知道她累坏了。

餐厅聘的男生乐队晚上九点开始站到门外庭院里拉琴唱美国歌，伊莎趁他们唱歌时来收拾我的桌子，问我："你明天不是还潜水么？阿诺带你？"

我看着她疲惫的眼睛："明天潜不动就不潜了，这不重要。你早点下班吧，你累了。我想带你现在就去做个按摩。"

伊莎对我摇摇头："我还是直接回去睡觉好。我就要回国了，回阿姆斯特丹。"

我感到一阵所谓的“甜蜜忧伤”，我看着她说：“不管你回哪儿，我觉得一次按摩对你有好处。”

她走开了，我加紧喝我的红酒，大概二十来分钟里我喝了半瓶，剩下不多了。伊莎在柜台上和人交代事情，我找一个印尼女侍买了单，放下小费，走出餐馆，走到马路对面印度餐厅门口，要了杯淡淡有树根香气的印度啤酒。

我坐着等伊莎。

我们走向十字路口那家大按摩店，路上空气清冽，黄色路灯把路边小棕榈的影子投射到路面，形成一摊摊暗影。高耸的大王椰子树在夜风里摇曳，没任何影子显在街肆上。我伸手握住伊莎手，她不拒绝也不回应，任由手躺在我手心。

走到按摩店门口，她从我手心抽回手去。我对着等客上门的印尼大姐说：“按摩。两个人。”

我们脱了鞋，光脚踏上凉凉的水门汀地面。我们被带进二楼双人包间，两个印尼大姐请我俩脸朝下躺到并排的按摩小床上。

脸扣在按摩床的小洞里，什么都看不见，只听见四个人静静的气息。按摩大姐的手在我头颅上柔和地滑动，用力在认定的穴道上下劲。

我听见伊莎坐起身，大概是脱掉上衣。没一会儿，我这边的按摩大姐也让我脱光上衣；我坐起来脱的时候看了伊莎一眼，她光着上身伏在按摩床上，按摩大姐正往她光溜溜有雀斑的脊背上抹椰子油。我躺下，想着黯淡的心事，也尽力在按摩中松懈，从白天松懈到深夜去。后来不晓得什么时候，我睡着了。

翻身仰卧时我和伊莎都醒着，我问她："舒服些没有？"

听见伊莎叹了口气："我想我是病了，我在热带待太久了。"

我嗯了一声，不知道说什么好，后来我脱口而出："伊莎，热带因为你，显得更加美好。"

她咯咯笑起来，我听见两个按摩师也轻声笑，我感到眼眶被泪水滋润。

热带，多么美好的区域啊，富有魔力。

伊莎说："辛，你真好。"

做完一轮按摩，我坚持再做半小时脚摩，必须端给我们烫烫的水泡脚。我和伊莎并肩仰在长椅上。她脸上的疲惫松了，不过脸庞因而变得有些臃肿，大概这是她在我眼里最不俊美的时刻。我笑了："明天可别再上班了，你需要好好休息。"

伊莎没吭声，当着按摩大姐面把头靠到我肩膀上，我转过脸看她，她也看着我；我懂了，搂住她肩膀，用力吻她。

她说："很快我就上飞机，你不需要送我。有朋友送我。"

我点点头："祝你一路平安。"

我们走出按摩店，路灯已熄大半。天空忽然多出很多星星，简直星光灿烂。

伊莎说："我坐三轮车回去，很方便。"

我们同时往一株盛开的红扶桑下跨出一步，凝视着彼此。

我说："谢谢。保重。愿你一帆风顺。"

夜色里，伊莎是个成熟的妇人，比我年龄更大。

她搂住我，亲了我两颊："再见！亚洲人！"

她轻盈地跳上等候生意的三轮车，向我扬起长长臂膀。我挥舞手臂，目送夜的精灵一路远去。我的感受，无法诉诸语言。

语言，不是过于轻佻，就是过于虚伪。

鱼类大概并不了解从陆上潜下来的人，分不清哪些是勇者，哪些是徒有其表的懦夫。而勇士时而沦为懦夫，懦夫又时而顿成勇士；人类的这种转变，鱼儿们就更摸不着头脑了吧。

我第二天还是背着运动袋去了老梵尚的巢穴，阿诺带队，我们下午两点出发，去玩更刺激的：既到魔鬼鱼岬角看魔鬼鱼，又去新佩尼达放流潜。

出发前阿诺找到我："亚瑟，这些天你潜得挺自在？魔鬼鱼岬角没问题，那不是海流，只是来回浪，过去回来，回来过去，海下跟紧我就好。第二，潜到新佩尼达，流比较大，不过更不必担心，就像坐火车看风景。别紧张！"

我点点头，我想我可以让阿诺看看，胆小的人，也有大胆的时候。

上船后我却有点后悔：没想到这是艘很颠簸的快艇，全速向蓝梦岛海域行驶，海浪硬得像岩石，小艇猛烈拍打涌浪，我们像坐在挥舞的榔头上。气瓶全部小心翼翼地套在木套板里，艇上不固定的东西都在跳舞、在移位，需要旁观者不时伸手协调。我被弹起来摔了几回硬硬的屁股墩，腰肌吃了苦头，这令我恼怒而非恐惧。我们被颠来碰去，折腾了整整一小时才到达魔鬼鱼岬角。到那儿一看，周围已泊着好几条船了。

阿诺示意我们快快背上气瓶；我们一个接一个从小艇上背翻入水。

我心里挺漠然的，甚至有些心不在焉，这反让我顺利到达水下十五米的指定深度。放眼四顾，几乎笑出声来。水里下饺子一般全是潜水员，大家都来看魔鬼鱼，魔鬼鱼却杳无踪影。三十多个人在摇摆浪里左顾右盼，面面相觑，滑稽得很。

阿诺满意地对着我看看，做出 OK 手势。他喜欢坐在浪里，像中国武侠书里丐帮的小首领，叮叮棒指东指西招呼客人。忙里偷闲他指指我，又朝我身下指。我俯身一看，只不过一条盲鲨游过。

头顶太阳稀淡，人在浪里摆动，有点坐游乐园海盗船的晕眩感，不过不强烈。我看见远处起了一朵乌云，人人像草原上的獴伸直头颈：一条落单的魔鬼鱼游过来，挑衅地逼近潜水员们的头顶。我看见它白色肚腹上有褐色斑纹，胸口上有一对奸诈小眼。

没有更多魔鬼鱼出现，仅仅这条，来了又去去了又来，很多人拍照摄像。我觉得这岬角的水域仿佛是个圆筒，人在里面像镶在琥珀里的虫子，施展不开。

上升时挺顺利，不过一出水阿诺就对着我大呼小叫，要我用力游向他，游向小艇。这里的波浪有点诡诈，没经验的人容易漂开。

我带着厌恶之心抓牢扶手，抵御小艇又渐渐开始的拍浪之旅。我感知三十多岁的骨架不再是少年时的紧密构造，若我放任自己随小艇震动，“散架”这两个字就会慢慢具形，威胁健康。阿诺端给我一杯热茶：“亚瑟，进步很快嘛，你可以开练高阶潜水！”

“你教我？”我问。

“不。应该是别人。”他摇头，大眼睛看看我。

到了放流点，船上休息时间还没用完。大家松口气，靠在座位上打盹。

下水前阿诺先跳进海里观察流的方向，我看他将手里一把白沙撒向海浪。他上艇说：“流有点大，记住，下潜要快，到水下十米会合。”

放在十几天前简直不可思议，但如今我确已找不到恐慌的心绪。我知道自己历来是懦夫，现在的勇敢也不代表我有了勇气，只是环境逼我接近那些勇敢的人。

我们背翻入水，天海旋转；然后举起低压管不停放气，把肺里气竭力往外吐。我感到水流推我向前，但每个人都在向前，所以我们到达水下十米时还聚在一起。

阿诺做出要我们宽心的手势，他特意双臂环抱胸前，坐在流上，流带着他向前飞驰。这是一股强劲的由南往北的海流，我们不需要做任何动作，就像被龙卷风裹挟着的小马小牛，顺流飞。但不一会儿我就潇洒不起来了，流可不管你前方有什么，它只推着你向前。我接连两次几乎撞到旁逸斜出的珊瑚；为不弄伤珊瑚，我急不可耐地挣扎躲避，搞得自己气喘吁吁。有时不知如何我又漂移得比别人快，如果我不转身顶流往回游，就和阿诺他们分散了！我知道到处是漂亮的鱼群和软硬珊瑚，但我飞得艰难，躲来躲去，耗气费力，也无暇细看。

等浮上水面，我潜水服右胸紧缀一朵橘红的东西，像动物又像植物。阿诺轻轻扯下这一朵，放回海下去："这是毛头星，海百合纲的动物。亚瑟，你不错，自己应付过来了。"

我确实应付过来了，只是筋疲力尽。但我终究对付过来了，这让我自豪，对于大海，我不再是讲空话的假人物。这一点点变化，真真实实。自从到了巴厘岛，真真实实的变化一个接一个，尽管并不起眼。

二十三

蒲恬岫没和我商量商量，就辞去了市立图书馆的安稳工作。

并非是陈太太廖蝶漪帮她找到了什么新工作，而是她自己翻阅报上招聘广告，到新开张的太平洋大饭店面试，被录用为行政部总监助理。她毫不犹豫地接受了这份陌生的工作。

“为什么不和我商量就辞职呢？”我有点委屈。

“为什么要和你商量？”她淡淡笑一声，“不早就告诉你我要换工作吗？你又不肯帮我找。”

“这个，这个，”我不知如何表达我的不满，“你应该和我事先商量么。”

恬岫息事宁人地伸手到我头发里一淘：“好了，好了，那是个五星级大酒店，美国资本。我老板是个红头发美国女人，你不用担心。”

“为什么不担心？红头发女人精力充沛，肯定是工作狂。这下完了，你每天要在办公室吃晚饭啦！”

蒲恬岫竟然露出一丝幸福的微笑！这不经意的泄露像一记凌厉而无声的巴掌打在我脸上。我恍惚见我父亲沉默不语站在我面前，他有点犹豫地看着我，欲说还休。

蒲恬岫拿出自己私房钱悄悄找廖蝶漪，廖经理帮她把这一小笔钱花得尽善尽美。当时恬岫并不想让我知道她的置衣行动，她把这掩盖成了仅针对我的隐私。我在之后一两年里，陆续见她取出各类新衣服把自己打扮得周周正正去应付五星级大饭店的业务活动，她日益赢得衣冠楚楚的欧美宾客对她风度的赞叹。

不足为外人道的是我和她的新型性爱关系：她每回大清早打扮成鲜嫩靓丽的高级白领都令我色心顿起，我总在她的穿衣镜前对她毛手毛脚，那些剪裁合体的时髦行头穿到她身上就成了我的春药，以至于有几回她和我都只好临时请“病假”，她刚穿上的职业套装被我急吼吼扯开，我们忍不住发出的声音一旦漏泄到街上，可能为楼下电影院带来飙升的上座率……我在每一回亢奋后都止不住黑色思绪如原油喷溅：“我说蒲恬岫，你的老板真是个红发女人？即便是女人，我也难放心！”

蒲恬岫发出吃吃笑声：“你以为世界上的人都像你？我交往的可全是体面人！”

我感到无缘无故的焦虑。我常日被锁在杨董办公室，以一个附庸者的地位存在于企业之中；蒲恬岫却暴露在五星级大饭店的流动大舞台上，那儿可是社会捕猎者的猎苑。

有时我在午休时间回忆中学往事，我总记起夏日被太阳晒化的柏油路面，靠近工厂的窄巷散发出路面油脂被晒烫的酸味……这曾是我和蒲恬岫每天上下学的必经之路。我第一次见到她时正竭力忍住酸油脂气味引发的反胃。她穿着白色连衣裙捏住鼻子在这条弄堂里小跑，我望着她的跑姿笑出了声，她多像一条空气里扭动的孑孓啊。她听见了笑声，站住脚四下张望，看见我，不认识我，在鼻子前扇扇手，又跑起来。

那时她的脸还处在发育期，但有一种团团如花的紧凑感。她的腿很长很好看。

高中重新分班把我俩分到了同一班，我记得三楼教室门外那条狭长露天走廊，站走廊里远眺春雨烟笼几百米外一排老榆树淡碧树冠，树冠仿如朵朵绿花。我喜欢看雨，蒲恬岫同学也喜欢看雨。我看雨时分心了，偷看赏雨的她，她倏然转过脸，瞪我……

她总和女生们站一起，躲在女生中间，像一条被密集保护的海豹难以接近的沙丁鱼，我觉得喜欢她是件安全的事。那几位常同男生无忌调笑的美女同学被我直接忽略，我不喜欢大众情人，我喜欢幽谷百合。

杨董觉察到近来我在午饭时间的出神和迷怔，他在他那阔大办公室特意召见我："你有心事？分房子没要，是不是和女朋友有问题？"

“没事，杨董，她嫌那房子不舒服。”我抱歉地对老板坦言。

“眼光挺高嘛？”杨董摇摇头，“我说，你选老婆标准大概受这城市的男人的影响。将来她管你？你准备怕老婆？”

我笑了，杨董点穿了我，他指住了我肚肠爱发痒的那段。

“小子，想要有出息，就要学会驯马！”杨董露一脸坏笑。

“怎么驯呀老板？”我问。

“这个一句话能教会你，也太容易了吧？你先得有驯马的心，不是当马的心嘛！”

我渐渐放弃了过去随时打电话找蒲恬岫的习惯。她在图书馆随时能接电话，会笑会撒娇，现在她忙得成天脚不沾地。她在宾馆已得到了初步提拔，“总监助理”四字头衔中加了“特别”两字。她管的范围越来越广，也越来越杂。据说——当然是她用愉快口吻透露给我——她工资已比刚加入时上升了百分之五六十。真快！

我对兴致勃勃的蒲恬岫第一次说不，是她入职差不多接近一年的时候。

那天和平常一样，没啥特殊，但有些东西在我心里潜行良久，藏不住了。

我记得她那天穿一身咸菜绿连衣裙，裙子外罩件白色短袖上衣，头发才烫过，整个人亭亭玉立新鲜芬芳。她化了淡妆，裙子柔软贴身，我伸出咸猪手碰了碰她的臀，她腾地扭身让开：“我今天有要紧公事。”

我虽扫兴，能说什么？

本来我已进入自我调节状态了，她转脸瞥一瞥我：“今晚有公事应酬，回家会很晚，你先睡好吗？”

我真的不懂为什么我的反应不是渐进式的——我的情绪猝不及防地爆炸了，我猛地把手里报纸恶狠狠抽在她梳妆台台面上：“打扮得跟舞女似的，晚上还应酬，半夜三更回来？蒲小姐，你当我是什么？”

她愕然转身对我，脸色登时白下来，嘴唇哆嗦：“你，你……我们部门的工作。”

“不管什么工作，也不问什么部门，请你六点准时下班。”我恶狠狠宣布，“不要让我成为笑柄！”

她没再开口说话，转身默默完成她的妆容。我站起来离开显得过于狭窄的房间，拉开门，走到马路上。

我们许多天没有一起吃早餐了：我们醒来便匆匆漱洗打扮，然后我看着她急急忙忙地到马路上扬招出租车，往城西去。她工作的宾馆最让我不齿的一点是她早上出租车费可以报销，晚上则有条件：只有晚上九点后离开宾馆，才能报销出租车费。他们为何要把女员工留到那么晚？难道她没个人生活的么？

等我闷闷不乐地吃过早点回家，她已离开了，房里留下那一旋香水味。

我觉得我的信任开始哗变，我坐在床边，莫名其妙毫无证据地醋意盎然……我想，我已有点病态了，我想象中有模糊的男人身影逼近她……而最让我感到震惊的是：想象中，她并没做出明确的拒绝，也没有激烈的抵抗……我是不是下流且阴暗？我是不是对不起蒲恬岫和我在一起的这么些年？我感到阵阵自责，但仍有一种冒着大蒜气味的执拗挥起鞭子抽打在犹豫中渐渐平和的我，火辣辣鞭声中又有个声音对我吼喊："别忘记！你别忘记！"

别忘记什么？

那天我无心工作，干活错误百出。还好杨董不在办公室，也没紧急事务。

中午我忍不住打她办公室电话，无人接听。我知道她配备了传呼机，但我不习惯打别人传呼机。再说女生不像男人会把传呼机别在皮带上，她们只会把传呼机放在手袋里。

一下午我都不停地揣测她是否将准时下班，或是忠于公司安排，把我忘到一边。这实在挺刺激的，像一个人花大钱买了一大堆彩票就等开奖，要么大赢要么大输。

如果她顾虑我，我如何报答她？她若第一次把我扔开一边，我又如何报复？是的，我想到了报复，这是实情。

初次萌发的报复心带给我一种意外的自我释放。有种不舒服和不熟悉的成长感缭绕着我，我想到欧洲古典小说的决斗现场：我握紧一支细细的称手的剑，竭力躲避刺来的剑尖，不顾一切把剑身深深插入模糊对手的胸膛。

我下意识认为我会赢得决斗，因为我想象中的那个模糊的身影不是什么风流倜傥的年轻人，而是让我一阵阵脊背发麻的阴沉中年人，比杨董更有呼风唤雨力量的那种人……第一次，我感到了体力孱弱，同时又感到拥有一颗狂野心增添了我的男性力量。

我胡思乱想着回到了电影院楼上的家，房门是虚掩的。推开门，蒲恬岫换了宽松家居服，扎个晃来晃去的马尾，正在打扫卫生。我心虚地看她，她嗔怒地回看我一眼："主人，奴婢正为你打扫房间，有何吩咐呢？"

我感到又羞又喜，我感到一阵安然的幸福。恬岫还是我的，我们的世界还没掀起打烂船帆的巨浪。

我告诉她："我决定搬家，我们搬到虹桥去，就在你宾馆附近找更大更好的单元，让你走路上下班。"

"为我方便？还是就近监督我？"蒲恬岫迟疑地问，眼睛观察着我。

"如果你加班，没问题，我就坐你们宾馆酒吧里等你。每十五分钟电话你一回。"我笑道。我用力搂着"得而复失"的女友走上南京路，去找最昂贵的晚餐。

"神经病！"她骂我，靠在我身上，慢慢柔软下来。

没过多久，蒲恬岫成功扳回一局。她事先对我千安抚万体贴，不惜在床上努力迎合我，只求我答应让她参加一回宾馆高层安排的应酬。

我装作普通宾客，跟随她径直步入那个金碧辉煌的晚会圆厅。无数服务生正为晚会准备小吃和酒水饮料，衣冠楚楚的老外们个个端庄严肃，等待签到。恬岫悄声说：“我老板要介绍我认识一些和部门业务有关的来宾，建立联系，我要做的就是交换名片、微笑、练习英语口语，然后，谢谢，再见。”

我通情达理地退出了不属于我的晚会现场，让恬岫留在那里同一群绅士淑女社交。我下到大堂酒吧，窝进松软沙发，打开《霍乱时期的爱情》，这故事让我领略到世上最夸张的一种情感消耗。与其说我被故事感动，不如说它引发我的震惊。

我们终于搬离了电影院楼上的小巢，搬家来虹桥。

在大城，虹桥算怎样的区域？它的居民区相对市中心显得平庸寂寥，近似我父母居住的街区，但走几步到宾馆区和开发区商业大厦附近，又都有高档消费设施。

我没想到自己竟每天下班到大酒店和恬岫一起吃员工食堂，然后孵在宾馆咖啡厅酒吧读世界名著。恬岫天天晚八点后才下班，她身上不知如何爆发出很多能量，看不惯我慵懒的姿态：“直接回去睡觉有啥意思呀？去看电影嘛！”

看完电影，也许我们还会模仿电影男女，到街边隐秘小酒吧喝一杯。

酒吧里那些白天酣睡的酒保卖给我们的酒水价格中肯，相当于他们向趴在柜台上傻笑的老外们索要的五分之一。酒保面对我的冷嘲热讽，解释说："第一，你是街坊邻居；第二，你自己带妞。"

他们这么说不是针对我，是想借机对蒲恬岫做鬼脸，给她递个眼风，是某种软性调戏。蒲恬岫比我会对付，她耸肩道："你们要是敢在酒水上宰我们，我们酒店就发给每个客人一纸片，告诉他们别来你这家。"

我们装修了房东的房子，租金降低百分之十。我们享受到一间距离大酒店两百米的高级酒店套房。装修公司给我们的开价和街头小酒吧的开价同样合理，这全靠蒲恬岫。她慢慢积累了一些路数和人脉，拥有了小但有实际效用的人际圈能办成事。这些，我这位越来越沉闷无聊的秘书先生只能在一边看看。蒲同学日子过得越来越顺风得雨，人也更自信高调。她像一朵幽谷百合从旷野移进了世家庭院。

我在大酒店大堂酒吧前后阅读这么一批书：《了不起的盖茨比》《太阳照常升起》《安娜·卡列尼娜》《危险的关系》《包法利夫人》，等等。若干年后，这成为蒲恬岫控诉我"防范心超出正常范围"的直接证据。

二十四

回到沙洲小筑，天色已暗。我的疲惫中夹杂松弛，止不住为下午那两回有难度的潜水自豪，差点撞在往外走的瑞娜身上。

瑞娜问："看你挺精神啊？"

我一五一十告诉她放流潜的细节，瑞娜说："你还没吃饭，一起？"

她把卢卡留在了德特里希家，我把运动袋寄放前台，我们就踱步上街。

瑞娜朝"火场"里头看看，也许她本意是到这里来便餐，她问我："去哪里好？"

我忽然想利用瑞娜，我甚至为这念头窃喜，我说："去街那头的'约会点'餐厅如何？"

瑞娜高高兴兴地迈开了步子，我们之间那种亲切感有增无减。我想，也许伊莎今晚正好在店里，我又能见到她，把今天两潜的细节告诉她。即便有什么想不到的事，当着瑞娜，我也不需要遮遮掩掩。

走过意大利餐厅附设的冰淇淋摊，我不容分说先请瑞娜吃了冰淇淋。

我们落座在约会点餐厅的室外座上，我要了黑茶，瑞娜要一杯生啤，慢慢看菜单。我点菜时漫不经心地问女侍："今天伊莎在吗？"

"伊莎？你不知道？中午我们刚开了告别会，她直接去机场了。她回荷兰了，也许不再来巴厘岛了。她……"女侍说。

我忍不住打断她："她身体不好，回国治疗？"

"身体不好？"女侍摇摇头，"这个倒没听说。我想她待得太久，实在是厌倦了吧？"

我们没再往下说，我的心像一个打水的吊桶，突然蓄满水，脱了绳，直落井底。井水贼凉贼凉，心头像搁下冰块。我知道伊莎会走，没想到昨晚告别，今天中午她就去了机场！

我和瑞娜开始聊天，我很好地应对着瑞娜，让她笑个不停，不过，我并不知道自己在同她说些什么，我的心分裂着，我也许在思念刚认识不久又猝然分别的伊莎，也许还在强大的惯性作用下思念远在黄浦江边的恬岫。我能不能一个都不去思念呢？我能不能有点出息，不要像一只永被蛛网缠住的蜻蜓呢？

也许我可以？我可以振作。

我似乎有了点从未有过的信心。我想要痊愈，失恋是一种有毒的慢性病。我需要脱身出来，犹如一条蛇蜕下束缚它的色彩斑斓的旧皮囊。

我告诉瑞娜我在巴厘岛过得挺有兴头，我觉得我失去的某种成长力正在神秘回归。我已三十多岁了，不过我感到青春有回来的可能！

瑞娜很愉快地祝贺我，告诉我这是一个正常人该有的活力。不管你过去如何，现在，让我们为旺盛的活力源泉干杯！

吃过晚饭，我和瑞娜走回旅店。我急急进屋冲洗一下，瘫在床上，告诉自己可以尽情难过。我没留伊莎的联系方式，这是对的吗？难道我们不可以通信保持联系？我是不是可以跟老梵尚要她的邮箱地址呢？问候她，然后……然后什么？这问号后面，是一片空白。

我和她之间，只是空白。我们拥有过一个瞬间，像海风曾掠过椰子树树冠，吹落一只青椰。现在，那落下的椰子已被人拾起砸开消费掉了。

中国人诗文独绝，这种光景就叫作“人似秋鸿来有信，事如春梦了无痕”。

睡不着，想出门。出门又往何处去？我灵机一动，决定去找印尼歌手瑟米喝一杯。他近日从海滩换到主街一家印尼馆子唱歌了。

瑟米的场子里竟空无一人，大概吃过晚饭的客人走了，想睡前喝一杯的人还没找上门来。他正一个人空唱，看见我，几乎喜出望外。

我借着灯光仔细打量他：瑟米脸上皱纹深刻，肤色黧黑，油腻腻长发肯定好几天没洗，但他衣服还算整洁，长裤口袋也没塞东西，赤脚穿一双深褐色皮凉鞋。吉他很旧很大，挂他胸前。

他带着点故意让我看明白的意思翻出一张正反面手写的文稿纸，笑着递给我。我仔细一看，原来他以英文字母注音的方式为我写下了《美丽的梭罗河》歌词，只要我按英文发音，就能和他一起哼唱这首印尼语名曲。

“来，我们现在就唱！”他兴致勃勃，在吉他上拨动音符。

“不！”我阻止了他，今晚我怎可能有兴趣学唱民歌？他不了解我，他不晓得我来找他是因为无法独处，独处让我神伤。

我招手喊来餐厅女侍：“给我和瑟米每人三瓶啤酒，另外要六对炸鸡翅，香料放足！”

瑟米“哦哦”感叹，抚摩自己胸膛，仿佛认定我太过客气。我们坐到鸡蛋花树下餐桌旁，我说：“瑟米，跟我谈谈你的演唱生活。对于我来说，这是浪漫的职业！”

瑟米把冰镇啤酒让给我，挑出不那么冰的放自己面前。他打开裹在啤酒瓶口的餐巾纸，像所有巴厘岛人那样认真擦擦瓶口，喝一口：“哇！好喝！中国先生总这么慷慨！”

我不想说话，我的思绪顽固地从现场荡开，不知要去哪里，也无法反映眼前的逻辑；我举起啤酒瓶喝酒，掩饰六神无主的病态。瑟米是个歌手，他的工作就是安慰游客空落落的心怀。我似乎期望他成一个医生，一个心理医生，巴望他能镇痛我流血的心。

“我的生活么？我可爱的中国先生，我的生活差强人意啊！”瑟米笑出满额头电车轨道，“我高高兴兴地唱歌，我希望我唱着歌能忘记诸般烦恼啊！”呵呵，你看，歌手瑟米也有烦恼！我觉得我找对人了。

“告诉我你的烦恼吧，”我笑着向他举杯，“我的，已不再是烦恼，而是痛苦。”

他微笑看我，不停灌啤酒，然后他打开了金口：“我有两个女儿，两个女儿都让我烦恼。大女儿刚把我吓得要死，她肚子里有怪物。我让巫师替她看了，巫师好不容易把她肚子里怪物弄掉，花了我五百美金！”

“嗯？”我点点头。世间之事总源自相似的根，且听他言。

印尼炸鸡送来了，奇香扑鼻，不知比肯德基炸鸡美味多少倍。我一边邀请瑟米吃鸡，一边拿起还很烫的鸡翅，大快朵颐。酒精加美食，我能做的就这些，如果还对付不了自己，希望瑟米的烦恼故事再助一臂之力。

“大女儿的工作是我托人找的，她在机场当安检员。”瑟米很文雅地轻啃鸡翅，“这工作不错哦，轻松，还成天有空调，凉快不花钱。”他冲我笑笑，看看我神色，“前不久她生日嘛，我一贯溺爱我的女儿们的。我摸摸我女儿浓浓的头发，问她‘乖乖，要爸爸送什么礼物’，没想到呀，她看她妈不在身边，就拉着我袖子哭了。”

瑟米脸上笑容消失，他扯掉了第二瓶啤酒瓶口的餐巾纸：“我大女儿哭着告诉我她这些天肚子疼，肚子里有东西作怪，有小手小脚扯她肠子。”

我若有所悟，鸡翅还是香，我不怕烫。这故事怎么这么俗套？是瑟米编的吗？就算编，也别扯上自己女儿呀，也许他根本没女儿？

瑟米停下酒，静了几分钟，呆呆望着地面。他改变了口吻：“我就问我大女儿，儿啊，你是不是不小心，和男人在一起了？他是谁？他负起责任，你就不用担心。我女儿哭了，她摇头。爸爸，爸爸，你相信我，我没和男人在一起，但我肚子痛，肚子里有魔鬼抓我。”

我点点头，喝酒，瑟米不像讲故事，他表情很真，巴厘岛人不像是故事家。

瑟米喝完第二瓶啤酒：“我就带她去医院拍 X 光片。我一看，哇呀不得了，我女儿没骗我，她肚子里是有怪物。那不是什么婴儿胚胎，那东西就像一只森林里的食蚁兽啊，我从图上看见了小小爪子。是这怪物在折磨我女儿，我恨死了！”

“那到底是啥？”我觉得鸡翅不香了，瑟米的“故事”抓住了我。也许，在千岛之国的森林和海岛上，确实有我们大陆人不懂的传奇。

“医生拒绝我们开刀动手术的请求，因为那不是病，那是鬼附身！只能找巫师治！”瑟米悲伤地摇晃着脑袋，他油腻的长发倒挺乖顺，紧贴他脑壳。“巫师啊，巫师可不是什么好商量的人呀。他要了我整整五百美金！”瑟米回味着自己嘴里吐出来的数字。

“治好了吗？瑟米？”我问他，觉得他落在一番无科学的虚幻中。

“治好了。”他点点头，“巫师让我女儿坐在围起来的帐子里，他绕着那帐子大喊大叫作了一天法，累得倒在地上口吐白沫，确实也是拼命的。治完了我立马带我女儿去医院，路上我女儿对我说‘爸爸，我病没了，魔鬼走了’，我怎么能信？我只信X光片呢！”

我插嘴：“不能老拍X光片，那有辐射的。”

瑟米不理我，开始喝那第三瓶啤酒：“X光一照，我女儿肚子里干干净净，空空荡荡啊！”

我们拿起了最后几只鸡翅，默不作声地啃。我想瑟米就算编故事，也还编得不错。值得这些酒肉。

瑟米站起身，收拾自己的东西：“我要搭末班巴士回城里，中国先生，谢谢你的款待。我等你来学唱《美丽的梭罗河》。”

“跟你学会这首好听的歌，要付你多少钱？”我问他。

瑟米露出羞涩笑容：“你随意好了。我等你来啊！”

他高兴地哼出了那歌的第一句，摇摆着自己，向女侍们挥手，向我挥手告别，走出餐厅。我听着那迷人的曲子，悠然神往，我对女侍说：“请再给我两瓶啤酒，如果有海鲜汤，我想要一份。”

餐厅大部分的灯都关掉了，快打烊了。我喝着热汤，抬起头，天上璀璨群星，我看见夜航飞机从星空飞过，所有的美好的姑娘们都遥不可及了。

我决定推迟高阶潜水训练。

大海总在那里，它哪儿也不会去的。

二十五

集团上海公司召开改制大会，杨董一鸣惊人的演讲成为我职业生涯的里程碑。

这回，杨董没让我为他准备发言稿，事属特例。到处传言说他将离职，我不由得在咖啡时间里着重考虑我本人前途。

如果杨董没法风风光光走人，他就很难为我在集团里安排新位置。不过，真离开这地方重新择木而栖，我也没太多恐惧，我难道不是憋闷已久?

杨董在我熟稔了业务之后，一向刻意同我保持距离：我是他秘书，但显然并非他心腹。这种状况也符合我期望，我讨厌分享阴谋，讨厌参与别人的秘密。我的清高，不仅杨董早了然于心，公司其他中高层干部也看个分明。我对大家历来若即若离，仿佛隔天我就可以抹办公桌走人，简直不存在什么好友需要我告别。

杨董命我向所有员工通告改制大会日程时，问了问监狱里老陈情况，我告诉他有关老陈的消息没任何更新。

每次按杨董要求同陈太太廖蝶漪见面，我都报备工会置办礼品，后来廖蝶漪同我家关系越来越好，尤其蒲恬岫几乎天天同她通电话还约咖啡，再见面时我就不备礼物了。听说老陈在牢里表现不算好，没得到减刑。即便如此，他刑期也差不多过半了。

杨董叹口气："等他出来，天都变了。公司改成股份制企业，老陈没再回公司的指望啦。"

我想想廖蝶漪，马上又想起恬岫，我克制住自己不去想。杨董接着感叹起我来："货币分房的事，本来集团公司曾提过方案，可上海公司要改制，就不了了之了。改制后走的人会拿到一笔遣散费，你留下来，分房这种美事今后难指望了，顶多手里捏点公司原始股。"

我没怎么紧跟杨董谈利益的思路，我想着别的牵牵扯扯的事情；杨董看看我，就打住了，挥手请我自便。

杨董主持了改制大会并做主题演讲。他历来是上海公司正主子，不玩虚套。杨董说世界不断变化，中国竟已超越德国，成了世界第三大经济体。美国总统奥巴马来中国姿态很低调，马上上海又要召开世博会……这是已到新的抉择期啦，企业必须大呼吸大转身，不能麻木不仁故步自封。杨董问："诸位难道不想拥有公司股票，成为一个股东？"

“当然，”他一声叹息，“树，要结果子，肯定要掉些叶子的。不是每个人都能适应转制后的新企业，新公司只需要创造利润的员工，市场经济对我们每个人同样残酷也同样慈悲。先跟诸位透露，鄙人也未必会留在新公司，公司要交给能创利的新人。这就是时代，命运在转折关头像巨兽从海里浮出脑袋，我们要有勇气面对、直视、接受！”

人们一边脸颊笑、一边脸颊哭着离开会场。职业上的生死、荣辱及得失，像小兽们等在每个人办公桌边，会不会咬你，只有天晓得。

我才步出会场，就接到廖蝶漪电话，她在电话上又着急又暧昧：“小辛，中午一起吃饭？我有事找你。一定要来！”

我着实犹豫了一下，才回答她：“好。”

她家老陈之所以没得着减刑，只因为气不顺。陈经理是脾气有点粗鲁的急性子男人，好比斗鸡，不能长久地曲在笼里过。据说刚开始还好，过了一阵，一看记挂他的人见少，就发脾气，连智勇双全的老婆也劝不住。

前次老陈带了口信出来，廖蝶漪手写一信，封死了，托我带交杨董。

我若不看信件内容就带交老板是犯忌的。廖蝶漪是什么人？心思比丝线还细。她头上拔下一根发簪，把信封挑了，里面信纸抽出，摊开我面前，是她的笔迹：

杨公，

近日三见世光，他情况不佳，悲观失望，认为公司和集团都已将他抛弃。

我再三劝说，见效甚微。他的脾气，忍耐似乎已到了极限。

我们深知集团和公司是我们的后盾，世光也是为集团和公司吃苦。他挡在那里，为的是集团和公司利益得到保障。

能处理的，蝶漪已再三再四放下自我，和世光一般一心为公。但请杨公体谅人心之难及肉体的柔弱，提请集团考虑陈世光的苦楚，及时给予支持和安慰为盼。

世光如蒙关怀，蝶漪在此一拜，感谢不弃。

廖蝶漪于 × 年 × 月 × 日

我读了信，心想杨董是个厉害人，他能伸手管这事？沾腥从来别人去，他是时刻戴手套的。我作为他秘书，多次被他骂过“召鬼上门”；陈世光已是阶下囚，盖棺论定的贪污犯，和这种人牵牵扯扯，不是杨董性格。

我对廖蝶漪直说：“你觉得杨董是解铃人？如果不是，他会伸手管？”

廖蝶漪眼泪汪汪紧盯我，看得我发毛。她伸手按住我手背，幽幽地说：“不是陈世光同他的交情，我同他还有点交情！”

我似懂非懂，再看她一眼，我懂了。

我带了信，我相信廖蝶漪不会撒谎。

我平心淡气地把她的信往杨董面前一放，装得漫不经心地向他汇报和陈太太见面的经过，像例行公事，还带点不耐烦。杨董微一点头，把信收抽屉里去了，并没怪我多事。

今天她急着找我，不会是老陈在提篮桥住得焦躁，又想杨董替他办什么事？

中午，我溜达到和平饭店，廖蝶漪在西餐厅等我，桌上一朵红玫瑰插在小花瓶，让人觉得不伦不类。廖蝶漪喜欢找这种调调儿的地方，这种地方针对游客，不太可能碰上熟人。我们没了从前的客套，她没站起来，招招手，让我坐她对面。这是个火车座，我坐下后，别人就看不清我们。

我仔细打量她，她的气色不光是不错，简直好得不得了。弯弯蛾眉带一丝怨，秋水眼眸笼一层烟，鼻梁小巧高挺，嘴唇四月樱桃。她这天打扮得略有古意，让我想起古小说里写的陈思思，我忍不住好笑。

“你坏笑什么？”廖蝶漪不依。

“你气色很好。”我安全回答。

她点了菜，等菜那工夫，把来意说了——竟然全是为我！她打听到我们公司转制的原委，这里头，像历来所有人间事，沾满金钱的肮脏体液。廖蝶漪没听说转制后的新公司有我什么事，觉得非马上告诉我不可。

“杨董会去北京，进集团总部。一般地方上的秘书不会跟着走，一方面你自己不一定愿意，另一方面集团不喜欢这种做法。如果他果真一走了之，你就比较尴尬。”廖蝶漪指出。

“我明白。”我两只手枕在脑后，人往后仰，“一朝天子一朝臣，这也没办法。”

“不是说这个，节骨眼上，你要照顾好自己。你想，你怎么做，能叫恬岫满意？”廖蝶漪富有深意地看我一眼。

叫恬岫满意？说实话，在事业上我倒没从这角度考虑过，我尽都随遇而安了，把自然而然发生的接受下来。当年毕业，杨董挑我，我就来了；现在缘尽，我也并不担心没下落处。不过，廖蝶漪说得对，如果我能做得让恬岫满意，我日子岂不好过？

我点头同意。

廖蝶漪舒缓一口气，先吃饭。饭毕，一人一杯蓝山咖啡，谈正经的。

“杨董走了，如果安排你，就得安排进新公司管理层，譬如当个副经理，排在最末位也行，这是起码的。不过，新老板若不喜欢你，也白搭。”她分析。

我点头，没更对的了。

“要决定不干，我倒有点策略讲你听。”她露出很不一般的诚意，恍惚间，我简直感到她对着我把衣服解开了。

“我就走呗，正好也腻了。”我定定神，笑道。

“不行！没这么容易！”廖蝶漪说，“第一，得赔你钱；第二，得调到更好位子上。”

“你又不是不晓得杨董这人，”我耸耸肩，“我是他秘书，活儿干到位，他对我还客气。但公司里谁不怕他？背后都叫他老狼。他自己能想得到，他就赏赐点儿；他不肯为我想，我也不能去惹他。”

“你年纪轻轻，怎么这般无用？”廖蝶漪看我的眼神有一多半恨铁不成钢，“老狼又怎样？你不能把自己羊皮扒下，也当狼？”

她说了重话，我琢磨如何回答。

我还没回答，她就气愤愤说得更来劲了：“男人往后缩着过，女人就吃力。这个城市的男人都养成了退呀退的习惯，这城市的女人就被逼无奈了。”

“你话里有话？”我看着她。

廖蝶漪愣了愣，像走得太快差点撞到透明玻璃，她眼珠子转转，说：“我和恬岫算是好姊妹了，我说几句也是为你们好。你说说你，到现在房子都没捞到，你这个老板秘书怎么当的？恬岫能和你去领证么？她怎么跟她妈交代？你就习惯成自然，不放在心上了？女人，谁不想要个堂堂皇皇的婚礼，戴钻戒，拖着长裙子，由她爸爸挽着交给她老公？你以为恬岫是个怪人？她还不是为你着想！你拿不出条件，难道她站一边看你难堪？到如今了，你还和老杨他们讲客套哪！他们大把大把捞进，有你份吗？你这秘书当得真绝！”

简直一语骂醒梦中人啊！

“谦谦君子，我总不能去和杨董谈条件吧！”我摇摇头。我知道亏，亏得很，亏死了，但我对自己爱莫能助。

廖蝶漪看着我苦笑，还哼了一声，像面对不可救药的傻瓜：“这世界哪个不在谈条件，哪个时间段没人做交易？你不交易，所以老杨看不中你，不把你当自己人，否则他早要你同他去北京了，人家不让都不行的。”

她的小瓷勺子搅着冷掉的咖啡，火气像穿衣镜上的雾气，随分分秒秒滴答声蒸发干净。我觉得她今天显得特年轻，说话腔调也不老气横秋。

廖蝶漪压低声音：“告诉你，只要你开口，老狐狸还是会答应你的。一则，你为他工作蛮久，感情有的；二来，你手上可有他把柄，只要巧妙提一提，他肯定尽力而为，堵上你的嘴。”

“我哪有什么把柄？”我笑了。

“你有，因为我有。”她说。

我愣了，我感觉潮湿的阴谋气味蒸腾到我鼻子边了。

廖蝶漪，我正在慢慢了解她么？

“二万元一亩。”她手指沾咖啡，湿淋淋写到桌面上；我才看清，她一巴掌抹了。

我明白了，原来真是如此！这样，一切都符合逻辑了。

“他们吐出来，财务就说算错账，老陈一个人顶缸。所以他们得照顾我。我提的要求只要不超过老陈该得的，他们就该及时满足我。现在你也一样了，因为你也知道了。”她看着我。

我摇摇头，微笑：“不，我不一样，我不想知道，所以我还是不知道。”

廖蝶漪欲说还休，她扑哧笑了：“其实呀，小辛兄弟，你不傻，你是聪明，一种大气的聪明。你慢一拍，所以你不像别人那样显得在乎。我懂了，我欠你情，我会帮你搞定。”

“我不是那意思。”我说。

廖蝶漪慢慢站起来，绕过桌子向我走来，她越走越近，小腹都快碰上我脸了，我向里挪了挪。她一屁股坐到我身边，逼近了看我。我不习惯这样子，我朝她扁了扁嘴。

廖蝶漪身上有股馨香，清新宜人，她娟秀的脸盘慢慢凑到我耳朵边，热气吐我脸上，一个字一个字地说：“你帮过老陈，那是你想帮我；我也想帮你，因为我也愿意。”

我被她暖香气包围，感到晕眩；她站起来：“再见！你什么也不必知道。会让恬岫高兴满意的。”

二十六

前一晚听瑟米讲故事，后一晚我无处可去，进了从未尝试过的印度餐厅。

几个印度姑娘站在那里侍应，身披纱丽，额上点着朱红。我要了一个豆子汤，一份咖喱牛肉，加上配红酱料的烤饼，听那轻声播放的印度歌。

这种躲在不知道什么地方的感觉每次都让我又安心又伤心。我大概失去了某种看不见摸不着的身体器官，这是蒲恬岫留给我的大伤。但我拥有了完整且虚无的自由！

我抬头，倏然间，侍应我这桌子的印度姑娘引发了我的欲念。我不明白这是怎么回事，但身体仿如不听指挥的哗变部队。这姑娘看上去质感而神秘，她的每寸皮肤都闪烁诱惑我的光芒，她偶尔看我一眼，眼神藏着某种信息，召唤我。

这和伊莎对我的吸引不同，印度女侍对我是纯粹的肉体召唤，我身体正在起骚动。我竭力约束自己，开始喝豆子汤。这汤里有一种小小的绿色的狭长豆子，菜单上写着英文名，我看过就忘了。汤很温润，很合我口味。咖喱牛肉也称得上可口。最后我认真咀嚼烤面饼，好吃的不仅是面饼，红色微辣的酱料暖暖的，同烤面饼是绝配……买单时，趁没人注意，我悄悄对那印度女侍说："我可以请你喝红酒吗？餐馆打烊之后？"

她惊讶地看着我，大眼睛飞出朦胧的喜悦、羞耻和不安，她大声对我说："不！"

她飘走了，过了一会儿，长着浓密八字胡的高大印度老板亲自给我送来找零："谢谢你光顾，祝你晚安！"

我跨出印度餐馆，往海边落荒而走。经过一个低调的五星级酒店，走过一长排成衣铺子，看见印尼寺庙里当地妇女拿着各色鲜花排练舞蹈。海滩上有昏黄之月，小船艇随海浪在海滩边上下舞动。

我向小店家要了一只大青椰，坐在椰子树下沙地上，无声啜吸，像条无家可归的狗。记忆让我懦弱地紧闭眼睛，蒲恬岫扭曲了灰暗的脸，步步朝我逼近。太可怕了，她谴责我的声音不像她本来的声音，像干枯的死去的老太婆钻进年轻女人身体，急迫地发出对世界的诅咒。

假如我可以对上苍发一个疑问，我唯一想问的就是老天为何不赐我一段正常的人生：正常的家庭、正常的恋爱、正常的婚姻、正常的职业……哪怕就短短几年也好，就是说，在那完整的短短瞬间里，一切没意外和残缺，一切如同诗歌传说的那样……哪怕只一年，哪怕连一年都不到，只要正常而真实。我并不希望对一个偶遇的印度女侍产生欲念，我但愿这发生在正常的生活中，落在正常的关系里，譬如，我曾以为蒲恬岫就是我的疆界。

我错了。

我欲火烧心，巡行在灯红酒绿的主街上。如果说伊莎改变了我什么，那就是助我被自己潜藏恒久的欲望点燃，我突破了和唯一一个女人长相厮守的执念，明白了和蒲恬岫的马拉松是一场深刻的人生悲剧。伊莎飘然而去，今夜我却不甘心屈服于孤单的爪牙，我需要温热的胴体，我需要在魔鬼的注视下参加人类的嘉年华。

我走进拥有长长冰淇淋摊子的意大利餐厅庭院，庭院里供应酒水。我要了整整三杯不加冰的纯波旁威士忌，站到花木丛中单人小立桌边。

我从杯子里啜吸，叫火团越过喉咙落进肠胃。我轮流打量经过冰淇淋摊位的各个种族的美妇人，此刻我就是个色中饿鬼。只要其中一位愿意，我必将撕下我历久弥新的面具，返祖成一头猿。

我喝尽了三杯威士忌，胸腹燥热，走出意大利餐厅庭院。我还不至于粗鲁到沿街勾搭外族妇人，其实我根本没什么把握，我不是老手。我踉跄走过瑟米献唱的庭院，走到约会点餐厅门口，感到羞耻而憋闷。终于，我找到了一家迪斯科舞厅，我朝里头进去，门卫拦住我，叫我去柜台上买入场券。

我踅进舞厅，里头已有很多人，发色斑斓，几乎全是年纪轻轻的西方男女，没看见任何一个亚洲人。我像一只白色菜粉蝶，在敲打不休如暴雨般的鼓点里滚过闪金烁银的凤蝶群，走到吧台。吧台里站着印尼女侍，我要了新的威士忌，不加冰。

没人朝我看一眼，舞池里的女人们身材曼妙，尽情扭动，似乎想诱惑整个世界，不过，她们的目标肯定不是我。我喝光了杯中酒，还没鼓起勇气。我又要了一杯，仍旧不加冰。我看出这些人都是拉帮扯伙来消磨时间的，姑娘们不跳舞的时候都有男伴，就算我费尽心机，献足殷勤，也是白流哈喇子。

忽然间我定了定神，带着审美的心态观赏四周的美好身材和一张张年轻脸庞。我想起我来自何方，想起我从来是一位道貌岸然坐怀不乱的柳下惠。即便在我对前女友心存怀疑的岁月里，也没尝试过寄托自己于随意放纵。“只有失去爱情的人才会痴迷性欲”，是谁对我说过这么一句？然而，今晚，就是今晚，我必须向性欲交出我的白旗！爱已弃我而去，我需要新的信仰。伊莎是彩虹般的桥，她渡了我过来。我尝到了做人的滋味，而且，更重要的是，我要报复！

报复什么？我不晓得，别问我！我的泪腺被欲火烧干了，这很好，这非常好，这就像什么东西砸开了封锁我出路的巨石，我可以向一个开敞的愿意接纳我的方向逃亡。让我接受魔鬼的抚摸和亲吻吧，只要魔鬼能麻醉我碎裂的心……

我饮干杯中酒，走向刚来柜台上喝饮料的一个高个金发妇人。我笑一笑问她："夫人，你一个人吗？可以请你喝酒吗？"

她瞥我一眼，吐出纯正的伦敦音："日本先生，我确实是一个人。不过，我丈夫他随后也会来。"

"不要紧，每一秒都是美好的。"我从没如此伶牙俐齿，酒精在我血液里演奏，我朝酒保招手："给这夫人来一杯……"

她笑了笑，说："伏特加。"

我稍微拘谨了几分钟，等她喝一口酒。我声音干涩："夫人，其实，我是第一次跟人搭讪，我不懂得如何讨人喜欢。"

她并不理会我说的，她问道："你是东京人？我去过东京，我喜欢日本。"

我是日本人？我在醉意中有些想不明白，可我突然想明白了：我没有必要是我，我在她眼里是日本人。她既然喜欢日本男人，我可以学日本人，我可以荒腔走板地演出，不需要负责！

于是，我的勇气和理解力像可乐泡沫一般混杂着涌上我心头，我对这英国妇人说："夫人，你实在是性感！"

她听了笑一声，嘴角抽动，脸色很紧张的样子。她举起酒杯，把伏特加一饮而尽。

我感到有一种神秘的男性力量从天而降，就在这酒吧柜台前，我似乎从猥琐少年长成了高大男人。我酒意朦胧，伸手拉住她，她顺从地同我步入舞池，我们面对面跳舞，不，这不只是跳舞，是两个成年男女扭动着身体的互相引诱，她的眸子紧紧盯着我，我伸手到她腰肢上，几乎没过渡，往下抚摸她丰润高翘的臀部……我们在舞池里滑动，她跟随我，我跟随我的直觉。我们脱离了舞池的尾部，脱离了人群，隐入了舞厅背后的黑暗。我们拉着手，互相打量，呼吸急促，越过洗手间，越过一道隐秘走廊，我们推开一扇绿色斑驳的门，进入一间储物间……

在走出储物间之前，她感谢了我，我以为她会生气，她却说这正是她需要的，她从来还没这么干过，她得到了她要的，恰如其分。

我们很亲热地再吻了一次，走出储物间，马上恢复端庄。她同我在柜台上又喝了一轮，直到看见她等的人，就说声再见，头也不回地走过去了。

我离开迪斯科舞厅，我的欲望非但没满足，反而比进去时更热旺。

我知道我喝得有点多，脚步虚浮，踩了好几次坑，还好没崴脚。我走过瑟米唱歌的地方，他已经走了，院子里还坐着几个喝酒的客人。我又往前走，在一个小小酒吧门外座位上坐下，感到口渴，要了几罐德国啤酒来喝。餐厅正轮流打烊，酒吧生意正好，那边小拐角上有个灯火招摇亮如白昼的大酒吧雇了吉他手唱美国歌，一个女歌手，马尾辫一弹一跳……

从路那边走来一个让我敏感的身影，是那个印度餐厅的女侍！一看见她走路的样貌，我身上的火焰腾一下又熊熊燃起！我胆子已经大了，脸皮想必也厚了。等她走到近前，我站起身招呼她："嘿，下班了？请你喝一杯好吗？"

印度姑娘吃了一惊，看清是我。她脸上立马又现出那种又吃惊又憎厌的表情："先生，我说过'不'！"

"我知道你说了不，不过，想必你现在喝上一杯会挺愉快的，不是吗？你听，那头还有人唱好听的歌。"我对她友好地微笑，"我只是想同你聊几句。"

"说什么？说吧。"她警惕地捏着纱丽一角，大眼睛看了我一眼。

我替她点饮料，她摇摇头："我不喝酒，也不喝其他东西。你有话就说，很晚了，我想回家。"

我一下子说不出什么，此刻，她还是异常吸引我，那种纯肉体的勾引，我能强烈感觉到。我沉浸在那种感觉里，欲言又止，欲言又止。

她看着我，脸越来越红。

我突然开口："对我来说，你真是性感得要命！"

印度姑娘绽开一个极其天然的笑容，露出了洁白牙齿，她自豪地快活地看我，看了好几秒：“你好像是真心的？”

“当然，我就是自然而然被你刺激到了。”我点头，“又何必假装？我没义务恭维你！”

她看我的神色像看一个熟朋友了，她笑着点头：“晚安，日本人，我会记住你。我记着你的话。”

“记着？”我觉得酒有点醒了，“记着？你要走？”

“当然，我得回家了，我男朋友在等我。”她收起笑容，朝我点点头。她往前走了两步，转过头看我，向我伸出手：“谢谢你对我说的话！”

我握住她手，那手很柔腻，我舍不得放开：“你怎么记住我？我明天会去找你！”

她微笑说：“你不要找我，我只是记住你而已。”

她转身匆匆离去，身影曼妙，留下一地火苗，映红我瞳孔。

我就像身处音乐厅，仿佛有个交响乐团在我周围演奏，我的心在狂野节奏中浮起一片沉重的宁静：今晚，不晓得是不是在魔鬼的指挥棒下，不寻常的事在我身上发生。我一边飞升，一边往下坠落。我不知道哪种感觉更真实！

没办法，心没有希望时就闷死过去，而一旦心里注入火苗，就清醒得不能再清醒，那种痛苦无法回避，就像刀子正面扎到心头，一下接一下……

我快步走到女吉他手唱歌的大酒吧，伏在霓虹旋转的柜台上，又一杯接一杯喝起纯威士忌来。我需要大醉，需要停止思想……真放开喝，我就一定会断片儿。我失去了一段短短的记忆，不晓得自己是怎么从酒吧柜台上离开，走回沙洲小筑庭院的。我能记得的是我在沙洲小筑门口和值班的印尼男人打招呼，走过去看他们在灯火下包“印尼粽子”，他们告诉我填料里有鸡肉。我还醉着，他们看出来了，并提醒我走过泳池时要小心。我深一脚浅一脚地往里走，泳池被周围的一圈小珠灯照得翡翠般幽绿。

我觉得身体里空了，有一种从未体会过的空虚，富有确定性的人生曾把我这种人充满，一旦确定性离我而去，我就不剩下什么内在了。

我害怕自己成为行尸走肉，害怕没有恬岫的人生在我眼前就此坚定展开。我一脚踏上那条路，空虚就漫天飞舞，我会像被龙卷风卷起的牛那样，拼命旋转，离地千尺……

我站在泳池边，使劲往幽暗的水体里看，那深处有东西，活的，说不清邪恶还是良善，埋伏着，打量着我，朝我勾手指。我忽然想一个醉鬼失足于泳池完全合乎人世的逻辑！

我开始摇晃，竭力不让自己倒向泳池，我摸摸我的衣裳，是啊，衣裳是干的，可不能把衣裤弄湿掉！我摇摆着，努力不去看水的幽暗处，水的幽暗处如裸露的女体吸引我，勾引我向它扑过去！哦，我发现我不能自持了，我快要放弃了，我，来了！

不远处有人喊了我一声，不，不是印尼人，是女人！恬岫想阻止我？晚了，我已经跨过你的门槛了。我只想溶化在绿色的幽暗里，那里宁静又性感！

喊我的人从背后搂住我，把我从泳池边拖开。她问我怎么了，喝多了还是不舒服。我缓缓转过身，看清站在芭蕉树下的是瑞娜。也许瑞娜刚做完瑜伽，她的白色长巾还铺展在躺椅上。也许她借着星光看见了我满脸的泪水，她发出疼惜的感叹，她搂住我，想安慰我。

一具曼妙的女体投入怀中，仿佛是幽暗之水里冒出的女神。她那股馨香直入我心，我欲念翻腾，毫不犹豫地用手抬起她下巴，低头吻住她红唇……瑞娜放开搂我的手，我一阵空虚，她忽又紧紧搂住了我，我的舌头探到一阵馨香的气息，我搂住她……

早上醒来时，我没断片儿，看着裸身躺在我床上的瑞娜，我记得深夜里发生的所有细节：我翻越崇山峻岭，游过陆潭海沟，到达彼岸……

瑞娜在乳白色晨光里伸出手，温柔地拂动我的额发……

二十七

其实大城里多数人都聪明，一琢磨就懂，一点便透。之所以大多数人又显得蠢，是他（她）们不愿面对现实。每个人既然都分到一张龟壳，无论新旧软硬，只要害怕，总可以缩进去，当壳子外面世界纯属虚构。

不用别人点醒，我们都明白两人之间出大问题了。

那段日子里我爱上了爵士乐，夜里我换了地方等恬岫下班，那是附近一家叫“孟浪”的爵士乐酒吧，有真人小乐队演奏。我窝在经理特意替我留的双人沙发里，喝朗姆调制的鸡尾酒。我不想说话，只躲藏在爵士乐调调里。浑身乏力，但也没发烧。

恬岫每次都像一只天鹅走进白鹅窝，受到酒吧老板和老板娘的热情欢迎，她站在柜台边寒暄，然后抚平长裙，款款落座我身边：“成天孵酒吧，想什么呢？我有点担心你。”

我从半醉中望向恬岫，她养成了一种职业态度，端庄而外向，淡妆，发型也变成齐耳短发，在我看起来，一半不是她自己。

“我被诅咒了。”我对她说，“我感到自己被诅咒了。”

这句话在我心里过了很多遍。不是说我相信自己被诅咒，而是非这句话不能传递我情绪。

“怎么了？”恬岫观察我，“你到底怎么了？”

“我怎么了？”我感到酒在我喉头冒泡，“你没得着我父母的祝福，而我连你父母一面都没见，我们在一起多久了？难道这样子真能地久天长？”

恬岫接过服务生送来的饮料，她没回答，扭头望乐队；三个爵士乐手披散长发，正起劲弹奏一支叫作《古吉斯巴戈撒了谎》的曲子。她脸色凝结了。一曲既毕，恬岫回头看我：“你说要如何？”

“我要离开公司了，公司私有化了，杨董去北京，没我的位置。”我告诉她。

恬岫啊了一声，伸手抚摩我臂膀：“原来是这样，你不要着急，不要沮丧……”

我看着她那很母性的造作，心里哼一声，但又觉得自己转而针对她很无耻。我说：“当然，我得到了一样补偿：杨董要我马上同你去看房，给了一百二十平方米的额度，公司特例买下给我。然后我辞职，自谋出路。”

“这样啊！”恬岫不知是喜是悲，她还是轻轻拍了一下手，

“我们有自己的房子了？这不是太好了吗？”

“带我去见你父母吧！趁我还是大公司秘书，又分到了房子。”我观察着她。

她神色变幻，不晓得在想些什么。她说：“先看房子，等房子到手，我让爸妈来。”

“你想同我结婚不？”我问，“我怎么觉得你打不定主意哟！”

我一说完，就担心这句话就此捅穿了薄薄的纸。

恬岫艰难微笑，话音干涩：“辛青，不要没良心！”

我们各自举起杯子，我喝酒她喝饮料。我们听着爵士乐，一支支轻松平淡，没有能扣住心弦的那种哑哑的音符。我先站起来付账，然后她礼貌地和柜台上人道别，我们走到深夜的街头。

“是不是你交往了什么男人？”我感到嗓子发干，才喝完酒。

“不要乱说。”恬岫板了脸，“你自己不顺利，不能这样拿我出气。”

她在夜风中捋着飞舞的短发，皮肤在路灯下显得黯淡，她很累。

“恬岫，你做决定吧。”我说，“房子给我们买了。要么领证，从此在一起，不再胡思乱想；要么，如果你有更好方向，你就走你自己的路。”

“你什么意思？不明不白今天这样说我！”她气得满脸泪水，“你从我到宾馆上班就开始恨我，恨我上班，恨我加班，疑心宾馆让我改变。你心里为什么不能亮堂点、平安点？”

“我？我为什么不能亮堂？为什么我不能平安？”我气得喘不过气，“难道你自己心里不明白？”我说完，放开脚步从她身边逃开。我不能再说下去，再说下去我掩饰不住真正的那团黑暗。她也许跟在我身后，也许停留在路上。我顾不得许多，我得马上拉开安全距离。

我打开冷清清的租住屋，打开窗户，让新鲜空气进来。

恬岫没叫我担心，她很快也推门进来。她脸带泪痕，我从酒意中挣脱出来，轻轻搂住她。我们在深夜的凉风里感到一点点彼此身上的温暖……

我和恬岫的看房之旅得到了恬岫好友廖蝶漪的鼎力相助。

本来我已和恬岫搭地铁去了内环线之外，看了几个介于居民区和田野之间的新商品房小区，可廖蝶漪以不可商量的姿态打断我和恬岫不谙世事的搜寻。

她来到爵士乐酒吧同我俩碰头，她喝一口“长岛冰茶”，对我们挥手：“你们可以有更好选择，记住，必须留在内环线里头，不能离开市中心。”

在买房这事上，她是大学教授，我和恬岫是目不识丁的小学新生。廖蝶漪大包大揽：“周末我开车带你们看三个楼盘，你们告诉我最喜欢哪个，我帮你们找房产商要折扣。”

恬岫对廖蝶漪言听计从，她俩挽着手，头靠头，窃窃私语，我像是第三者。

我和恬岫形同牵线木偶，跟廖蝶漪去了三个我俩觉得看了也白看、公司根本不可能同意的高级楼盘，一个比一个品相大方形容气派。

我和恬岫都喜欢影城对面那个楼盘香榭丽舍，不但法式洋气，而且周围就是我们曾欢度国际电影节的街区。买这楼盘一个单元的钱可以买内环线外楼盘三个同面积单元。我轻捏恬岫手：“杨董会抓狂的，我们还是看看环线外的。”恬岫笑说：“我知道，先别扫蝶漪兴。”

廖蝶漪送我们回家，对我说：“去找杨董，就把香榭丽舍的楼书给他，告诉他要十六到十八层朝南单元。”

我笑道：“好说，好说，不过，杨董再肯帮我，这事也得公司办公会议一致同意。”

廖蝶漪横我一眼：“你这人，能不能男子汉一回？告诉他们你要定了这楼盘就是。扔下一句话就走，你也做不来？”

“我行。”我看看恬岫，看看廖蝶漪，“我就那么办。”

她们笑了。恬岫说：“我盼着他长肌肉呢。”

我第二天上午没进办公室，找了一个当律师的老同学，把公司替我买房的前前后后跟他说了，老同学笑着看我：“大好事呀，恭喜你哥们儿，这个完全合法。有问题也公司担责，不干你事。”

“只是我不太敢相信。”我说，“不管怎样，世上哪有这般好事？”

老同学点头：“的确难以置信。管它呢，也许你的上司确实赏识你，或者损害了你前途，他们想补偿，也未可知！”

午饭毕，我来到公司。杨董下周就要飞北京，我只剩最后的述职。

杨董瞥一眼我递给他的香榭丽舍楼书，一丝笑容在他瘦削脸颊上浮起，即刻消失无踪：“小辛，当了我很久秘书，我了解你。房子的事我会帮你争取，最后给你几句忠告。”

“请指教，杨董。”我恭恭敬敬。

“离开集团，未必不是好事。人生只有一次，我不信你不努力，你只是等着自己的机会罢了。做男人不要没血性，平时再怂都行，节骨眼上要魄力。当过我秘书的人，我希望将来无论在什么地方碰见，都是意气风发。你，不要自甘沉沦！”他有点不满，也有点动情，大概，这番话概括了几年来杨董对我的总体印象。

“受教了。”我致谢，低头拱手，像个古代学生。

“你看的房子很贵，公司没先例，我要到北京总部去商量，你得有两手准备。”杨董挥挥手，让我出去。

我没出去，我深吸了一口气，站到他面前。我听见自己说：“老板，我在您麾下时间也不短了。其他人当秘书，现在多少有个位置，我什么也没有。这楼盘不算贵，总不见得我就是两万元一平方米的命？”

杨董僵直了上身，慢慢转脸过来，鹰眼瞪住我：“好小子！被人带坏了吧？”

没托人帮忙，我翻着大城对外服务公司的招聘信息找到了新工作。

公司大老板是英国人，这是他们在亚洲的第十二家合资企业，英方股份占到百分之五十一。我进入这公司营销系统，担当全国营销副总裁的文案特别助理。工资是从前的三倍，不过，肯定不会有货币分房那种美事了。

在我平稳度过新公司入职考察的那三个月里，蒲恬岫辞了职，在我们的香榭丽舍新房监工，盯住装修公司。她的辛苦，换来我俩新住处的舒适大气。最要紧的：我拥有产证，公寓是我们自己的。

我挽着她向民政局进发那天，她又临阵退缩了。

“我们需要那一纸证书吗？”恬岫脸色苍白。

“来，坐下。”我叹气，“让我们摆明了谈一谈，让我知道你的心病到底是啥。”

“我不想要一个婚礼。”恬岫说，“不过这与你无关，想想那些个全不相干的人出现在婚礼上。”

“那么，结婚证书？”

“我们不需要开证书去登记分房了。而且，现在住宾馆也不需要结婚证书了。”她看着我，手推开我。

真让人费解，不都说女人需要一纸婚书吗？

“你不去领证，你爸妈能答应？我倒无所谓。”我昂然。

蒲恬岫长舒一口气，跳起来拉着我亲热：“好吧，咱们不去了，多土啊！我爸妈？他们哪天答应过我和你一起过日子？”

这件仿佛必须要做的事就此搁浅。

蒲恬岫寻找新工作，她的取舍标准与我的完全不同，她认为最嫩的笋尖只有通过比对菜市场所有竹笋才挑得到。

有那么一两个月，她把面试当成了科研项目，乐此不疲；晚上一边卸妆，一边津津有味地向我描绘一场场面试的所见所闻。

她并不急于咬钩，像条不饿的鱼，兴致勃勃透过湖面打量钓鱼人。

“你找个能准时下班的公司吧。”我絮絮叨叨提醒她。

“在乎不在乎经常陪同上司出席社交宴会？”她冷冷地问。

“在乎。”我毫不迟疑地回答。

“你永远改不掉多疑的性格。”她说。

“那是我活到至今还全手全脚的主要原因。”我答。

有一天，应该是个周五，她对我说：“我有一个周末来考虑一个 offer，如果接受，我的工资会比从前上升百分之二百。”

“说来听听。”我跷起二郎腿，抱着胳膊。我实在没想到这意味着我俩历久弥新的关系从此走向下坡路。

“到《时光周刊》上海办事处当采访员。”她回答我。

“著名的美国《时光周刊》？你的英语够吗？”我不信自己耳朵，她太会找事做了！

“只是采访员，不是正式记者。”恬岫解释，“我把采访内容用我的英语写下来，交给美国记者当素材。说白了就是采购原料，他们当大厨。新闻报道上不署我名，那样，万一文章惹麻烦，也和我无关。”

“可是……可是你会和三教九流打交道，跟想不到的家伙们纠缠。”好好儿的，我感到肚肠烫了起来。

“辛青，你不能永远限制我呀！我又不是你老婆，你没有权利老是这样！”恬岫一下子急了。

我怔住，体会这不曾体会过的抵抗。我看看她，她就像一只护住幼崽的母猫，炯炯目光闪着我陌生的凶光。

我感到害怕，我笑了：“你是在向我重申你的自由？你对于我，是完全独立的？”

“难道不是吗？辛青？”恬岫难过了，眼眶湿了。

“是。你有自由做你想做的一切，或者，你还有自由做你不想做的事。你不必顾虑我，我只是你的姘头，不是你丈夫。”肾上腺素像间歇喷泉在我身上溅射出来，我知道失态了，但有一种兴奋和令人恶心的愉悦，“蒲恬岫，你不欠我什么！”

我和恬岫共同的好友、生活赐给我们的知己廖蝶漪成了我们新公寓的常客。

她依旧是囚犯之妻。陈经理进入了安安生生服刑的阶段，他明白自己的刑期靠熬也快熬过去了。他知道旧日的公司已不复存在，杨董做主，在旧公司转制前一次性支付给廖蝶漪一笔款子，作为同陈经理了结雇佣关系的代价。廖蝶漪总是自豪地向我们追述她在老陈这笔苦钱上的正确操作：她把钱全部投入到一位庄家朋友告诉她该买的股票上，三个月时间让老陈的苦钱翻了两倍。我忠告廖蝶漪少炫耀她的投机行为，这事透着浓重腥气，若放在美国，就属于内幕交易，会把她也送去她丈夫待着的地方。

政府的外经贸委早合并撤销了，进出口公司的生意大不如前。廖蝶漪是什么人物，岂肯在没鱼的海里撒网？她在别人想弃阵前就已华丽转身，投入香港大地产商麾下，成了上海地产分公司的副总经理，主管大亨在上海及长三角地区的政商关系。

廖蝶漪常来我家吃晚饭，她不让我俩下厨，自有好馆子派人送餐上门，罗列珍馐，我们只需煮一锅新米等她来。廖蝶漪听见蒲恬岫当上了《时光周刊》采访员，立马嗅出了恬岫身上新价值。

“你和我一起捞世界呀！”廖蝶漪指着恬岫，对我们露出快活的笑。她这几年来有些见老，但愈发干练老辣，一看就是这大城的一方星宿。

廖蝶漪偶尔也会不宣而临，恬岫不在家，廖蝶漪对着孤独的我，忍不住习惯性地进入某些虚拟角色。我不晓得如何定义她在这种时刻的身份：自然，她是一位朋友，但更是个喜欢充当姐姐甚至母亲的怪女人。她身上还散发着夫婿不在身边的女人独有的紊乱气息，她忍不住想展示自己的媚惑力却又仿佛受理智制约……她是个矛盾体，是颗多种矿物质纠结在一起的漂亮矿石，她展示了“楚楚可怜”这个成语的现代含义。

我从前对她怀有戒心，此时已轻轻放下。在我眼里，廖蝶漪始终是个值得体恤的女人。我盼望自己能和她相处好。

但事实上我们处得并不好，很多时刻很别扭。老陈早就在我和廖蝶漪之间消失了，他只是一个遥远的象征，或是廖蝶漪身体裸露部分的一个胎记。

我单独在家时，廖蝶漪渐渐呈现一种奇特的轻飘飘状态。她声音开始尖细，她什么主意都拿不定，甚至要什么饮料也做不了主。她仿佛一半身体处于私密之境，另一半却暴露在公众面前，她伸手触摸我身体，这触摸却毫无含义，空空荡荡。她显得神经质，总嘲讽她经历的什么我并不清楚的事。有时候，我倒给她的咖啡加剧了她的情绪，叫她有歇斯底里倾向。比较让人尴尬的一次，她突然向沙发里端坐着的我俯身，嘴唇擦过我右眼，形成一个不伦不类无法谈论的吻。有一天晚上，恬岫加班还没回家，廖蝶漪在我面前变得很不正常。她先试图扮演母亲，仔细关心我健康状况，指出多种多样逃避疾病的方式，继而大谈自己对孩子所尽的单亲式责任，最后却倾诉她身体的种种不适及中草药煎剂对她神经的影响……她听着音乐，建议我和她跳一支慢舞；她啜吸我们特地留给她的石榴汁，两只眸子如梦似幻看着我……

我想恬岫快到家了，就直截了当问廖蝶漪："你一个人这么久，你怎么办的？"

廖蝶漪绽开一个笑容，这笑像朵干花粘在她嘴角。出乎我意料，泪水涌泉般从她眼眶溢出，连手绢都来不及掏。慌乱中我递给她的纸巾很快湿透了，她像捏着一团冬雪。

"监狱很下流，夫妻可以在监狱同房，可房间布满了探头。"廖蝶漪抽噎着笑，"老陈说宁愿憋死也不能叫我丢脸。"

我胸口闷得喘不过气，我没法可怜廖蝶漪，可怜她，那是搞错对象，她不需要。我体恤她，我觉得她即便悄悄有男友，老陈也不能责备。她应该自己会解决呀，她是这么个能干女人。如果她憋得太苦，愿意同我倾诉一二，我可以保守她的秘密。不过，我不是她的解决方案，我从来只有一个女友，就是蒲恬岫，而蒲恬岫，还是她闺密。

那个夜晚的天气确实撩乱人心，廖蝶漪仿佛到了极限，或者错吃了什么东西，她一边说监狱的下流，一边突然撞进我怀里，抬起脸凑过她微启的红唇。她眼神涣散，手抚摸我臂膀，喉咙里发出软音。我抵挡不住，虎起脸，告诉她恬岫就要到家了。

“不，她不会回来的。”廖蝶漪一边说，一边吻我脸颊，嘴凑近来，一股女人香。

我推开她：“你冷静点，恬岫是你闺密。如果她看见……”

我愣住了，廖蝶漪的眼神分明在讲什么，我辨认着，黑暗如雾升起。

“她知道？”我觉得有什么东西大错特错。

廖蝶漪解脱自己上衣，露出赤裸的胸脯：“把我当成恬岫送给你的礼物吧！”

她纵入我怀，一阵叫人天旋地转的迷乱接触，我终于挣脱出欲念的漩涡，对她说：“停下，你停下，别自欺欺人了。恬岫就要到了。”

廖蝶漪气恼地喘着气，脸红得像个毛桃。她继续脱衣服，用残忍的眼神凝视我：“恬岫说，你有了我，她和你就扯平了！”

二十八

窗外，瑞娜和卢卡在草地上嬉戏，我挺喜欢这一幕：淡黄和粉红花树下，漂亮女人和孩子笑着跑着。

卢卡是今天上午才由德特里希送回沙洲小筑的，我没出门去见德特里希，我对他怀有由衷的歉意，我偷窃了他的宝物。他鬼使神差把卢卡接去小住，我却阴差阳错和瑞娜上了床。我和瑞娜不是蓄意而为。

我躺在床上，打开微信看，有几个老友试图发现我身在何处，除此之外，没什么值得注意的。人人都在展示生活的碎片，这些碎片只有安适的灵魂才配浏览。

我关闭手机，明白自己和父母已很久很久没互通信息，我不想知道他们在干什么，他们也习惯了独生子的漂离。他们觉得自己生养出一个孤僻人物，接受了这个事实，不再反复咀嚼其中巨大的失望。

我不期待蒲恬岫的任何信息，她已成历史。

我感到身上正迸发着令我惊奇的活力。我并没枯萎或接近死亡，我的身体经历了某种精神性挫折，却在复苏。我有了大病将愈的苏醒之感，压住头脑和心房的重量正如云散去，将我释放，就像猪笼草出乎意料地膨胀，缓缓打开了出口，走投无路的苍蝇获得狼狈的自由……

我约了瑞娜和卢卡晚上一起吃饭，我猜，为了成全这个邀请，瑞娜会想办法把德特里希打发回家。

我们就在沙洲小筑隔壁火场馆子里见面，我进去时瑞娜和卢卡正吸着果汁，开心地击掌大笑。我喜欢卢卡，他是个明朗的小人儿，总为猝然降临的每件事开心。

我将一把自己用的中国折扇送给卢卡当礼物，扇面上画的是竹叶和翠鸟，背后题着苏东坡的词。卢卡喜欢中国画里的鸟，瑞娜喜欢我翻译的苏词。我创造了一小段中国时间，娘儿俩都陶醉其中，叫我有小小的成就感。

瑞娜笑着看了我一眼，我心一慌，她眼里有我很久前曾熟悉的蜜意，让我消受不起。我是个什么人？我在酒醉中丢失对她的敬意，粗鲁地占了女人家便宜。我不就是这种人么！她难道将错就错？

我感到尴尬，尴尬得恨不得开口向她道歉，不过，一开口，我提到的却是德特里希。

“德特里希今晚离开巴厘岛了，我们还不打算回意大利。”瑞娜笑笑，“我要带卢卡去龙目岛，那边也有几个老朋友，况且我想在龙目岛潜几回。”

“龙目岛。”我沉吟，“离这儿不远哪，坐船过去不过两个小时。”

“你同我们一起去吧。”瑞娜说，“巴厘岛该潜的地方你都潜过了，龙目岛别有风味。”

我感到一阵强烈的欣喜，我不该如此，却正是如此。她邀请我一起去龙目岛？说明她不但不想避开我，而且……我的迟疑引起了瑞娜注目，她收起笑容，认真看着我：“辛，你要回国了吗？”

“不，我不回国。”我几乎喊了起来，我点着头，朝她欢喜地笑，“好的，我想去龙目岛，我也想换换胃口呀。有你当向导，多好！”

瑞娜欢笑，转头温柔地问卢卡：“还是吃鱼吗？要不要鲜虾色拉？”

卢卡指着我：“中国人吃什么，我也吃什么。有猫肉也可以，狗肉也不错！”

我拨乱卢卡头发：“我说过我喜欢吃男孩，现在就送到厨房去煮！”

我们像一家人一样尖叫大笑，瑞娜含情脉脉，正那般含情脉脉地看着我呐！我几乎没被她这样年纪的女子如此看过，我感到心慌，浑身暖热，飘飘欲仙，我感到一种，幸福？这里是美好的巴厘岛，没人大惊小怪看我们一眼，我们自自然然，是不是也说得上相亲相爱？

说定了两天后一起动身，船票由瑞娜去买，她能拿到当地人享受的便宜价。我需要两天收拾收拾，和周围认识的人说声再见。尽管只是去龙目，但我想我不会再回沙奴来了。

出发那天早晨，我和瑞娜卢卡一起坐上私人接驳车，小小中巴坐七八个人，行李塞紧车厢后部。这是船运公司的陆路客运，令我对船只是否舒适产生很大怀疑。

到了船运码头，当地人少，游客多。我们搭乘的“海洋猫咪”号客轮核定载客数量是二百五十人。船还没出现，人们在候船处水泥凉棚下走动，很多小贩兜售水果饮料和简易午餐。

我拖着我的行李和瑞娜一半的行李；卢卡到处飞跑，高兴得像去坐太空梭。瑞娜说：“辛，沙洲小筑的人可舍不得你呢！”

上午出发的时候我被感动了。我来自冷漠之地，早忘了眷恋旅途上人事，可餐厅和保洁的印尼大妈们纷纷跑出来，看着要上车的我，依依不舍，她们也不会说英语，就是看着你，那眼神全是真的。我在这庭院里走来走去有二十多天，从不曾散发小费，她们却记住了我这活物，给我一种眷恋的温情。

瑞娜因为说她还要回沙奴，没享受上这番情感礼遇。

我正感怀，一个穿白制服戴蓝制帽的印尼警察靠近我，拍拍我手臂。我看他，他冲我笑，指指岸边一条小客轮。那小客轮看上去一塌糊涂，像被砸过。

“事故。听说了吗？事故。前几天沉的就是这条船。”警察对我说。

“什么？”我和瑞娜问警察。

“你们竟然不知道？”警察肥厚嘴唇抽搐一下，“刚发生不久的船难。这船去龙目，船上有二十五个西方人。中途起火，人都跳在海里，船沉了。后来救起十六个，九个失踪了。”

我们搜索网络新闻，果真找到了三天前的新闻；新闻没扩散，被有效地管控住了。

那警察从胸口口袋掏出廉价打火机：“小心，请允许我提醒你们，上船不能抽烟，不要打火。这些船的供油管是从甲板表层下过的，这次事故就是烟头碰着了油火花。”

瑞娜哆嗦了一下，扯住跑过的卢卡，搂他在怀里。我俯视瑞娜橄榄形的头颅，她褐色头发洗得发亮，颈上挂着金项链。她低头抱住卢卡，像一只母鹿带小鹿上船。

我凝视那只被打捞拖回的小客轮，发黑的泡沫塑料板和火苗舔过变黄的舱门叫人心颤。我仿佛看见虚空中金发乘客们绝望地跳入海中。那不是海岸边的海，那是属于大洋的海，海面涌浪连绵，海底深不可测。若你是那些船客之一，必将体会真正的绝望。想到此处，我经历过的所有苦痛突然间全失去了分量。

当你凝视深渊，深渊也凝视你。

最好别诱惑深渊朝你微笑。

渡轮先沿岛屿海岸线行驶，兀自跳荡起来，合着海面轻浪，上下颠簸。天气晴好，我闻到瑞娜身上香水味，是春深蔷薇的悠远气息。我喜欢这气味，喜欢……她的韵致。

“瑞娜，你爱潜水吗？”我问她。

瑞娜收回远眺视线，她鼻子翕动，深深吸了一口气：“我喜欢在龙目岛潜水。你会看到那景色的，和巴厘岛的不同。我希望潜水是游园，在花园里漫步。”

我琢磨龙目岛的潜点，也许海下是英国维多利亚式风光？

午后暖暖的，海风吹进船舱。船合着固定节律上下颠簸，大多数人都打起盹来。我浑身倦怠，想动也动不了。突然船剧烈晃动，发出咔咔声音，然后嘭一声。我一把抓住身边蒲恬岫手臂：“你快跟着我！”

恬岫不会游泳，她的手发凉，紧紧攥住我右臂；她没声音，像风暴前草地上的一只獴，伸直头颈望着船外大海。我见她的皮肤正明显地失去血色，一排巨浪迎面砸到船身，船缓缓竖立起来。我挣脱恬岫，奋力把脚蹼套到脚上，抓住松紧扣，抽紧。现在我无法走动了，一旦走动就会像企鹅，没两步就绊倒。

这是一场赌博。

我重新抓紧恬岫，努力镇定地对她说："我喊吸气，你就大大吸气，到了水下要憋住气，我会拉你游出去！"

恬岫看着我，满脸恐惧，她没听明白我的话。没时间了，船像凝固的时光那样竖立在水面，一点点翘起尾巴，突然开始往下沉。我看着海面，举起另一只手："准备好，吸气！"

我们像第一回拥有鼻孔和嘴巴，像要把大气层吞进肚子。嗡然一声，海水淹没了我们，视线模糊，鼻子被呛着了，辣辣的，身上一阵凉。

我拉着恬岫手，转脸看她。她的披肩长发立在水中舞蹈，一点儿小气泡从她纤薄的唇中溢出，她茫然看着海下，她视线里有只奋力游开的海龟。

船的下坠之势被浮力中和，我猛地往上一耸身，脚背板直，不让座位缠住我脚蹼。恬岫蹬了一下双腿，她下意识地蛙踢了。我拉住她，示意她伏下上身，我拼命打蹼，往船身外沿游去。船像一只巨大的龟壳扣下来，要扣下它留得住的乘客。

我在船舷上攀着，把恬岫拖出来，她开始忍不住吐气了，气泡咝咝从嘴角飞升。我等她到了船壳外，奋力一蹬船身，我俩朝海面浮去。抬头看，海面是一扇巨大暗沉的电视屏幕，发着丝丝蓝光；太阳像苍白的鸡蛋清，抖颤不已。

我们冲出海面，呛着喘着。我感到此刻才是最危险的时刻。恬岫不会游泳，她很难维持在海面上，而我，不停打蹼拖住她，坚持不了多久。

现在，如果我俩够聪明，就知道“相依为命”四个字是活下去的唯一希望。她必须对我有百分百的信心，做任何我吩咐她做的事。

“你可不可以尽量躺平？什么力气都不用，就像躺在床上？我会托住你头。”我对她喊。

恬岫下意识地仰了仰身，但没躺下。她看了我一眼，这涣散的眼神叫我力气消散。她喘着，吐着水：“放开我吧！我不想挣扎！”

“坚持住啊！会有人来救的！”我喊道，我必须相信这点，也必须让她信。

恬岫突然咕噜了一声，人往下一沉。我奋力托起她，她吐了几口水，脸皱得凄苦。她哭起来：“放开我啊！你能不能最后尊重我一次啊？我不想挣扎！”

我感到浑身寒冷，悲伤无以复加。

死神已飞旋在我们周围了，或像潜泳高手一样，在海水里绕着我俩打转了，她仍旧对我怀怨？

可我怎能放手？我放开手，她的灵魂和身体就随波而去。我独自活下去吗？

我也是一个肉骨凡胎的人，一个无力挣扎的普通男人。

我的泪水溢出眼眶，我奋力托举她，环顾海面。没其他幸存者浮出水面，只有我和她。海天一色，波涛起伏。视野里没有船只，天空没有直升救援机。也许船长根本没时间发出求救信号。谁也不知道这条船的命运，谁也不会紧张我和她的最后时刻……

蒲恬岫没力气了，她仰着脸，还在呼吸。我的体力渐渐在肌肉的酸痛中流失，我打着蹼，感到大腿抽筋。

我想再一次对恬岫说“我爱你”，我想吼叫出这句话，可是，我不敢，也许这将创造出我一生中最大的尴尬：她会冷漠地看我一眼，带着她全部的痛苦和反抗，宁愿沉没，也不要听见我最后的示爱。我的示爱，在她而言，只是束缚她自由的绳索最后一次绷出颤音……

她的手要从我手里滑脱了，我再也握不住了……我心绷紧，破碎的苦。

我猛一下睁开眼：渡船正剧烈颠簸，瑞娜环抱着儿子，在他头发上抚摩，发出哄孩子的低软喉音。

我的噩梦飞旋着，随风而去。我感到宽慰：蒲恬岫不在海上！

她已明智地离开危险又破败的我，留在安全的陆地上了。我愿意为此感谢上苍！

渡船的起伏和船体敲打海面的震动有些奇怪，我盯着那些摇晃身体的船员看，他们苦恼地随船摆动。

我说：“瑞娜，你没不舒服吧？”

瑞娜抬起头，面有忧色："船晃得太厉害了。"

我想了想，终于问道："你水性如何？"

"很好。"她答我，甚至微笑了一下。

"我决定现在就把脚蹼穿在脚上。万一船出问题，你听好，我负责打蹼，第一个带卢卡游出船，浮到水面上去。你同意？你只要紧紧跟着我们。"我留神看她。

瑞娜再次微笑了一下："不至于运气这般差呀。不过，你的行动计划很好。万一那样，我会游过去拿到救生衣，然后跟你上升。"

我尽力不引起其他乘客的注意，偷偷摸摸往脚上套脚蹼。这并非易事，船一直在大晃大动。坐在舱室顶上的人在外面露天处尖叫狂笑，舱里成排成排的顾客发出一阵阵惊呼。

我穿好了脚蹼，在心里演练逃生过程。我再次对瑞娜说："卢卡懂不懂及时吸气？他会在水下憋气吗？"

"他都知道。"瑞娜安静地说。她伏到卢卡身上，在他耳边低语。

船起伏着，我忽然看见了远处的海岸线。

越驶越稳，我们的终点就快到了。

船怡然驶入了龙目岛的峡湾，我们在风平浪静的淡绿海面上停泊，黛色岛屿美景如画。我讪讪地脱下我的大脚蹼，瑞娜看着我咯咯笑起来。

“你很可靠。”她握住我手背，“谢谢你像对待家人那样时刻准备帮助我和卢卡！”

我羞红了脸。整个船上，我是那位最富想象力的乘客。

“冒险之旅！”瑞娜笑说。

“冒险之旅！”我对卢卡说。

卢卡绽开笑容，一纵身，在船舱里欢呼跑动，就像海边红树林里的跳跳鱼。

二十九

说到底，人家把做得酥烂可口的红烧肉塞进你嘴里，你却急着吐掉，那对自己是种折磨，搞乱胃口，骚扰美感，会浑身不适，怎么也不得劲，这是所谓暴殄天物者应受的惩罚。

我奋力推开情欲正炽的廖蝶漪，犹如一个饥饿的人踢翻一席佳肴，我忍住对自己的恶心，夺门而出，跑出了香榭丽舍小区。

路上并不空寂，行人们匆匆赶往自己目的地，夜令人向往巢穴，向往巢穴里的私情。我浑身胀得发烫，真相如一把铡刀，临在我脖子上，我甚至能感到那毛锉锉的锋刃……

看见影城和影城边上的皇冠假日酒店，我更是悲从中来。

我像被磁铁吸引的铁钉，闯过小马路，朝酒店走去。我想我无处可躲，暂时躲进酒店酒吧。酒吧，总是失败者的驿站。

酒吧空荡荡，客人稀少，只有吧台灯红酒绿。我要了三份不加冰的威士忌，找到窗口最深的火车座，隔绝在一方有视野的幽闭空间里。我有恍然大悟感，不是恍然大悟谁，是恍然大悟自己。

一口气喝下双份的威士忌，我胸腹燃烧，像是自焚。别再说自己天真，我当了这几年秘书，该见的见了，不该见的也见识了，还能天真么？

这世界是有套路的，除非你是改变世界的硬汉，否则都得照着套路走。完美的懦弱者明白如何遵循套路，只有我这种似非而是的懦弱者，留着盲肠般割不尽的自我，在关键时刻，拧住了脖子，对套路发牛脾气，硬是不从。

我大概从一认识蒲恬岫就错了，一错再错。我恨养育我的这大城，它从我幼年时代起就把我当女人养，养得我两只卵蛋都废掉！我没有学会像男人那样对待女人。

我呆望窗外万家灯火，想想蒲恬岫真可怜。她如果不是我的中学同学，她就走运了；她那时若为我沉溺舞会的缘故跟我掰了，也算解脱；她被记大过，看明白我是个㞞货，没志气出头帮她解决问题，看穿我，跟我说再见，她也就摆脱了霉运……如今，她不但不再有运气，我俩已把命里的缘分都吃尽耗干了……

她怎么听不懂我时不时射出的冷枪冷箭？这沾满毒液的冷言冷语是从我肚子深处射出来的，她毫无抵御之能，只好也随了套路。

廖蝶漪不是天上掉下来的。她不是一天天像楔子那样切入我和恬岫之间么，她正是套路的一环。

我打着战，酒止不住身上的冷，我感到大祸临头了。

假如今晚我半推半就，同廖蝶漪这女人成其好事，一切反可以成立。晚了，我终究还是行差踏错了，我踢翻了筵席，扯掉了所有人的面子。

我进退维谷了，没余地了，或者说，走投无路了。最潇洒的做法是不回家，而是直接失踪，到天涯海角去。但是我没这个魄力，那么，只剩下一条路：装傻。

我把第三杯威士忌灌入喉咙，今夜我不想醉。今夜我生来第一次想为难为难自己，逼自己试试向世界的套路俯首称臣。我不想立刻面对剧变。我在酒吧里又捱了好一阵子，思前想后，万念俱灰。

推开家门时我没看见蒲恬岫，廖蝶漪应该早就走了。房里的灯火亮着，我关上门，对空无一人的客厅微笑一下，脸上僵硬的肉有抽筋之感。

我慢慢走过一个个房间，寻找蒲恬岫，若看见她，我将若无其事地招呼她，甚至用我历来的口气盘问盘问她为何又回家如此之晚。只要她像惯常那样同我对答，我就侥幸能获得一条归家之路，我将永不提起今晚发生的事。我把今晚忘记，正如懦夫们拥有的常识：没有忘记，就没有幸福。

可是我找不到蒲恬岫，她哪个房间都不在。这令我瞬间崩溃：她怎么了？发生了什么事？难道？……我感到惊惧，公寓原本给我家的感觉，给我夜里温馨，此刻它却真像人走茶凉的一个聚会点，也许曾有欢声笑语，眼下凉了。

我看看手表，时间很晚了，我打蒲恬岫手机，蓦然，铃声在我背后响起，她手机在客厅沙发上。我额上顿时冒出热汗。

推开阳台门，我才看见她。蒲恬岫靠在栏杆上，望着远处天幕，像在出神，给我一个窈窕的侧影。

“你在干什么？”我问，声音苦涩，喉咙干得发疼。

她转过身来，茫然看着我。她那样子，让我想起一句旧诗：“……你看云时很近，你看我时很远……”

我按照刚立下的决心，继续说：“你怎么这么晚才回来？我到对面酒吧喝了点酒。”

蒲恬岫近似放肆地观察我，没说话，她眼里有一点迷惑，像事实出乎她意料。

我表演得顺了，心里产生一点残忍的兴趣，我笑道：“你留给廖蝶漪的石榴汁她都喝了，石榴还有吗？我这会儿口渴得厉害。”

蒲恬岫动了一动，手从阳台栏杆上挪开，发出一声轻轻的“哎”。她依旧在观察我，就像一个人等待着下集电视剧的预告。

我打了半个哈欠："今天那个廖蝶漪有点失控，说起监狱和老陈，像是实在受不了了，我就让她一个人待着，我自顾自喝点儿酒去。"

偷空觑一眼蒲恬岫：她回头往楼下大空旷看一看，身体朝里躲。她离开栏杆，拉过藤椅坐了下去。我想，她此刻弄明白了，我踢开了一种套路，但我并没勇气反叛，我想继续赖在惯常的生活里。她弄明白我的选择了，她可能正在想，我这人历来如此。

我没催她，我望向黑夜的天幕。我想，上苍安排了一切剧目，我和恬岫，只是努力在演。

终于，蒲恬岫站了起来，恢复了往常态度。她用手抹抹脸，像要抹去什么痕迹。她对我很温柔："你自己照顾自己一下，我今天实在累得吃不消了，我想早点上床睡。"

我点点头："我倒是有点公司的工作，可能弄到很晚，你睡吧，我今天睡沙发了。"

拧亮书房台灯，我打开电脑，长长吐了口气，我觉得刚才全是威士忌在帮我。现在，酒劲儿快过去了，我得再喝点儿！家里没有威士忌，家里只有存着的白兰地。我走出书房，去客厅酒柜子里拿酒，蒲恬岫呆呆站在厨房里，面对灶台，却没做什么。

她听见我的动静，就说："辛青，我可不可以跟你谈谈。"

我想也不想："今天算了吧！你累了，我，差不多已经喝多了。"

她转身看我掏出酒瓶，我使劲一拧盖子，朝她咧嘴一笑。

蒲恬岫想说话，我不能让她有机会。

她等着我喝完酒，可是，她落空了。半夜里，她发现我歪在地板上，“酒精中毒”，她把救护车给喊来了。

从医院回家，我吞没了那夜发生的事。我去过医院啊，那证明我病过一场。生病，可能就有后遗症，病人可能把什么都给忘了……

给我自己，也给别人一条路走吧。

渐渐地，连廖蝶漪也恢复成了我家座上客。如今相处的套路像是我定的：我们诚心又急切地共同修补被弄破的丝绸般的“沫”，我们三人都不愿意“相忘于江湖”，我们但愿还能相濡以“沫”，挽回我们承当不起的损失。

“是的，你最好不要去外地出差。”我想了一会儿，没别的可能性，我只好这么说。

蒲恬岫没发出声音，她点点头，走开了。

《时光周刊》是一份好杂志，不过，对她的上司，一个四十多岁浑身肌肉的光头美籍华人，我非常反感和憎恶。我不了解这家伙，不过看上去他浑身不太地道地充满着荷尔蒙。我撞到他和蒲恬岫在《周刊》办公室楼下的咖啡馆谈稿，我亲眼看见他把毛手放到蒲恬岫大腿上。蒲恬岫以一种很有礼貌的姿势推开了他的手，然后，她抬头看见我走进咖啡店接她下班。

我没和那家伙打招呼，如果我无所顾忌，我会对准他鼻尖狠狠揍他一拳。但蒲恬岫提醒我提醒得对：我不是她丈夫，我没有权利。

我依旧妒火中烧，活像一只跑进城市的刺猬。我希望自己能平静下来，不过，只要我有所松懈，生活就伸出脏兮兮的手，想抚摸刺猬那并不招惹人的小小的头。那无从躲避的寻衅，大概是魔鬼的挑逗吧。

蒲恬岫的抗议是隐蔽的，量级很低，不显山不露水，犹如墙壁上渗漏的水滴。她躲到了某个人身后，渐渐我感觉不总能直接同她交流，就算她在我面前，我也有所顾忌，说不出心里话。是的，廖蝶漪几乎越过了闺密的边境，侵入我曾主导的两人世界。如果我和恬岫是两只同居的蜜蜂，廖蝶漪如今成了那无所不在的蜜蜂飞动的嗡嗡声。

我不是恬岫的丈夫，我不能主张我作为丈夫的权利。我们的公寓，若没有廖蝶漪，也绝不会属于我们。廖蝶漪在恬岫的欢迎中进出这套公寓，我能说什么？

廖蝶漪像是比从前更关心我，自然而然流露她对我的亲近和友好，不过她再也不尝试拨动我心里的红线，她维持得小心翼翼，鬼才知道她内心需要些什么古怪情感。在渐变阶段，逢到恬岫落单，我和她还偶有亲热。我觉得她在这方面同从前没什么令人怀疑的区别，只是她对我含有负面情绪，有一种叫我难以消化或去除的怨恨。

我简直不能描述出她这种隐藏的怨怒，假如我想谈，她会无辜而柔软地加以否认。并且，似乎更无保留地把她的肉体奉在我手里。

廖蝶漪仿佛在某件事上与我观点一致，她背着恬岫，阴郁地警告我：“不要娶女记者，她们看见的太多了！到时候，你都怪不得她们！”

三十

我和瑞娜母子一起去的只是龙目岛西北角吉利三岛中的吉利特拉旺干岛。龙目岛属于小巽他群岛，卧在印度洋和帝汶海之间洋面上。吉利特拉旺干岛更小，是一枚海里浮起的鸟蛋。不过，这是一丸美好的鸟蛋，是欧洲年轻人喜欢光顾的派对岛。

来接瑞娜母子的是对印尼土著，他们是岛上有头有脸的大户人家，住岛北面的别墅。我执意谢绝了这对陌生棕肤夫妇的邀请，留在码头所在的西岸。所有潜水俱乐部都在西岸，西岸也是餐厅和娱乐场所繁密的闹市区。我挥别瑞娜母子，答应打电话去别墅，告诉他们我下榻在哪家旅舍。

太阳明晃晃照着海面和沙滩，据说下午是岛上最令人昏昏欲睡的时段。我顺狭窄市街往北走，左手是面向海滩的店铺和餐馆，右手是一个接一个深深庭院，有大房子矗在庭院后，有些是潜水俱乐部，有的是旅舍，少数是换钱铺子。深色皮肤土著坐柜台后，像草木等雨水，极安静地等候各种零碎生意。我分辨陌生景象，想找到岛上最欧化的潜店。瑞娜告知我一个她当过一阵子潜导的潜店，不过，我想自己先考察一下。

我背着包，拖着拉杆箱，走进路过的每家潜店，总有什么东西不对头，阻挠我掏钱。差点和一家聘法国人当潜导的潜店成交，不过，那两个才二十来岁的法国妞最终没能给我水下安全感。

我继续前行，一栋房子出现在蓝色泳池后面，看着叫我舒心，这是个带旅舍的潜店，正是瑞娜推荐的那家，老板是瑞士人。柜台上一米九的大汉艾冯对我微笑，他是阿根廷人，听见瑞娜名字，不必分说，就给我很可观的折扣。

房间崭新，装潢现代，变频空调和宽床都很舒适。房门外是门厅，放着竹躺椅和带烟灰缸的小圆桌，外侧有过道，过道那侧，种满我不知名的热带灌木。树上很多紫花，尖荚果青青垂在花间；树下是人工栽培的草本，大小植物皆热烈扬花，招蜂惹蝶。

我给瑞娜打了电话，她高兴地说："我晚上来。"

午后和晚上之间有巨大空隙，我身上滋长着活力和希望，我想好好度过下午时光。

我整理完行装，背上双肩包，走出"潜水者天堂"，深呼吸，四下张望，开始意识到这是个与巴厘岛不同的岛屿。岛上没汽车，路上骑车或走动的大多是年轻的欧洲客，不但年轻，而且俊美。少数中年欧洲人坐在海边树荫下，不是坐，是慵懒地依偎在任何东西之上，至少是树干。他们不看电脑也不看手机，每个人手里都有果汁或鸡尾酒。

我漫无目标地往北走，左手边是波光粼粼大海，不能久视。右手边不断有高档度假村出现，但看不见人；东南亚盛产的小头斗鸡在树林里疾走；有些冰淇淋摊子零星落在小路上，只做走渴的游人生意。

我走到一群竹木结构、底部腾空的小楼前，楼是租给人睡午觉喝酒的。我到椰子树下平台上找木桌坐，要了啤酒，翻开潜水日志和笔记本。我在笔记本上写出一句话：让我重新开始吧。

我并没在哀愁中死去，也没病倒。如果这是针对我的战争，排山倒海的第一波攻击打得我体无完肤，但我没毁灭。现在，第一波进攻过去了，暂时的平静让我缓过劲儿来。

我写下了对自己的三个期望：

一、我与蒲恬岫：气瓶没气时必须出水，命得保住。

二、尽快决定回国还是再也不回去了（不回去就把房子卖掉）。

三、想明白今后干什么。

免签逗留期马上要到头了，这个不难，到岛上政务所办一下延期就行。我觉得关键要想明白第三条。继续考各类潜证，留在印尼当潜水教练？如果做，也不过是短期浪漫，当药医疗我自己。我必须彻底改变人生轨迹，非彻底，无以救赎自己灵魂。

印尼虽好，不是久留之地。我英文不错，我该走更远，到真正的天涯海角，当一个完全不同的辛青。即便那些人今后见到我，也认不出来。

我忽然想着瑞娜，想着卢卡了。在船上，我真心实意想在意外发生时尽力保护她们。我过去是个愿意为别人舍命的人吗？我从来不是。

父母的脸容显得模糊而遥远，我同他们情感冷漠，没可以投靠的家人，没人能在我需要时安慰我，没人愿意听我哭诉什么，我心里积累下的情愫都发硬了，成了情感的癌肿。

我望着越来越偏西的太阳，期待着晚上瑞娜的到来。瑞娜，越来越甜蜜，像一颗别人塞到我嘴里的松子糖。

夕阳里瑞娜来了，她和值班的艾冯以及过来旅舍看一眼的瑞士老板一起喝了一杯，就过来敲我门。

她没进房间，穿着竖条纹露肩长裙，站在有紫花的树下轻轻松松微笑，仿佛除了见我，其他什么事也没有。

我背好背包，同瑞娜穿过庭院，到环岛小路上向北走。大海，椰林，金红色云彩，景色单调不乏味，我们隔开一点空隙并肩走着，彼此端详，时而微笑，不怎么说话，一直走到金沙滩按摩店。瑞娜认识店老板，我们走进去。

这是栋三层楼房子。底楼是对面餐厅的厨房和烧烤摊，二楼迎客大厅，三楼才是按摩套房。瑞娜和长着鹰钩鼻的希腊女店主亲热了一番，女店主为难地翻开登记本拨打客人电话临时调度，抽出两个按摩师，安排给我们两个相邻的小按摩间。

希腊女人点头说："你们尽管聊天，那两个房间只是竹屏风隔着。"

天气很热，身上有汗，不过，我并不想在这种地方冲凉。我跟着一位棕色皮肤大眼睛的印尼女郎走进按摩房，面朝下趴在按摩床上。隔着竹屏风，瑞娜柔和地同她的按摩女郎客套，渐渐也无语。

被海水浸润了一阵子、又被热带天气焐烫不休的肌肉与皮肤受女郎手掌和按摩液的抚慰，人立刻感到深藏的疲惫涌到身体表层。我闭起眼，感知宇宙如海沙涌上陆地，慢慢堆积，温热地覆盖我思绪，我感觉我快要睡着了……按摩女郎把烫热的卵石放在我背上，卵石灼烧我，我被熔成一只软体章鱼，放弃抵抗……

"你很累吗？"半梦半醒间我的按摩女郎问我。

"是的，我想我真是累坏了，我想我已经累了一辈子了。"我呻吟道。

女郎要我翻身过来，我仰躺下。瑞娜声音从那边传来："辛，明天我们下海吗？"

“明天就潜？”我想到海涛，心头一阵暖，一股青春热流从骨髓里溢出来，“我盼望在岛上住下，每天都下海！”

瑞娜在竹屏风那边叹息：“人人都可以在海边住下。我认识很多人，他们都离开了自己的城市，住在了海边。”

“瑞娜，”我说，“在海底，我对陆地有完全不同的看法。我这种人，住到海边，常常潜水，就会聪明些。”

“成天潜水，享受海下的自由。”瑞娜笑道。

我嗯了一声，按摩女郎手摁着我肩，笑问：“你们成天潜水吗？当一条鱼是什么滋味？”

我们很轻易就下了吉利特拉旺干岛的海。从“潜水者天堂”咖啡座走下来，跨过小马路，走十来步就到私家小艇边。阿根廷人艾冯提着三只气瓶，我和瑞娜搂着自己的潜水装备跟着他。

艾冯驾驶小艇往海深处蜿蜒行进，他熄了火，开始一个人装配三个人的气瓶和BCD。瑞娜撩动海水，我喝艇上备好的茶。艾冯微笑着俯视我和瑞娜：“这一潜奉送，让你们亲近一下这片海域。”

艾冯一米九的大个子纵身入海，围着小艇游动，往水下探看。他重新回到艇上，笑看我和瑞娜：“一如既往，到处是海龟。”

我们坐在两边船舷上，一起背翻入水，立即下到十来米深处。水下是一马平川的珊瑚群，红蓝黄绿，视野开阔，不少玳瑁笨拙地在珊瑚间游动。周围有明显海流，艾冯示意我和瑞娜随他逆流而潜。

再也没人在海波之中训导我，我已满师毕业。我扭头看瑞娜，她让我一下子明白我们在度假。

瑞娜穿黑色潜水服，四肢部位饰有蓝线。她完全呈现流线型体态，从一朵硬珊瑚浮向另一朵。每发现一条有保护色、模拟珊瑚凝止不动的蛙鱼，她就向我招手，让我凑近看。她的眼眸在潜镜后微笑，身形玲珑，令我想起陆上百日菊花盘间翕动翅膀的黑凤蝶。强烈阳光把十五六米深的浅海照耀成五色花圃，我们顶流从珊瑚上游过，海水暖洋洋的，我看见一群黄身蓝点子的章鱼。

返程时根本不需要我们用力，轻飘飘就搭上洋流便车。瑞娜伸手抓住我手臂，大个子艾冯挡在我前头，不时用手回推我一下，不让我漂游太快错过海底景致。我们陆续看到了几条盲鲨，还有不少柠檬黄的笛子鱼。回到小舟之下，气瓶还有充足余量，艾冯对玳瑁们可不那么友好，他追赶这些体型娇小的海龟，迫使玳瑁们慌里慌张从我和瑞娜面前游过……

回潜店，淡水冲淋，艾冯走开忙碌。瑞娜脱掉潜水服，只穿三点式泳衣，眯着眼微笑：“到泳池里泡着喝茶？”

印尼侍者把冰茶搁在木盆里漂过来，细巧的食蚜蝇追着木盆飞，泳池水被阳光晒得发热，瑞娜微微斜过身，靠在我身上。眼前没镜子，我看不见自己的样貌。其实我可以是任何样貌，样貌不重要，只要你身边女子对你真心亲昵，你就是那个在时间切片上显得正常的男人。

“太美了！”瑞娜笑道。

“什么？”我问。

“这光景。太美了！”瑞娜叹气，“我很久没享受吉利特拉旺干啦！”

“是啊，确实美，”我附和她，“美得不像是真的。”

瑞娜啜吸冰茶，斜眼睥看我：“辛，快快相信吉利特拉旺干，相信这里的人。吉利特拉旺干，就是天堂！”

我感到伤感，也感到甜醉，我握住瑞娜的手，瑞娜柔和白净，和海水一样澄澈。

第二潜，艾冯带我们去曼诺斜坡，曼诺斜坡也不深，我们下潜不超过十八米，就在浅海里“散步”。下水前瑞娜说：“从前我总是吃过午饭来这儿，这是我午睡的海。”

我们悠然下潜，在太阳的光影里极慢极慢地打蹼，就像蜗牛在菜园漫步。这里除了看厌的海龟，还有种类繁杂的五色小鱼。小鱼和珊瑚共生，形成微型街区。我们拜访不同的居民，手乖乖放在自己肚腹前，管住身上东西，注意不碰珊瑚。

艾冯带路，瑞娜小鸟依人，傍着我游动，阳光在海波里摇晃，形成叫人心情舒缓的淡影线。我喜欢这样的潜水，正如午睡之梦，带着慵懒情调，让我想起诗句：

有一种小小清香吻在了我心上
使我在疲困中有一丝微微熏醉
这仿如田野溽热中淡红稻花
旋在雨前墨色里慵懒低飞

我看看鱼和珊瑚，看看健壮可靠的艾冯，再看看瑞娜：瑞娜在海里比在岸上年轻十岁。她动如海鱼，我都不太认识她了。傍晚，告别艾冯，我随瑞娜一起去她住的别墅吃晚饭，卢卡看见我，跑来拉住我手，带我看他正代替主人饲喂的小鳄鱼。

“先生，等我把鳄鱼养大，我们一起把它扔到海里去，试想，”卢卡激动地喘着气，“试想一下，先生，鳄鱼将和鲨鱼互相搏斗，谁会胜利呢？”

我感到这问题在我心里很深的地方找到了共鸣……我和卢卡一起到草丛里逮大蚱蜢，把一把碧色蚱蜢扔在小鳄鱼鼻子上，看翠色四溅。

“卢卡，你在这里过得很高兴吧？和我们这些不是意大利人的人在一起，很开心？”我问。

“我很开心，”卢卡拍拍我，“先生，你们也是意大利人。”

别墅主人招待我们一种加了植物香料的蒸饭，一大玻璃碗炸小鱼，青柠汁浇上鱼身，嗤嗤作响。

我并不担心同瑞娜单独相处。那晚，我确实喝醉了，却因此获得了赤裸裸的勇气，她完全没责怪我，她透明地向我展示她的欣喜。在一切阴差阳错之前，我没将瑞娜放在欲望里琢磨，她本是亲切和温暖的存在，更像一个姐妹。

那个晚上改变了我的成见，我终于明白，不真正喝一杯，你永远无法得知酒的真味。瑞娜，对于我，是一杯喜出望外的佳酿，而她，似乎也享受着我的闯入。这令我开始遐想，一方面，我意识到她因久旷而渴望男人，另一方面，我心有微颤，不肯相信她会喜欢我这么个人。喜欢我是不值得的吧，我不值得被当成理想的男性看待。我，我伤口没痊愈；我，我不稳定也不可靠；我，我明白自己很自卑……

瑞娜等卢卡睡觉后，驾着别墅主人借给她的车，带我往西岸来。我们没去吵闹的场所，她认识一家建在大海礁上的钢琴酒吧。我们面朝大海，窝在海礁一角私密的大真皮沙发里喝酒。

她将她的杜松子酒一口喝尽，对我说："现在有时间，把你的故事告诉我吧。"

我没姊妹，母亲也从没愿意倾听我。女人们站在那里，陌生又奇特，总阻碍我变得更强。瑞娜让我想起了上帝没赐予我的姊妹，甚至在一些特别时刻，她像是母亲。她本身就是母亲，而我说不定比卢卡还幼稚。我毫无障碍、无所顾忌地向瑞娜倾吐了一切。在这家难忘的礁石酒吧里，我觉得我的倾吐是一种剧烈的呕吐。时间逝如长河，我吞下去的所有糟糕东西都没被消化，我又把它们湿淋淋地呕了一地。

瑞娜静静听着，她要了一瓶意大利红酒，橄榄型的头颅在红酒杯后静止不动。她没有表情，唯一发生变化的是她呼吸的频率。

我戛然而止时夜色已深，海浪咆哮着拍打礁岩。瑞娜点头叹道："懂了，辛，我听明白了。"

我感到前所未有的虚弱和松弛。

"这不是你的错，在你的丛林里，你生来是一头鹿。"瑞娜说，"你该早点看心理医生的，或者早点离开你的城市。"

瑞娜又喝了些酒："更不能责怪她，她最无辜。我为她难过，她快要干枯了。"

瑞娜握住我，轻轻柔柔，手掌美妙温暖，来自女性世界的和解让我温暖："辛，别太苛责自己，每个人心里都住着魔鬼，每个人。你只要说过你很抱歉，你就胜了魔鬼。"

海涛声中我听见瑞娜说："我前夫，在巴厘岛上有过一个印尼情妇……我想告诉你，一切意外，终究改变不了爱……"

这倾谈之夜，我觉得瑞娜帮到了我。

三十一

后来，我绝对又努力过，我记得清清楚楚。

我带恬岫去了一回青岛，我试图在海滨度假村里同她聊聊将来，我想说出自己的不甘。

望着青岛的海，我俩仰躺在海景阳台躺椅上，躺椅中间茶几放着泡开的新龙井。

“恬岫，我俩都老大不小年纪了，还这样下去？”我试图微笑着开始。

她没回答，闭起眼睛。

我扭头凝望她，她的脸与从前在大学时有了微妙的变化。我知道这依旧是蒲恬岫，不过，脸蛋儿变小了，变得精致，却收干了些。她从前那种云蒸霞蔚的气息散发殆尽。

“我们可以正式结婚么？像所有人一样？”我问道。

她睁开眼睛看着我，一瞬间，我仿佛看见了久违的情感，那热烈的纯净。

“不管怎么说，该结束现状。”我有点激动。

蒲恬岫点点头，又闭上了眼：“你说得对。这有点复杂，给我点时间想想。过去好办的事，现在像是大家看法不同了。”

我们在海边没展开任何冲突，那恐怕只是大海起了镇静作用。

也许是为缓和我们之间的僵硬，也许源自我对大学毕业后种种事与愿违的遗憾，我对她说：“大海多美啊！还记得当年一起坐图书馆，我俩说过要潜水看珊瑚？你说要学游泳，现在你会不会了呢？我真想同你一起去潜海，手拉手，两个人。”

“辛青，你真是个长不大的男孩。”蒲恬岫疲惫地一笑，伸手在我手腕上碰了碰，根本没听出我的幽怨。

再没什么对峙与试探，战争是一下子爆发的。

如果传统上还把男女间恩怨叫作“玫瑰战争”，我和蒲恬岫之间正式的第一战，恐怕只能称为“独立战争”。

那夜我回到公寓，公寓寂无人声。拨打蒲恬岫手机，没人接听。等我决定报警，她打了家里直线电话：她已飞到了南方，为杂志采访一个敏感公众事件。

我感到她即将挂断电话，就抓住那瞬间，问道：“你单独一人出差，还是和你上司一起？”

蒲恬岫吸气的声音我听得清清楚楚，她说：“这是杂志的安排。”

我明确无误对她说："告诉我你的宾馆，我现在就买机票飞过去。"

她没有如我所愿，她沉默了一会儿，挂断了电话。

三天之后，她回到了我们的公寓。

迎接她的是被我砸烂的家具和到处乱扔的衣服和用具。是的，我就是那样一个汪达尔分子，是我干了那些事。

我心里充满了罪恶感，我觉得自己就是魔鬼。不过，我热切期待蒲恬岫看见这一切。

蒲恬岫对着破碎的东西哭了。她哭得浑身颤抖，走进书房，把自己锁在里头。

那被我砸烂的公寓是有担当的女人廖蝶漪修复的。

我像个闯祸的毛孩子那样逃离现场，回到我久违的父母家躲藏了几天。

父亲和母亲都老了许多，让我不忍直视，他们已从事业单位退休好一阵子，性情变得同从前不一样。父亲不再侍花弄草，母亲也懒于打理家务，他们的家虽不乱不脏，却似乎和墙上挂钟一般停摆了，散发出一种时间停滞的陈味儿。

母亲根本不问我的事情，她漠然地看着我走进门，走进我中学时代蛰伏的黑暗小房间，又漠然扭过头去，看着窗外。她的头现在会微微摆动，像对这世界无时无刻不怀有负面印象。

等我从父母家再次脱身，回到公寓，惊讶地发现公寓变了模样。有人快速而彻底地清理了我的痕迹，更高雅更漂亮的意大利式家具如占领军般耀武扬威地站立在公寓的主要位置上。

廖蝶漪给我留了一封信：

辛青，见信如晤。你回来后请自便，请相信事情我已代你处理好大半，勿虑。恬岫这几天住在我家，哪里也没去，也没去上班。你可以过来接她。

漪　字

我拉开家具抽屉柜子，看见我的东西都在，稍稍定了定心。我坐在唯一由我买的沙发上，看着周围陌生的富丽堂皇。我把脚也放到沙发上，觉得沙发还是我故土。

我到储藏室找到了我储藏的“皇家礼炮”，打开酒，没去找酒杯，就捧着大瓶子喝起来。我琢磨的是：我回到这个发生了变异的空间要主张什么？

作为大城里的屁民，我常常瞧不起街上讨生活讨到不得体的“贱民”，他们一无所有，连尊严和脸面都放弃了。可是，我难道真拥有什么吗？我这样的，人模人样上着班，家里还有房，我真正拥有过什么吗？

我喝着酒，脑袋好使了，我看清了自己，连穿衣镜都不需要。我从小就不是野生的，我是家养的。野生动物苦，常死于非命；家养的呢，活着不成问题，但人算计着分配给你资源。父母把我养大，我被规定要感恩；我的父亲母亲也是被圈养的，每个月他俩领到资源，然后安排后面三十天活着的日子。看上去，我和父母各有自由选择的权利和能力，其实，只是自由表达出选择意愿的权利和随后舔着伤口活下去的能力。

我们属于那些被大力量豢养的用于劳作和生产的数量巨大的类同家庭。我们的存在除了维持巨大轮盘的旋转外一无其他意义。我们以为自己拥有什么，其实在高踞我们头颅上方的大力量看来，我们的一切随时可以剥夺。他们手指伸来，好像只轻轻摘下一粒樱桃，而我们，却被掳走眼珠和活蹦乱跳的心。我们这个阶层，可谓被蓄养的人形禽畜。

我拥有过蒲恬岫吗？

是的，在那些我铭记的时间碎片中。

我从沙发上坐起，放下酒瓶，喷着酒气，翻开公寓里属于蒲恬岫的所有物品。果不其然，她所拥有的物品中有些我非常陌生，甚至有些不但陌生，而且暧昧。

我该感谢蒲恬岫一再拒绝我的求婚，也许，她害怕有一天我想要维护自己难堪的荣誉。

而作为一个同居男友，没人要求你展示什么。我可以戴上礼帽，提起自己不愿放弃的物什，随时从危险面前离开。

我在沙发上睡了一夜，第二天我整天在打扫公寓，我跑到花店，买下了半个花店的鲜花，租下花店所有的花瓶。

我给廖蝶漪打了电话，请她陪着蒲恬岫回家。这个晚上，我们三个没提叫人伤心的事，我们聊的事不值得记载一个字。我们互相微笑，互相回避眼光的接触。

后来，蒲恬岫到卧室睡觉，我和廖蝶漪在客厅沙发上喝酒，不晓得说笑些什么，等感到困倦，晨曦从鱼肚白的云层里射出光芒，才疲惫不堪地再次进入两人世界。我和蒲恬岫像戏剧学院学生置身于毕业会演舞台，说言不由衷的台词，凄惶于真情奄奄一息……

她最后一次问我，不知是被逼无奈还是没得选择，她困惑而苦痛地眯着眼看我："我可以出差吗？如果我不去北京，我的工作就要丢了。"

我没能立刻回答。如果我的心没急剧变硬，我其实很想说"去吧"，想说"你是自由的"。不过，我为她斟上红酒，就像一个医生看着病人，或者是病人望着医生："你可以出差。不过，如果让我发现那个把手放你腿上的男人同你单独在一起，我只好像杀一只猪一样开他的膛。然后我抵命。"

如今，我为自己说过这些话而羞愧，但是，若重来一次，我不能保证自己在这种情形下不重复这种没品的大实话。我想，我粗粝的底色还在那里。

蒲恬岫显然被我顶真的态度吓住了……

我明白，诺亚的方舟已经远去……

令人尴尬的是，蒲恬岫和廖蝶漪越来越形影不离，廖蝶漪的老陈快要出狱，她仿佛和蒲恬岫发生更紧密的化学反应，我成了两个女人身边不知趣的第三者。

廖蝶漪在我眼里变成一个奇怪的贴身老妈子，负责向我传递我同居女友的心声。她并不尴尬于这一角色，对我有种近乎残忍的体贴，她转达恬岫面对我难以启齿的话，看着我，不喜不怒，犹如观察一个精神病患……在被我砸破后由廖蝶漪装饰的公寓空间里，我感到自己被种植在陌生星球上，同我被“改装”过的前女友一起，喝着越来越不堪的酒，思考整个宇宙的荒谬。

制止我继续胡思乱想的，是老陈的刑期到头。老陈一出狱，廖蝶漪就将慢慢正常，我盼着她不再鹊巢鸠占，我盼着还会有决定性转折如蝴蝶归来，挽救我和恬岫的慢性病痛……

三十二

这些天，我清早起来喝过黑茶，吃印尼炒饭和水果，我会要求吧台为我的茶杯加两次热水，都喝下去。

我吃完早饭就沿西岸往南走，尽力走到感觉劳累为止。走过码头，岛西南侧就变得沉寂和空旷，除了一些老年客居多的平庸度假村，海边尽是灌木林和荒地。这一侧海景也不好，沙滩狭窄多石，既不能冲浪、游泳，似乎也无就近潜水的价值。我步入这种荒瘠中，觉得自己属于这种荒芜。而身背后红尘荡漾的世界，只能让我进一步堕落和犯下过多的罪错。

是的，我已悄然得出了结论：我不能再回我的城市去过活。我要尽快将公寓卖掉，通过律师把一半房款交给蒲恬岫，然后我摊开世界地图，找到我要去的那个微小的点。我将尽快安排自己从过去和现在的地盘消失，然后再思考自己的将来。也许，我……不，我不去那里，那只是一场游戏一场梦……

我掉头走回我的客栈，去找艾冯。艾冯每天把印度洋和帝汶海的鱼类图册放在庭院泳池边长桌上，供潜水客翻阅。我找出白纸，把艾冯在此岛周边见过的那些鱼的名字写下来。我希望看见它们，在它们名字边打钩。

“你有被蚊子叮咬吗？”艾冯轻声提醒我，“小心那些蚊子，它们会给你带来大麻烦。每间房门口都有蚊香。”

“我不怕痒。”我笑道。

“不，是疟疾。”艾冯脸上肌肉抽紧，“我尝过滋味了。其实，也不是疟疾，是印尼的医疗保险制度。作为外国人，什么都得你自己负担。我为疟疾支付了一千三百美元医疗费！”

“啊？”我轻轻拍拍大个子手臂，“这太惨了！你当导潜很难挣到这么一大笔钱。”

“是的，”艾冯点头，“我差点打起背包回家了。”

我朝吧台招手，要了两瓶啤酒，请艾冯喝一杯。

艾冯和我坐到泳池边，艾冯说：“亚瑟，你的配重太重了，我觉得四公斤就够。那样，你会轻灵很多。”

“还有，”艾冯说，“你吸气太多太重，我教你，你其实不需要吸那么多气，你像小口喝热汤那样慢慢吸。试试，你就能在海下消磨更多美丽时光。”

午饭后，瑞娜开车来。我们披挂妥当，去潜海扇花园。

遇见白鳍鲨并不在预料之中。我们在无流的十五米浅海里尝试又一次五色缤纷的午睡。这里有更多细长的柠檬黄笛子鱼，犹如一把把活动的细尺子，丈量我们梦境的宽度。瑞娜的头发如一束海藻，总在我身边漂浮。

艾冯抬起阔大身体，警觉地朝外海张望。他转过身，把拇指顶住额头，伸直手掌。

鲨鱼来了？我和瑞娜也抬起上身，眼前白光闪烁，三四条白鳍鲨登时把我们围在一座淡咖色软珊瑚礁边上。

这群鲨鱼有点小激动，不同于我在巴厘岛海域目击的巡航鲨鱼。每条鲨鱼都两米多长，轻微甩动尾巴，直挺挺在海水里刺来扎去，小眼睛观察我们，圈子越绕越小。有一条无限接近艾冯，我看见艾冯用叮叮棒在鲨鱼的腹部顶了一下。我伸手拉住瑞娜，艾冯挡在她朝向外海的一边，我转过身，挡住瑞娜朝岸的这边。我也提起叮叮棒，觉得用它点击靠得太近的鲨鱼比用手指好。

阳光亮堂得不能再亮堂。海水里所有东西都晶亮，鲨鱼掠过身边，身体散发刺眼的辉光，叫人不想直视它们长长鱼脸上毛孔般的凹槽。艾冯吐出的气泡很少很小，我马上跟着缩小了吸气量，我们没慌张，我们不觉得鲨鱼会做任何攻击性动作。如果不紧张，这可是难得的看鲨鱼的机会。

有一条鲨鱼大老远头冲着我游来，从一枚钉子大小迅速放大到纺锤大小，然后导弹大小。但是，我刚看清它眼睛，它就一折身，游开了。从鲨鱼身后露出两个潜水客的影子，他们拿着相机，对准鲨鱼拍，身体在水里打旋。

我们同他们打了个招呼，鲨鱼游走了。那两个潜水客却朝我们游来，我以为他们认识艾冯，没想到他们却嗖地浮到我面前，一起在潜镜后瞪大眼睛，朝我手舞足蹈。

啊？原来是莎拉和山姆！莎拉和山姆离开巴厘岛就来了龙目岛，不过，他们先去了大岛，刚搭小轮渡来到吉利特拉旺干。

回岸上，莎拉和山姆去法国人的潜店取了寄存的包袋，到“潜水者天堂”这边要了房间。约好一起晚餐，他俩赶紧进房梳洗补觉。

瑞娜同我一起在海边的意大利餐厅吃午饭，我点了海鲜饭，她要的是披萨，我点了意大利托斯卡纳的红酒，反正，当天不再潜水，喝酒没有顾忌。

我们谈论那群鲨鱼，瑞娜说她看见艾冯的叮叮棒顶在鲨鱼鱼皮上，扎出小小一个凹坑。她当时害怕得心跳加速，还好我和艾冯像屏风围护住她。瑞娜夸我勇猛。

勇猛？我能给人这种印象么？我感到心虚，我打量瑞娜，想看明白她是不是认真的。

我猛地想起了潜水教练阿诺，今天莎拉出现时我就想到过阿诺，阿诺不在这小岛上，不过我记起了他对我的批判。那批判起作用了吗？和瑞娜在一起的这些天，我不再信任自己的直觉，而是一直努力观察，试图理解她。

她带着卢卡度假，如今却一再把卢卡扔在友人的别墅里，出来同我单独厮混。那晚之后，我俩再没上过床。天知地知她知我知，依旧有东西像一道薄膜隔在我俩之间，妨碍我和她肆无忌惮。在我这边，我的内在是一团纠结的旧绳索，打了重重的结。可以说，那夜若非特别放纵，若我不醉，我不会招惹瑞娜。瑞娜是——她在我眼里就是——一位抚养孩子的普通妇女。她没在寻找，没刻意要遇见什么人。一夜情也可以是她和我之间的模式，那夜猝然而来，现在过去了，我俩能和和乐乐像朋友般相处，也是很好的。

令我不安的是，她变得让我不认识了：坐在我身边的意大利女人瑞娜含情脉脉，偶尔一个眼风就叫我惊心。我是伤筋动骨过的，别的不怕，就怕再落入陷阱。

“我们带卢卡去哪里玩玩吧。”我建议。

“嗯。”瑞娜笑看我，我发现她眼色里氤氲着疑问。我斟满她的酒杯：“吃过午饭，我们去哪里？这儿你可比我熟。”

瑞娜带我去看岛上白塔般的清真寺，我们在清真寺的高处俯瞰全岛，眺望环绕全岛的洋面。

我们回到“潜水者天堂”，艾冯不在柜台上。我俩悄悄走过甬道，打开我房间的门。我们靠在门背上拥吻，寻找一些令彼此激动的刺激，我托抱轻盈的她，一边在空间里旋舞飞升，一边觉得这一切很快就会结束。

这只是一支美好的插曲，涂抹在我淋漓伤口上的一方印尼香膏。

我开始觉得有眼睛看着我，这一次，我明白那是蒲恬岫的眼睛。

那些白鳍鲨就是前次遇见的同一群，它们兴冲冲地朝我们围过来。

我们四个正跟着艾冯看浑身蓝色的红牙扳机鱼。这些鱼令我们望而生畏，如果你刺激它们，它们会咬人。扳机鱼的牙齿能咬碎珊瑚，一旦被它们咬到，潜水员就会痛彻心扉。我认真观察过它们背上那小小隆起的脊骨，确实像枪的扳机。

山姆首先敲响自己气瓶，声音在水下比陆地传得快，我们立刻朝他看去。我没看见山姆，只看见一道肉体的激流。是白鳍鲨，它兴奋地瞪着呆滞的眼珠子，像中学里的高年级校园流氓，扑过来撞了我一下。我被撞得一下子在水里翻了个筋斗，慌忙用手扶住呼吸器，鼻子已呛了水。我拼命用鼻子吐气，排除潜镜积水，什么也看不见，只是蓝色的无处不在的满满的海。潜镜的水好不容易排除了，我跪到沙地上看四周，瑞娜就在我边上，她担忧地看我，向我打手势；山姆和莎拉跪在一大块珊瑚礁边，莎拉躲在山姆臂弯里。

只有大个子艾冯勇敢地浮在水中，用他的叮叮棒指着游弋不停的鲨鱼，形成一种勇敢的对峙。

我马上感到BCD被鲨鱼撞得松脱了，我拉紧扣带，把自己稳住，努力朝瑞娜做了OK手势。我看看自己残压表，还好，气量还挺足，我放松下来。

潜水员不在鲨鱼的食物链上，这些半大鲨鱼就是吃饱了兴奋，拿我们寻开心。这条鲨鱼为什么选中我，撞我一跟头呢？我童心未泯，想着童话故事。只见鲨鱼连续掠过艾冯头上，游得远了。它们没游出我们视野，很快又折返来，好比几粒豆子疾速放大，我一惊，举起自己的叮叮棒。鲨鱼嗖地从我身边掠过。我转身，看见我们所有人都举起了叮叮棒，像一群蜜蜂翘起屁股上的刺。

刚才涌入口鼻的海水烧灼着我鼻咽部，让我有点恶心。我开始心慌，鲨鱼盯上了我，我能感觉一种奇特的恶意罩在我前额上。那条鲨鱼又发疯般冲来，叮叮棒在鲨鱼皮肤上顶了一下便飞开了，我也在水里倒翻着飞了出去。我拼命按住呼吸器，拼命吸气。我感到自己挂在鲨鱼身上什么地方了，它拖曳着我，在水里兜风。我没感觉到受伤，但我的呼吸器随时可能被它拖走，然后，我就会溺水，在半分钟里失去知觉。我狂跳的心脏越过极限，终于安定下一点点。我恢复神志，然后更担忧了。我看不见他们几个，我离开他们很远了。周围只是无尽蓝色，水的质地仿佛是化开的蓝颜料，夹杂很多白色小气泡，上下左右乱旋。

我耳朵里有一种奇怪的不祥的咕哝声。我抓住残压表，低头仔细辨认，还有七十巴。

鲨鱼慢下来，然后我被它松开，慢慢往下坠，心头一片麻木。我身体少掉一块没有？没看见血水，但它随时会来补咬一口。

脑海里终于浮现了陆地，在所有潜水时间里我从不想念陆地，此刻，陆地露出了一个角。我留恋陆地吗？我不晓得，也很累，不想集中思绪。我意识到自己落到水下三十米了，我开始打蹼，朝我认为是陆地的方向游动，四十五度角向上浮升。

没有什么人出现在我脑海里，真的。鲨鱼就在身边，我根本没思念任何人，我想着它下一次咬住我，我的呼吸器就会掉落。我是否该更快地上浮？教科书指示过，在类似情况下，潜水员应该上浮到海面会合……

我往 BCD 充气，立刻发现鲨鱼咬破了我的 BCD，它不再产生浮力。我只剩下打蹼上升这一条路了，如果我需要下潜，会更麻烦些。现在我已经不能承受鲨鱼再一次戏弄，它再来，咬碎的就是我皮肉。我的气量也已经不足。我眼前依旧是美丽珊瑚和五色游鱼，但倏然间，末日感来临。

瘆人的感觉倏然降到额头，如一瓢冷水浇在我头上肩上，让我战栗。

我发现了语言，我重新掌握了语言，我喃喃自语："原谅我，请你们大家原谅我！原谅我曾猥琐如玳瑁，凶狠如鲨鱼……"

我感到一阵彻骨的松弛。我奉自己在海底祭台上了。这里，一切会很快，不会特别折磨人。

几个人影浮现出来，淡淡地映入我视野，我呆呆地看着，原来是瑞娜、艾冯、山姆和莎拉。山姆和莎拉游过来挽住我，山姆抓着我气瓶阀门，他们带我上浮。艾冯和瑞娜背对着我们，戒备鲨鱼，跟着一起上升。

五分钟安全停留时，他们都冲我做鬼脸，高兴得像是我咬了鲨鱼。

浮出水面，艾冯大叫："鲨鱼没咬你！"

瑞娜浮过来，一把就搂住了我，亲我脸颊，久久不放；我一下子回到人间，脸红起来。

一切都是自然发生的，似乎在遭鲨鱼戏弄与返回陆地之间有段类似酒醉的断片时光，如美梦一般，在它里面，我想不起任何心灵上的历史，不受记忆或成见打扰，所见即眼前，听从自己心弦，我甚至忘怀了自己，得到命中不注定的福分。

其实，直到换下潜水服，笑嘻嘻面对传说我海下故事的每一个人，我还挂在鲨鱼嘴角上漂流着。不是恐怖让我灵魂出窍，而是我是真实地觉察到鲨鱼咬掉了我身体的某一部分。我竭力想发现到底丢了什么。

这种丢失感真切得令人发指，如果丢的不是手或腿，那就是看不见的手或腿。

鲨鱼并非随机选择、漫无目的地来同我戏耍，它是有充分动机的，只是我不晓得。它必定看见了我身上某种令它想噬咬的东西，并且，它达到了目的，扬长而去。

某种存在我身上很久、已经是我一部分的东西被鲨鱼咬去了……

我随他们四个一起走出旅舍，又来到意大利餐厅。瑞娜要来了香槟，我们为在鲨鱼吻下生还痛饮。我和大家干杯，拥抱，甩甩头，终于从鲨鱼牙齿间掉下来，结束了恍惚。

山姆和莎拉写下邮箱地址给我，他们的假期结束了，即刻返回瑞士。山姆伸手拍拍我脸颊：“你是我们假期里印象深刻的英雄。”

他们二个告辞，剩下我和瑞娜相视而笑。

“似乎体验了濒死状态，很奇特。”我对她说，“鲨鱼咬掉了我什么，可你看不到。”

我们畅饮香槟，感到由衷的从源头淌来的高兴。时间成了新体验，如一滴酒珠，含在我们唇舌间，此刻便是永恒。

次日开始，卢卡加入了我们。和卢卡在一起，我根本不是什么长辈，我拾回了我碎裂不全的童年，我想借着卢卡的童心补全我心里的缺憾。我很认真地找到岛上土著，付了五十美金，请他们组织一场私人斗鸡，让我们三人观赏。我们拿出一整天时间环岛步行，鉴别土生植物和花卉上稀少的蝴蝶及硬壳昆虫。我们走到前无村后无店的荒滩上，发现一个看上去稀奇古怪的当地女人站在活动冰淇淋小摊后面，我们抢劫她的冰淇淋摊，吃到喉头泛起酸浪，才掏钱给她。

瑞娜终于决定让艾冯花两天时间训练卢卡，然后我们一起潜水。吉利特拉旺干岛，海洋中细小的弹丸之地，它对于我这条孤零零曾被吊在钓竿上的咸鱼，就是天堂。它再小，存在得再短暂，一瞬间的人生于我已足够。艾冯说："你才潜了印度尼西亚的万分之一。如果你爱大海爱潜水，你可以高高兴兴在这里过一辈子。这里人都穷，这里人也都吃喝得好、不紧不慢过着过得去的日子啊！"

两个月的逗留极限很快要到头。我必须离开印尼，然后才能重新入境。

抓住最后几天，我、瑞娜和卢卡在艾冯带领下又潜了几个潜点。鲨鱼踪影未现，我们意外看到了传说中野生的鲸鲨，那是海洋中体型最大的鱼类，全身布满斑点，慢慢地浮沉，在人类国境之外游弋……

最后，瑞娜单独送我去邓巴沙机场。我俩想必都尝试了，却很难将心意诉诸语言。

她送我她自己用的《圣经》，在扉页上写了意大利语，那是常祷文的一句：

免我们的债，如同我们免了人的债。

三十三

每个大城市都有自己独特的气味。巴黎有巴黎的气味，伦敦有伦敦的气味，纽约有纽约的气味，我生于斯长于斯的大城也有自己难以改变的气味。一出浦东机场，我就闻到了大城的体味，我感到犹疑，不晓得这种气味是否会再次将我吞噬。

我没回自己公寓，在附近宾馆开了房间，洗漱完毕，躺到床上，打开久违的微信，看了看一段时间来旧世界对我发出的微弱信号。然后我给蒲恬岫留言：请你见我一面，有话面谈。

一直到第二天下午，我都没收到蒲恬岫的回复。

期间我向认识的几位律师咨询了出售公寓并与蒲恬岫分割余下财产的事宜。律师都反复提醒我，既然我与蒲恬岫并非夫妻，那么我名下财产并非一定要分割，若我自愿赠予，那不在话下。

第三天醒来时，我考虑着如何能得体地联系上蒲恬岫，她也许不在国内，也许正处在愉悦的环境中不想揭开旧疮疤……我是比较尴尬的，甚至于要接受无法见到她的局面。如果我不能和她当面谈谈，那我就尽快把公寓出售，然后把该给蒲恬岫的款子落实，一并请律师出面联络转交。办完这些，我要到父母家去一次，如果他们好好儿的，没紧急健康问题，我就去办签证。我未来还是会回来大城的，虽然已和父母生分，总要尽该尽的责任。不过，我想，将来我回来，心境将不同了。那些，留待以后再想不迟。

没有其他捷径，我终于找了廖蝶漪。她仿佛惊喜于我的重现，答应立刻见我。我即刻出宾馆赶往廖蝶漪指定的咖啡馆。多日不见，大城依然是芸芸众生的好牧场。看着路上滋润丰满的诸般行人，我感到心头寒冷，四肢麻木。

廖蝶漪穿着我所见过的她最素净的衣服，和老陈一起坐在咖啡桌边等我。服刑出狱，老陈已从肥厚中年人变成了精瘦小老头。老陈一把握住我手，絮絮叨叨表达他对我的感谢和好感，感念我曾经的“帮忙”。廖蝶漪微笑着伸出手，握住我：“辛青，去哪里了？我一直不停地担心你。”

我们点了咖啡坐下，廖蝶漪关切地看着我，就是不提恬岫。老陈突兀地对我表示安慰，像明白我是个悲剧人物。他喝干咖啡，起身告辞，留我和廖蝶漪深谈。而我现在却对廖蝶漪缺乏起码的信任，她这阵子以来外表有蛮大变化，平庸见老，跟老陈更相配些，不再闪射鹤立鸡群的气质。但是，她默默端详我时，我透过她瞳孔看到的自己也和原来不同了。我坦然地接纳她的探寻，心落澄明之境。我突又想起阿诺，廖蝶漪可能正探寻我招牌性的紧张去哪里了。

虽然不信任廖蝶漪，不过，我仍然等她告诉我她想告知我的一切。她并不晓得鲨鱼吞吃了我，又吐出了我。

廖蝶漪点头说："恬岫把她的秘密告诉过我，我深知她的痛苦。"

我点点头。没有作声。

"辛青，你看见了，我和老陈熬呀熬，终于熬到他恢复了自由。我们甘心了……"

"可以告诉我恬岫近况么？"我不太礼貌地打断廖蝶漪，"我想见她。"

"当然，你可以去见她。"廖蝶漪奇怪地看看我，"不过，你不会还和过去一样吧？你能接受现实？"

"你放心。"我斩钉截铁地答，"我不是恬岫的谁，我不会做蠢事的。"

"好的。我告诉恬岫。她应该会来见你的。"廖蝶漪站起身，又回眸对我一笑，"你，士别三日，成熟多了！"

我等待着恬岫的电话，终于在空寂多日的我与恬岫曾同居的小巢里过了一夜，把留存的最后一瓶酒慢慢喝尽了。从廖蝶漪的言辞，我推测恬岫或许生病了，她离开我之前就曾服用抗抑郁的药物，我是知道的，也恨过自己无能为力。

我望向四周，尤其是恬岫曾想一跃而出的阳台，感到生死全在周身，根本没有界限。我和恬岫的公寓此刻像一只开着口的坟墓，我独坐其中。我所能依恃的，只是杯中物，我一口接一口，把温热抿入喉咙……

黎明醒来，我伏在书桌上，书桌上有我手写的一段文字：

> 恬岫，记住，我们要一起潜水，潜到水下七十米深。相信我，那里有一个出口，我们将在那里恢复健康。

我对自己醉中留下心迹有些诧异，不过，我想，在现实之中，我还是一个人潜到水下七十米去吧，这本就是我飞往巴厘岛学潜水的动机之一。

恬岫也许永远不会知晓这秘密：潜到一定深度人会氮醉，像喝了高度酒。在七十米的深度，氮醉程度高到临界点，能让人感到幸福，行动迟缓。海若清澈有阳光，人甚至会狂喜。那样，如果潜水客不想回返陆地，他就能高高兴兴地傻笑着浮在海下七十米深的海水里，等气瓶没气之后——非常快，快到氮醉的人没什么感觉——一下子逃离人世的网罗……

在海下七十米的孤单里，我会想起苏州的青石板小路，想起彼此挨着的两个宾馆房间，想房间窗外的红枫，那几乎是陆地上的红珊瑚……

太阳从云层里露出脸，新的一天开始了，这一天里我将见到她，把心里郁闷已久的话对她讲出来。我洗脸刷牙刮胡子，挑选清爽合身的衣服，找出青草味的香水……

果不其然，早晨八点我就接到了恬岫的微信，约我在影城边皇冠假日酒店酒吧见面。

我没丝毫耽搁就下楼越过小路，走进了酒店酒吧。她选的是很宁静的空间，适合倾心相谈。我没带什么了不起的东西送她，我只带了自己在海里捞起的一颗纯蓝海星，它象征着运气。

恬岫走过来时，我刚磨蹭着喝光一杯白兰地。我站起来，困惑地望向她。她和从前的打扮不一样了，像是成熟了很多。她身边还伴着个魁梧的年轻人，脸上有轻快友好的微笑。是她那个我从未谋面的弟弟么？

我的恬岫走向我，伸出手，矜持地同我握手，对身边男子介绍道：“这是我大学老友辛青，我俩有一阵子没见了。”

她放下手袋，空出的手臂环绕那男生宽阔的颈背，抬脸凝视我说：“辛青，这是我先生。我俩上个月举办的婚礼，那时你不在国内。”

我一阵晕眩，周围的柱子开始舞蹈。那年轻人微笑着对我说：“您请坐。请见原谅，我们算是闪婚，所以一切仓促，没敢大肆邀请。”

我从恬岫脸上转开我眼神，去看这年轻人。他起码比我年轻十岁吧？胡子刮得十分干净，但发青的脸颊表明他能留出好看的络腮胡子。他几乎甜蜜地对待送来酒单的女侍应生，轻声同我和恬岫核对我们要喝的酒水，不忘记交代侍应生别在恬岫的鸡尾酒里放糖……

我几乎没办法对恬岫提出任何问题，或扯起任何话题，我同样没法假装置身事外，扮演一个路过本城的老同学。我只能虚假地微笑，在无法消化的震惊中任由这两个陌生人主导我们不着边际的闲聊。我逢迎他们的每一个话题，不让冷场出现。

此情此景，事先岂能预料？我那模样，正如一个被出卖的情人。当然，我也可以别说得那么难听，或许，天知道，恬岫终于拯救了自己，从而也拯救了我……

我对恬岫突然亮出的新婚丈夫生发出一丝叫我自己感到反胃的好感，他明显有柔和的性格、热烈的兴致，仿佛丁点也不计较我泄露的暧昧。他喝完啤酒，站起身向我致意：“你们老同学聊聊吧，我先去健身房。请一定留下来吃午饭！”

我站起身同他握手，那是一只干燥稳定的手。我看他走到吧台上买单，然后悄悄走出了酒吧。我过了一会儿才坐下，茫然地看着恬岫，全然无语。

恬岫此刻紧紧盯着我看了，我和她之间的空气干燥又紧缩，让我透不过气来。她打开手袋，拿出一本红色的证书，放在我面前。我翻开她崭新的结婚证，看清他俩盖了印的照片。泪水模糊了我的视线。

恬岫干巴巴的嗓音细如蚊蚋："辛青，祝福我吧！"

"缘分已尽""分手依依"……

看来，她说过的话，是真心实意的。

我深呼吸，吐出长长粗气，我没什么廉价的话可讲，我从口袋里掏出蓝色海星，放在她面前。

"恬岫，过去，我实在对不起你。"我说了这话，站起来要走。

恬岫动了一动，抬头看我，眼睛一下子亮晶晶。我两步走过她身边，右手按住她右肩，我们的脸朝着相反的方向，最后一次相挨在地球上，虽然彼此已看不见了。

我轻轻按着她的肩，等她安定下来："但愿你记住我好的一面，原谅我魔鬼的另一面。"

我走开，似乎听见一声啜泣……

我把公寓卖了，恬岫拒绝我的馈赠，我把钱全存进了银行。

我继续在父母家住了两个月，不晓得要去哪里，或者还要做什么。

就像瓜熟蒂落那样，没受什么罪，我戒掉了所有种类的酒。现在我成天都是清醒的，如果我感到身体痛楚，我知道哪个部位在疼痛。如果我心痛，我知道我在心痛什么。

我想我纯粹是在等待，等待自己克服整天坐着一动不想动的状态，等待母亲竭其余力做的饭菜再度引发我的胃口。我在等待，我从来就在等待，等待自己突然成为真正的雄性动物。

在凝滞艰难的等待中，我何曾忘记过？

在美好的热带，高大的椰子树下，在金色夕阳映红的海滩，人人遇见一对美丽的母子。那女子眺望海天分隔之线，碧空如洗，飞越大洋的航班遗下乳白喷气尾迹……也许，她也在等待着什么人，她同谁有过约定：假使一切顺利，依旧心心相印，就在这岛上，就在海岸边，我们再相见。

我的手臂上常戴着潜水电脑表，我低头看那时光一分又一秒……

我问自己：辛青，你是庄周呀，还是一只蝴蝶？

2020 年 5 月 6 日　改定